Dietmar Lykk, Jahrgang 1949, wurde in Kiel geboren und studierte Rechtswissenschaften, Soziologie und Philosophie in Kiel und Hamburg. Forschungstätigkeit und Veröffentlichungen zur Sprachsoziologie mit mehreren Auslandsaufenthalten in London. Der Autor lebt und arbeitet bei Flensburg. Im Emons Verlag erschienen seine Kriminalromane »Totenschlüssel«, »Totenuhr«, »Totensand«, »Totenschleuse«, »Totenreigen« und »Totenmal«.
twitter.com/#!/DietmarLykk

DIETMAR LYKK

Totenschleuse

KÜSTEN KRIMI

emons:

Bibliografische Information der Deutschen Nationalbibliothek
Die Deutsche Nationalbibliothek verzeichnet diese Publikation in der Deutschen Nationalbibliografie; detaillierte bibliografische Daten sind im Internet über http://dnb.d-nb.de abrufbar.

MIX
Papier aus verantwortungsvollen Quellen
FSC® C083411

Umschlagmotiv: Heribert Stragholz
Umschlaggestaltung: Tobias Doetsch
Druck und Bindung: CPI – Clausen & Bosse, Leck
Printed in Germany 2014
Erstausgabe 2011
ISBN 978-3-89705-856-9
Küsten Krimi
Originalausgabe

Wer Böses tut, tut es gegen sich selbst.
Chi fa del male, a se lo fa.
Italienisches Sprichwort

1.

Eine tückische Nebeldecke waberte über dem Nord-Ostsee-Kanal. Für Augenblicke stocherte die Morgensonne mit fahlem Licht über dem Wasser, im nächsten Moment war Kanalfischer Höger froh, dass er den Bug seines Bootes noch sehen konnte.

Ein Containerfrachter ragte durch Lücken im Nebel für Sekunden auf, eine graue haushohe Wand, wie eine dunkle Warnung. Im wabernden Nebel schien es, als dampften die vorbeiziehenden Schiffsleiber wie wütende Ungeheuer. Von hinten näherte sich das nächste Schiff, die Bugwelle schwermütig rauschend, die Maschine im Heck mahlte rasselnd, während Högers Außenbordmotor frech knatterte, wie ein kleiner Junge, der im Dunkeln pfeift, um sich Mut zu machen.

Die Schiffe fuhren fast immer in Konvois von drei oder vier, je nach Größe. Das war ungefähr eine Schleusenkammerfüllung. Dann war fünfundvierzig Minuten Ruhe, bis die nächste Schleusenfüllung ihre Fahrt durch den Kanal antrat, nach Westen zur Schleuse Brunsbüttel oder nach Osten zur Schleuse Holtenau.

In Fahrtrichtung hatte er jetzt zwischen zehn und fünfzig Meter Sicht. Es wäre nicht das erste Mal, dass ein Schiff durch Ruderschaden in die Kanalböschung fuhr. Die Bugwellen des Frachters neben ihm liefen quer zu seinem Kurs. Höger packte die Ruderpinne des Motors fester. Er beruhigte sich damit, dass er den kürzeren Bremsweg hatte und wendiger war.

Er brauchte keine Markierungsboje, um seine Netze und Reusen zu finden. Er stoppte den Motor und ließ das Boot auslaufen, bis es genau an der richtigen Stelle stand. Der Fang war heute mager, gerade eine halbe Kiste Brassen und Zander.

Die Reusen eine Seemeile weiter westwärts waren voll wie immer. Nicht von Speisefischen. Sondern von Wollhandkrabben. Als er zugreifen wollte, um die Reuse an Bord zu ziehen, fiel sein Blick auf ein Gewusel von Krabben in der Nähe des Ufers. Eine Reuse hatte er an dieser Stelle nicht gelegt. Dort stand zu viel

Reet, das sich mit den Netzen verhaken konnte. Irgendetwas lag dicht unter der Wasseroberfläche, darauf krabbelten die Tiere herum. Er konnte hören, wie unzählige Wollhandkrabben aufgeregt mit den Scheren schnippten, die er trotz dicker Gummihandschuhe oft genug schmerzhaft hatte spüren müssen. Wollhandkrabben fraßen alles.

Höger ruderte sich mit dem Hilfspaddel näher an das Fressgelage. Die Tiere schienen außer sich zu sein, das Wasser schäumte. Ein Gewimmel wie von den Larven im vergessenen Camembert unter der Hollywoodschaukel im Garten im vorigen Sommer.

Wahrscheinlich war ein krankes Schaf in den Kanal gefallen und ertrunken. Vor über hundert Jahren soll ein Schweinswal es mal durch die Brunsbütteler Schleusen in den Kanal geschafft haben. Der war dann hier irgendwo verreckt.

Er schlug mit dem Hilfspaddel auf die Krabben, aber die Tiere waren wie besessen. Sie »enterten« das Paddel und krabbelten auf Höger zu. Er schrie auf und warf das Paddel ins Wasser. In diesem Moment hob sich zwischen dem Gekrabbel etwas über die Wasserlinie. Es roch säuerlich. Ein paar Sekunden dauerte es, bis sein Verstand begriff, was er sah.

Unter den schnappenden Zangen der Tiere sah er das Gesicht einer Wasserleiche.

»Herr Höger, geben Sie uns doch mal einen Tipp, wie man die Viecher am besten da runterbekommt«, sagte Kommissar Malbek. Sie standen neben einem Bootssteg, auf der Nordseite des Kanals, dort, wo die Schirnau in den Kanal mündete. Im Westen stelzte die Kanalhochbrücke über die Rader Kanalinsel.

Die Leiche lag im Reetsaum und schaukelte mit den Wollhandkrabben sanft auf den Wellen, die von den Schiffen an das Ufer geschickt wurden. Der Nebel hatte sich so weit gelichtet, dass man bis zur Kanalmitte sehen konnte.

»Die fressen uns noch die Spuren weg«, sagte Kommissar Vehrs und trat ungeduldig von einem Bein aufs andere.

»Anfassen und weit wegwerfen. Das ist alles«, bemerkte Höger.

»Und wo fasst man die an?«, fragte Vehrs und sah angeekelt auf die Leiche.

»Also mit einfachen Handschuhen geht das nicht, da beißen die mit ihren Scheren durch. So Dicke brauchen Sie, wie ich sie hab, hier. Aber gucken Sie nicht so gierig, meine gebe ich nicht weg, die brauch ich heute noch.« Höger lächelte spitzbübisch.

»Gibt es einen speziellen Griff, damit die mit den Scheren nicht …?«, fragte Kommissar Harder.

»Ja natürlich, hier …« Höger bückte sich in sein Boot, das am Ufer lag, und holte eine Wollhandkrabbe aus einer Kunststoffkiste. »… von der Seite, den Körper zwischen Daumen und Finger festhalten, die Zangen kriegen Sie nicht nach hinten, das muss man wissen …« Höger hielt inne und sah den Fotografen ärgerlich an, der eine Nahaufnahme von den Wollhandkrabben auf der Leiche machte.

»Muss der so viele Fotos haben?«, fragte Höger und sah hilfesuchend zu Malbek. Er bedeutete Vehrs und Harder, mit dem Entfernen der Krabben zu beginnen. Die holten sich jemand von der herumstehenden Schutzpolizei und der Spurensicherung und gaben den Crashkurs Högers im »Wollhandkrabbenfangen« weiter. Jemand wurde ins Dorf geschickt, um dicke Handschuhe zu besorgen.

»Keine Angst, Herr Höger«, sagte Malbek. »Das ist der Polizeifotograf.«

»Ich mein ja bloß. So 'n Foto in der Zeitung kann mir das Geschäft ruinieren.«

»Diese Fotos kommen nicht in die Zeitung, sondern in unsere Ermittlungsakten. Das ist einer von uns, verstehen Sie? Von unserer Spurensicherung. Nicht von der Zeitung. Sie können also ganz beruhigt sein. Verkaufen sich die Viecher tatsächlich so gut?«, fragte Malbek.

Höger holte tief Luft. »Früher war ich ja mit den Reusen nur auf Aal gegangen, aber dann hatten die Wollhandkrabben vom Kanal Besitz ergriffen, da hab ich meine Reusen technisch aufgerüstet mit schnittfestem Kunststoffnetz, um sie gegen die Scheren resistent zu machen. Dann Kontakte zu Restaurants und den

Kieler Chinesen aufgenommen, jetzt liefere ich pro Tag zweihundert bis vierhundert. Langsam hatte sich das dann über die chinesische Gemeinde Kiel bundesweit herumgesprochen, bei Wollhandkrabben-Höger aus Kiel-Holtenau, ausgezeichnete Qualität. Der große Rest, den schick ich in die ganze BRD. Das wird bei uns in der Garage in Styropor verpackt und mit Express versendet.«

Malbek hatte Höger unterschätzt. Das war wie fürs Fernsehen.

»Wann waren Sie das letzte Mal hier, um nach Ihren Reusen zu sehen?«

Höger zog die Stirn in Falten. Sein Blick folgte einem mächtigen Schiffsbug, den die Nebelbänke über der Wasseroberfläche freigaben. Der Nebelvorhang darüber riss auf und gab den Blick auf das Containergebirge frei, das majestätisch vorbeiglitt. Als die Kommandobrücke auftauchte, sagte Höger bedächtig: »Nee, da war noch nichts da, da bin ich mir sicher.«

»Ja, aber wann, wann genau war das denn?« Malbek forschte im wettergegerbten Gesicht des Fischers, als ob er die Gedanken erraten könnte. Malbek war sicher, dass Höger eine Schau abzog. Die Sache machte ihm Spaß. Also sagte er die Wahrheit. Vielleicht. Auf jeden Fall spielte er ein Spiel.

»Ja, nee. Nee, ja. So wie immer eben ...« Höger zuckte mit den Schultern und sah Malbek bemüht an. »Gestern. So wie heute.«

»Also Sie meinen, zur gleichen Uhrzeit?«

»Jaa.« Er sah wieder zum Kanal. Noch immer Container. Der nächste Frachter.

»Und wann war das genau?«

»Ich hab nicht auf die Uhr geguckt.«

Malbek atmete tief durch.

»Nu hab ich Ihnen aber einen Schreck eingejagt, nicht?« Höger löste seinen Blick von dem Riesenschiff und hatte wieder sein spitzbübisches Lächeln aufgesetzt. »Ein Toter und keine Uhrzeit. Das muss doch schrecklich sein für einen Kommissar, nich?«

»Ja. Entsetzlich.« Malbek hätte ihm am liebsten eine gescheuert.

»Gucken Sie mal.« Höger zeigte mit dem Finger schräg nach oben. »Da guckt die Sonne um diese Jahreszeit manchmal durch den Nebel durch. Zwischen den Bäumen dahinten. Dann ist es halb zehn. Warum soll ich meine Öljacke ausziehen und den Pulli hochrollen, um auf die Uhr zu sehen?«

»Es war also ungefähr halb zehn, gestern, als Sie das letzte Mal hier waren und nach Ihren Reusen gesehen haben. Ist Ihnen da etwas aufgefallen?«

»Nö …«

»Könnte es sein, dass Sie die Leiche übersehen haben?«

»Was?«

Malbek sah ihn ernst an. Bitterernst.

»Aber … so was übersieht man doch nicht, Herr Kommissar …«

»Doch. Wenn sie etwas weiter im Reet lag und die Viecher sich da schon einmal satt gefressen haben, und dann in der Reuse waren, bei dem Fang, den Sie gestern um halb zehn ungefähr ausgeräumt haben.«

»Das ist doch Tünkram, Herr Kommissar.«

»Woher wollen Sie das denn wissen, wenn Sie hier nichts Auffälliges gesehen haben?«

»Ja, nee. Nee, ja. Ich hab doch nichts …«

»Ich nehme an, Ihre Kunden warten schon ungeduldig auf Sie. Ihre Personalien haben wir ja. Ich wünsche Ihnen noch Petri Heil, oder wie sagt man das unter Fischern?«

Höger sagte gar nichts mehr und war innerhalb von Sekunden in seinem Boot und im Nebel verschwunden.

Malbek sah zu einem Containerfrachter, der langsamer fuhr als die Schiffe vor ihm. An der Heckreling stand ein Mann und winkte der Gruppe vermeintlicher Ausflügler am Bootssteg zu, bis er vom Nebel verschluckt wurde.

2.

Die Leitstelle stellte Kommissar Harder in der Bezirkskriminalinspektion Kiel den Anruf einer jungen Frau durch, die von einem Leichenfund auf Welle Nord gehört hatte und fragte, ob der schon identifiziert worden sei. Sie würde nämlich ihren Freund seit vorgestern Abend vermissen.

Harder ließ sich ihre Telefonnummer und Adresse geben und ging zu Malbek, der sein Zimmer auf der anderen Seite des Flures hatte.

»Dörte Schneider. Erzieherin, zurzeit arbeitslos«, sagte Harder und legte ihm die Notiz auf den Schreibtisch. »Sie sagte, ihr Freund sei Auszubildender bei der Reederei Molsen, mit Sitz in Holtenau. Er wollte vorgestern Abend in der Holtenauer Schleuse von Bord gehen, um eine Woche Urlaub zu machen. Sein Schiff ist die ›Christian Molsen‹.«

»Wann ist Frau Schneider hier?«, fragte Malbek.

»Sie traut sich nicht aus der Wohnung. Sie klang ziemlich verwirrt.«

»Aber sie weiß doch noch gar nicht, ob es ihr Freund ist.«

»Sie sagt, sie fühlt es.«

»Haben die da eine gemeinsame Wohnung?«

»Ja.«

»Na, denn schauen wir mal, wie sich das anfühlt, was sie fühlt.«

Dörte Schneider wohnte in Kiel-Neumühlen, Langer Rehm 30, im zweiten Stock. Das Mietshaus lag an der vierspurigen Ausfallstraße Richtung Laboe, und das Kieler Stadtzentrum war weit weg. Es war eine der ehemaligen Wohnungen für Werftarbeiter, bis es mit den Howaldtswerken bergab ging und die Betriebswohnungen an einen amerikanischen Immobilienkonzern verkauft wurden.

Der Name »Markus Peters« fand sich auf einem kleinen handgeschriebenen Zettel am Briefkasten. An der Klingel und an der

Wohnungstür stand nur »Dörte Schneider« in verschnörkelter Schreibschrift auf einem Emailleschild.

Nachdem Malbek die Dienstmarke vor den Türspion gehalten hatte, klapperte es hinter der Tür. Es dauerte, bis sie die Türkette gelöst hatte. Zögernd öffnete sie die Tür. Ihre Augen lagen tief in den Höhlen, der Ausschnitt des T-Shirts zeigte ihre durchsichtige Haut, die sich über den Schulterknochen spannte. Die Augen waren schwarz ummalt, die Mascara war verschmiert, und ihre halblangen schwarzen Haare waren fettig. Ihre Hände zitterten.

Harder sah Malbek mit aufgeblasenen Backen an, als sie ins Wohnzimmer voranging. Vielleicht wollte sie ausgehen. Zur Feier oder zur Trauer des Tages.

Die Luft war stickig, und neben süßlichem Parfüm erfüllte der saure Geruch von Erbrochenem und kaltem Zigarettenqualm die Luft. Malbek hatte das Gefühl, eine heiße Kröte mit Drei-Tage-Bart im Mund zu haben, würgte mit einem erstickten Laut, stolperte zum Wohnzimmerfenster und riss es auf.

»Herr Kriminalhauptkommissar Malbek wollte sich vergewissern, ob sich eine verdächtige Person noch auf der anderen Straßenseite befindet«, sagte Harder geistesgegenwärtig. Er wusste von der Synästhesie seines Chefs, einer Übersensibilität, die der Nase Augen gab. Die Nasenaugen lieferten Bilder aus dem Unterbewusstsein, die meist sehr skurril waren.

Dörte Schneider sah ängstlich zwischen Malbek und Harder hin und her. Das gleichmäßige Rauschen von der stark befahrenen Straße erfüllte das Wohnzimmer.

»Na, Herr Kriminalhauptkommissar, alles okay?«, fragte Harder.

»Ja, war wohl doch nur ein harmloser Passant.« Er wandte sich zu Dörte Schneider: »Kein Grund zur Sorge, Frau Schneider. Falscher Alarm.«

Das Wohnzimmer wirkte im Gegensatz zur Bewohnerin sehr aufgeräumt. Eine Wasserpfeife und Bambusschnitzereien standen in wohlgeordneter Dekorationspose auf dem ansonsten leeren Regal neben einer farbenfrohen Sitzgruppe. Ein Konzertposter einer Punkgruppe hing darüber. Auf dem Sofa lagen eine Rolle Küchenpapier und ein Lifestyle-Magazin. Davor stand ein Küchenabfalleimer.

Sie griff nach einer Zigarettenpackung.

»Frau Schneider, ich bitte Sie, nicht zu rauchen. Ich bin Rauchallergiker«, sagte Malbek freundlich. »Ich denke, wir sind auch bald mit den wichtigsten Fragen durch. Wir müssen zunächst klären, ob Ihr Freund mit dem unbekannten Toten vom Kanal identisch ist. Verstehen Sie, was ich meine?«

Sie starrte ihn gequält an und riss, ohne den Blick von ihm zu wenden, ein Stück Küchenpapier von der Rolle.

»Hat Ihr Freund die gleiche Marke geraucht?« Sie nickte. Es war eine aufgeweichte Packung vom Duft der großen weiten Welt gewesen, die sie bei ihm gefunden hatten.

»Wissen Sie noch, welche Kleidungsstücke er trug?«

»Ich ... er hatte ja einiges mit. Ich weiß nicht, was er so anhatte. Ich meine, gestern. Oder vorgestern, er hatte ja einiges mit, also er hatte ... ein schwarzes Sweatshirt mit braunen Ärmeln und Kapuze, eine schwarze Windjacke, eine schwarze ...« Sie starrte Malbek erschrocken an, schluchzte laut auf, nickte mehrfach, beugte sich vor, wischte mit dem Küchenpapier wieder an den Augen herum und warf das Papier in den bereitstehenden Kücheneimer. Sie riss das nächste Küchenpapier von der Rolle und zerdrückte es.

Tränen oder eine Spur von Tränenflüssigkeit war in ihrem Gesicht nicht zu entdecken. Nur Wimperntusche, die sorgfältig um die Augen und auf den Wangen verschmiert war.

Malbeks Handy summte.

»Einen Moment. Vehrs ist dran.« Er bedeutete Harder mit einem Nicken, die Befragung fortzuführen, ging in den Wohnungsflur. Es war eine gute Gelegenheit, sich unbemerkt in der Wohnung umzusehen.

»Okay, schieß los!«, sagte Malbek.

»Der Diakon vom Seemannsheim Holtenau hat angerufen. Er hat einen ihm bekannten Seemann namens Markus Peters vorgestern Abend bei sich im Heim gesehen. Er kennt ihn, weil er öfter nach Urlaub oder Versetzung auf ein anderes Schiff seiner Reederei dort im Seemannsheim gewartet hat.«

»Und? War mehr aus dem Diakon herauszuholen?«, fragte Malbek.

»Entschuldige, ich hab's gefunden, ich hab vorhin noch etwas rumtelefoniert, und dabei ist der Zettel … ja, hier. Also, Peters kam ungefähr um neunzehn Uhr dreißig. Er hat gesagt, dass er auf einen Freund warten muss, der ihn abholen wollte. Er hat sich dann in den Aufenthaltsraum gesetzt und mit seinem Internet-Stick gesurft.«

»Was für Gepäck hat Peters bei sich gehabt?«

»Seesack und eine Laptoptasche. Markus Peters habe einen Anruf auf seinem Handy bekommen, sei rausgegangen, also vor das Seemannsheim, was die Aufzeichnung der Webkamera an der Schleuse übrigens bestätigt hat.«

»Hey, da gibt's 'ne Aufzeichnung? Warum haben Sie mir das nicht gleich gesagt?«

»Weil Sie mal gesagt haben: Chronologisch bitte, immer chronologisch, erinnern Sie sich? Bei Ihrer Amtseinführung«, sagte Vehrs.

»Danke für die angemessene Wortwahl.«

»Es ist die Webkamera der United Channel Agency, die haben drei ihrer Kameras ins Netz gestellt. Man war so freundlich, uns die Aufzeichnung für den Zeitraum sofort rüberzuschicken, und Frerksen hat das Material ausgewertet. Der Diakon hat bestätigt, dass das Markus Peters auf den Fotos ist. Ich habe dir die Fotos als Mail geschickt. Er ist nach ungefähr zehn Minuten wieder reingekommen, hat sein Laptop eingepackt und sich ans Fenster gestellt und rausgesehen, bis ein Taxi kam. Damit ist er weggefahren.«

»Mach dich auf die Suche nach dem Taxifahrer.«

»Nicht mehr notwendig. Der hat auf Welle Nord von dem Kanaltoten gehört und hier angerufen. Er hat den jungen Mann vom Seemannsheim auf die andere Fördeseite nach Neumühlen, Langer Rehm 30, gefahren. Seine Zentrale hatte die Adresse in der Liste.«

»Interessant … warte mal.«

Im Schlafzimmerschrank fand er einen Haufen schmutziger Wäsche, der einen geöffneten Seesack verbergen sollte.

»Vehrs, er war tatsächlich hier. Schick mal die Spurensicherung im Eiltempo in den Langen Rehm 30.«

Das Seefahrerbuch lag obenauf.

Malbek war erleichtert, dass im Badezimmer das Fenster weit geöffnet war. Im Spiegelschrank lagen mehrere angebrochene Zahnpastatuben, Schminkkram jeden Kalibers, Schmerztabletten jeden Kalibers, Abführmittel, Appetitzügler, ein Gel gegen Sodbrennen, etwas gegen Magenschleimhautentzündung, Pflaster und Ähnliches.

Malbek ging zurück ins Wohnzimmer und setzte sich auf den Sessel neben Harder.

»Hatte er Feinde? Haben Sie einen Verdacht?«, fragte Harder.

»Er hat Ärger gehabt«, sagte Dörte Schneider.

»Mit wem?«

»Mit der Reederei.«

»Was meinen Sie damit? Mit der ganzen Reederei?«

»Muss ich das denn überhaupt erzählen? Das ist doch nur was wegen der Schule und so.« Sie knetete ihre Hände und sah unsicher von Harder zu Malbek. Er war der Chef, das hatte sie schnell begriffen.

»Wir haben Hinweise darauf, dass Ihr Freund möglicherweise ermordet wurde, Frau Schneider«, sagte Malbek. »Wir suchen den oder die Täter, und Sie wollen uns doch helfen. Deshalb müssen Sie alles erzählen, was Sie über Ihren Freund wissen. Sie sehen erschöpft aus. Sollen wir Sie zu einem Arzt bringen?«

Sie schüttelte heftig den Kopf.

»Also worum ging es bei diesem Streit mit der Reederei?«, fragte Malbek.

Sie schüttelte wieder den Kopf, begann stockend, immer wieder nach Worten suchend: »Ich weiß nichts. Ich weiß nur, dass er einmal in die Reederei zum Personalchef musste. Aber dann … ich dachte ja, es wäre wieder alles okay. Aber vor einigen Wochen, da sollte er auf ein anderes Schiff und hat hier gewartet, fast eine Woche, da war er komisch, anders.«

»Wie, anders?«, fragte Harder.

»Er hat nicht geschimpft, er war nicht wütend, er war still, hat mir nie zugehört.«

»Was glauben Sie, was mit ihm los war?«, fragte Malbek.

»Woher soll ich das wissen?«, fragte sie in gereiztem Ton. »Er ist ja oft monatelang auf See. Manchmal drei, vier Monate am Stück. Und wenn er dann nicht da ist, dann weiß ich, er ist unterwegs. Deshalb ist er nicht da. Verstehen Sie, was ich meine? Und dann war er eigentlich da, aber er hat durch mich durchgeguckt. Als ob ich durchsichtig bin.« Sie ballte die knochigen Fäuste. Die Augen wurden feucht. »So etwas brauche ich mir doch nicht gefallen zu lassen! Was meinen Sie? Muss ich mir so etwas gefallen lassen?« Sie beugte sich zu Harder vor, als suche sie seine Zustimmung, zitterte plötzlich und ließ sich ins Sofa zurückfallen.

»Erzählen Sie uns, was an dem Abend, als Ihr Freund in der Schleuse vom Schiff stieg, passiert ist. Warum haben Sie ihn nicht abgeholt?«, fragte Malbek.

»Ich hab einen Job als Kellnerin, abends. Er ist allein hierher und wollte sich erst mal ausschlafen. Aber als ich nach Hause kam, war er gar nicht da. Auf dem Handy hat er sich nicht gemeldet.«

»Er war also nicht hier?«

»Nein, er war nicht da. Und er war nicht hier. Es ist aus und –«

»Er war hier«, unterbrach Malbek sie. »Ich habe im Schlafzimmerschrank seinen Seesack gefunden. Sie haben Wäsche darübergeworfen, um ihn zu verstecken.«

»Ja, kann sein, ist doch egal jetzt. Ich bin müde. Sind Sie bald fertig?«

»Warum haben Sie den Seesack versteckt? Vor uns?«

»Ist doch egal. Alles egal jetzt. Ich konnte ihn nicht mehr sehen heute, den Sack, ja, auch er war ein Sack.« Trotzig sah sie die beiden Polizisten an, und im nächsten Moment erschrocken über das, was sie eben gesagt hat. Sie hielt sich die Hand vor den Mund. Für einen Moment schien es, als ob sie sich erbrechen müsste.

Malbek atmete tief durch. »Welche Handynummer hatte er?«, fragte er.

Harder sah seinen Chef genervt an. Lass sie jetzt in Ruhe, hieß das, es reicht doch, und die Handynummer kriegen wir auch so schnell raus. Malbek ignorierte Harders Blick.

»Ich weiß das nicht aus dem Kopf. Müsste in meinem Handy stehen, das liegt hier irgendwo.« Sie fuchtelte mit der Hand herum.

»Wir wissen, dass Ihr Freund mit dem Taxi hierhergefahren ist. Vorher hat er telefoniert. Mit Ihnen?«

»Nein. Außerdem war ich nicht hier, das hab ich Ihnen doch gesagt.«

»Wie lange kannten Sie sich?«

»Eineinhalb Jahre. Ungefähr. Viel zu lange. Ich kann jetzt wirklich nicht mehr, gehen Sie endlich!« Sie stand unsicher auf. Harder sprang auf, fasste sie am Arm. »Nein danke. Es geht schon.«

»Schön. Da haben wir ja Glück gehabt«, sagte Malbek und stand ebenfalls auf. »Es spricht vieles dafür, dass es sich um Ihren Freund handelt, aber um absolute Sicherheit zu haben, müssen wir Sie bitten, ihn zu identifizieren. Ziehen Sie sich etwas über, es ist ziemlich frisch draußen.«

»Nein, nein, das kann ich nicht, ich habe alles gesagt, was ich weiß. Wie sieht er denn aus, ich meine, doch nicht so, wie ich ihn kannte!« Sie schluchzte auf. »Ich kann Ihnen nicht helfen, glauben Sie mir doch …« Sie ließ sich weinend auf das Sofa fallen.

Harder machte eine unauffällige Kopfbewegung, die Malbek sagte: Was soll das? Das steht die nicht durch, und es ist gar nicht nötig.

Er hatte irgendwie recht. In Peters' Seesack befand sich ein Schreiben von der Seefahrtschule in Rostock über seine nächsten Unterrichtseinheiten. Außerdem könnte jemand von der Reederei oder dem Schiff ihn identifizieren.

»Frau Schneider, ich muss darauf bestehen«, sagte Malbek ungerührt. »Wenn Sie sich zu schlecht fühlen, werde ich einen Arzt rufen.«

»Nein, das ist nicht nötig!« Sie sah Malbek erschrocken an.

»Ich geh nur ins Bad und mach mich etwas frisch. Dann wird es schon gehen.«

Als Dörte Schneider im Bad verschwunden war, drückte Malbek Harder die Autoschlüssel in die Hand und sagte mit gedämpfter Stimme: »Ich rufe mir ein Taxi und mache der Reederei meine Aufwartung. Sie beordern in meinem Auftrag eine Kollegin zur Gerichtsmedizin, die Frau Schneider bei der Identifizierung betreut, und fahren in einfühlsamem Fahrstil mit ihr dorthin. Plaudern Sie mit ihr, beleuchten Sie alle Fenster ihres Herzens. Sie haben doch welche, oder?«

»Aber …«

»Es sollte Ihnen nicht schwerfallen, eine einfühlsame Kollegin zu finden. Vielleicht wär das was für unsere Neue aus Schleswig, Kommissarin Hoyer.«

Als sie die Treppe hinuntergingen, öffnete sich die gegenüberliegende Wohnungstür, sie drehten sich um, und eine junge Frau mit blauem Auge sah sie abschätzend vom Treppenabsatz an.

»Von wegen Presse! Das sind die Bullen! Die Schneider hat doch wieder gesponnen!«, rief sie laut in ihre Wohnung.

3.

Malbek ließ sich vom Taxi zum Anleger der Kanalfähre an der Kanalstraße fahren. Die Passagier- und Fahrradfähre trug den stolzen Namen »Adler«, wurde im Volksmund allerdings wegen ihrer Kastenform liebevoll »Schuhkarton« genannt. Sie verband die durch den Kanal getrennten Kieler Stadteile Wik und Holtenau.

Ein Containerfrachter zog als Letzter einer Schleusenfüllung gemächlich vorbei, und es würde noch Minuten dauern, ehe die Fähre das Zeitfenster nutzen konnte, in dem der Kanal für ihre Überfahrt frei war.

Malbek hatte in seiner Kindheit mit seinem Bruder und seiner Mutter von Schleswig aus mehrere Ausflüge zur Holtenauer Kanalfähre gemacht. »Auf Kreuzfahrt gehen« hatten sie das genannt. Sie waren mehrmals hintereinander mitgefahren, ohne auszusteigen. Da alle Fähren über den Kanal von Gesetzes wegen gratis waren, kostete der Spaß nichts.

Die Fähre presste sich an den Anleger, und die Gangway klappte auf. Einige Wanderer mit vollen Rucksäcken stiegen aus.

Malbek war der einzige Passagier, der einstieg. Die Pendler mussten noch arbeiten, und den Touristen war es wahrscheinlich zu grau und regnerisch.

Die Fähre hatte in der Kurve nach dem Ablegen ruckartig starke Schlagseite, sodass er sich am Geländer der Leiter zum Steuerhaus festhalten musste.

»Sie dürfen hier aber nicht einfach so raufkommen.« Der Fährmann musterte Malbek misstrauisch. Im nächsten Atemzug stellte er fest: »Sie sind nicht aus Holtenau«, als würde dies sein Verbot erklären.

»Nee, ich bin aus Kiel.«

»Sind Sie von der Polizei?« Er sah mit dem gleichen misstrauischen Blick zu den Schleusentoren hinüber. Gleichzeitig bewegte er mit der linken Hand einen Joystick, der sich auf einer Armatur links neben seinem Sitz befand. Ein Steuerrad wie früher gab es nicht mehr.

»Wie kommen Sie darauf?«, fragte Malbek. Vielleicht war seine Lederjacke noch nicht alt und speckig genug.

»Ich kenn meine Fahrgäste. Und wie ein Tourist sehen Sie nicht aus.«

»Und wie sehen die aus?«

»Anders. Nicht so wie Sie. Eben anders.« Er sah Malbek amüsiert an. Aber nicht abfällig. Es war ein unübersehbarer Schuss Freundlichkeit dabei. Mit einer Prise Arroganz, die das Etikett »Mir kannst du nichts« trug.

»Fährt hier auch jemand von der Reederei Molsen öfters mit?«

»Ach die, die fahren meist über die Brücke.« Er deutete westwärts zur Hochbrücke, die den Eingang zur Passage durch Schleswig-Holstein Richtung Nordsee wie ein Torbogen markierte.

»Und wer fährt von der Reederei nicht über die Brücke, sondern mit Ihnen?«

»Na, das Madamchen.«

»Wen meinen Sie damit?«

»Warten Sie ab. Sie wollen doch zur Reederei.«

»Woher wissen Sie das?«

»Weil Sie ständig danach fragen. Und wegen dem jungen Seemann. Darüber spricht doch jeder hier.«

»Haben Sie ihn vorgestern Abend hier gesehen, oder ist er mit Ihnen gefahren?«

»Nee, sein Schiff, die ›Christian Molsen‹, war ja vorgestern in der südlichen Schleusenkammer, da ist er gleich beim Seemannsheim und auf dem Wiker Kanalufer gewesen. Haben Sie schon einen Verdacht?« Er nahm sein Fernglas und sah damit zur Schleuse. War das ein Hinweis oder Routine?

»Wir ermitteln in alle Richtungen. Woher wissen Sie das eigentlich alles?«

»Auf beiden Anlegern warten morgens und nach Feierabend immer jede Menge Leute, da ist der ›Adler‹ pickepackevoll. Ich krieg hier oben viel mit, wenn die da unten an der Treppe palavern. Meist steigt denn auch jemand so wie Sie hier hoch und schnackt mit mir über das Neueste.«

»Und das ist dann bestimmt ein Holtenauer.«

»Stimmt, Herr Kommissar.«

Malbek war erstaunt. »Hat man mich im Stadtteil angekündigt?«

»Ich hab in den Jahren so 'n bisschen Menschenkenntnis angesammelt.«

»Kannten Sie den Toten?«

»Er ist manchmal rüber zu Molsen. Und zurück. Wollen Sie auch gleich wieder mit zurück?«

»Was? Nein!«

Eine Gruppe Fahrradausflügler hatte die kleine Fähre gefüllt.

Als Malbek wieder unten an Deck von der Treppe stieg, rief er nach oben zum Fährmann: »Sie sind doch auch nicht aus Holtenau! Sie haben so einen fremden Schlag in der Zunge, so wie ...«

»Ich bin ein Kind Ostpreußens, meine Eltern waren Flüchtlinge. Und nu aber raus mit Ihnen!«

Malbek zwängte sich durch die Leute an der Gangway, die ihn neugierig anstarrten, und sprang auf den Holtenauer Anleger. Er schlenderte die Kanalstraße entlang bis zum Tiessenkai. Vor einem Café saßen Gäste in dicken Pullovern und musterten ihn neugierig.

Malbek suchte sich einen freien Tisch. Vor ihm lagen die Kanaleinfahrt und die Schleusenanlage. Hier war Markus Peters von Bord gegangen, rechts das Seemannsheim, vor dem er gestanden hatte. War Markus Peters absichtlich vor das Haus gegangen, damit man ihn auf der Kamera sehen konnte, sehen, wohin er sich gewandt hatte? Hatte er überhaupt telefoniert?

»Möchten Sie die Speisekarte?« Ein Kellner mit weißer Schürze stand plötzlich vor Malbek. »Ich kann Ihnen Wollhandkrabbe an Knoblauchjus empfehlen.« Er wies auf die Tafel neben dem Eingang, an die er gerade etwas geschrieben hatte.

»Ganz frisch von unserem Kanalfischer, nehme ich doch an?«, fragte Malbek.

Der Kellner nickte stolz und schrieb auf seinen Block.

»Nein, danke, nur einen Café au Lait. Nicht geschüttelt, nicht gerührt.«

Der Kellner sah ihn eine Sekunde lang irritiert an, rettete sich in ein künstliches Lächeln und verschwand im Café.

Malbek hatte das durchaus ernst gemeint. Als der Café au Lait kam, war er homogen, als ob er im Küchenmixer gewesen wäre. Er liebte es jedoch, wenn er den Klecks aufgeschäumte Milch obenauf mit dem Löffel langsam verrühren konnte. Das hatte meditativen Wert, wie ein Strandspaziergang an einem windigen Tag. Er hatte sich das nicht ausgedacht, sondern Jette hatte es ihm beigebracht. In der Zeit, als er mit Hilfe seines Kollegen Eric Lüthje in Flensburg seine Rehabilitation durchboxte, nach acht Jahren unschuldig verbüßter Haft.

Am Tisch rechts von ihm sah es nach Nussschnitten und Käsekuchen aus, links konnte er eindeutig Schwarzwälder Kirschtorte und Donauwellen identifizieren. Letztere hatte seine Mutter immer bevorzugt. Sein Magen knurrte unüberhörbar nach Hähnchenkeule, vielleicht paniert, nach Wiener Art.

Er unterdrückte den plötzlichen Impuls, bei Harder anzurufen und zu fragen, ob er Hoyer mitgenommen hatte und wie die Identifizierung durch Dörte Schneider gelaufen war. Harder würde sich schon melden, wenn es so weit war. Nein. Das würde er nicht tun. Malbek ahnte, was dort in der Gerichtsmedizin passiert war. Harder hatte nichts begriffen. Manchmal fand Malbek sich unerbittlich und hinterhältig.

4.

Das Reedereigebäude befand sich auf einer Anhöhe auf der nördlichen Schleusenseite und bestand aus einer Gründerzeitvilla und einer daran angeklebten schmucklosen, einstöckigen Stahlkonstruktion mit viel Glas. Auf dem Flachdach des Anbaus stand ein mannshoher Schiffsschornstein aus den fünfziger Jahren mit dem Reedereiwappen: oben und unten eine schmale »Bauchbinde« in Schwarz, ein weißes M auf blauem Grund. Davor war ein kleiner Firmenparkplatz, auf dem zwei sehr teure Wagen und einige unauffällige Mittelklassewagen standen.

Als er der Dame am Empfang seine Dienstmarke zeigte, griff sie gelassen zum Telefon und meldete ihn an.

Bevor Malbek die Dame in ein Gespräch verwickeln konnte, kam der Reeder die Treppe heruntergeeilt. Er war etwas untersetzt, graue Schläfen, irgendwie zu lange Arme, die er hin und her schlenkerte wie ein pubertierender Junge. Der maßgeschneiderte dunkelblaue Anzug versuchte vergeblich, das Problem zu verbergen. Die Krawatte war graublau, auf seine Augenfarbe abgestimmt. Die gleichmäßige Urlaubsbräune, der zu dunkel gefärbte Dreitagebart und eine Nickelbrille verliehen ihm einen gewollt jungenhaften Ausdruck, der im Gegensatz zu den vielen Knitterfalten im Gesicht und dem unregelmäßig eingefärbten Haupthaar stand.

»Ich grüße Sie, Herr Kommissar!«, rief ihm Axel Molsen gut gelaunt entgegen. Er schüttelte ihm herzlich die Hand, als würden sie sich schon jahrelang kennen.

»Ich habe den Eindruck, dass Sie mich schon sehnsüchtig erwartet haben«, sagte Malbek, als sie in den ersten Stock gingen.

»So würde ich das nicht ausdrücken. Aber nun sagen Sie mal, was ist das nur für eine unangenehme Geschichte?« Er öffnete die Tür zu seinem Arbeitszimmer und bat Malbek mit einer weit ausholenden Geste, einzutreten. »Wie kann ich Ihnen helfen, Herr Kommissar? Nehmen Sie doch Platz.«

Eine Serviererin mit weißem Schürzchen, weißer Bluse und schwarzem Rock deckte den Besprechungstisch. Tee, Kaffee, Sandwiches, Kekse. Hauchdünnes Porzellan. Eine gebratene Hähnchenkeule war leider nicht dabei.

Malbek ging zu den hohen Fenstern hinter Molsens Schreibtisch.

»Mein Großvater hat dieses Zimmer, sein Arbeitszimmer, als den ›Holtenauer Balkon‹ bezeichnet«, sagte Molsen und stellte sich neben Malbek.

Man hatte einen Überblick über das gesamte Schleusenareal und die gegenüberliegende Kanalseite. Die Seemannsmission war nur deshalb nicht sichtbar, weil drei Containerfrachter in der nördlichen Schleusenkammer die Sicht versperrten.

Die Serviererin fragte ihren Chef, ob es so recht sei und er noch weitere Wünsche habe. Er machte eine Geste, die sie wohl als Antwort verstand, sie machte einen Knicks und ging zur Tür. Bevor sie den Raum verließ, drehte sie sich für einen Moment um, warf Malbek einen Blick zu, als ob sie etwas sagen wollte, doch im nächsten Moment wandte sie sich mit gesenktem Kopf ab und schloss die Tür leise hinter sich.

»Wie ist die Stimmung bei Ihren Mitarbeitern?«

»Sie meinen, wegen dieser Sache hier?«, fragte Molsen.

»Ja, wegen des Mordes an Markus Peters.« Malbek fragte sich, ob es noch andere Gründe für eine schlechte Stimmung in der Reederei gab.

»Also bisher hat mich niemand darauf angesprochen. Außer Herrn Geerdsen natürlich.«

»Wer ist Herr Geerdsen?«

»Er ist zuständig für Personalangelegenheiten. Also, ich glaube, dass viele hier von der Sache noch gar nichts mitbekommen haben. Herr Peters gehörte ja zur Schiffsbesatzung. Er war nicht hier im Hause beschäftigt.«

»Wer ist der würdige Herr auf dem Bild?« Malbek betrachtete ein Porträt in vergoldetem Stuckrahmen, das neben Molsen an der Wand hing. »Ihr Großvater?«

»Ja. Ursprünglich hatte die Reederei ihren Sitz in Rendsburg.

Aber nur in der zweiten Reihe, er hatte keine Sicht auf den Kanal. Vor ihm residierte die Konkurrenz. Und davon gab es damals reichlich in Rendsburg. Als es aufwärtsging, verlegte mein Großvater den Sitz nach Holtenau. Er wollte sich nicht unter das gemeine Volk mengen.« Molsen lachte auf. »Schlimmer noch, er wollte hier auf der rechten Kanalseite einen eigenen Frachthafen bauen, vor oder direkt hinter der Hochbrücke. Man hat ihn für verrückt gehalten. Damals war auch an eine Erweiterung des Kanals nicht zu denken, wie sie jetzt betrieben wird. Und in Rendsburg wurde in den letzten Monaten ein neuer Frachthafen für die Windkrafträder gebaut. Er war zu früh mit seinen Visionen.«

Molsen stellte sich mit verschränkten Armen neben Malbek und redete weiter, während er auf die Schleusenanlage sah. »In Altona, an der Palmaille, wissen Sie, wer da alles gebaut hat, nur um auf die eigenen Schiffe zu schauen? Die Großen, die ganz Großen. Damals, ich meine, vor hundert Jahren, hatte das einen rationalen Hintergrund. Man konnte sich bequem vom Arbeitszimmer aus ein Bild vom Zustand der eigenen Frachtsegler machen, wenn sie von großer Fahrt aus Übersee zurückkamen. Denen sah man es doch gleich an, wie die Stürme ihnen zugesetzt hatten, wenn man sie nach Monaten oder Jahren wiedersah. Dann endlich konnte man den Gewinn ausrechnen. Jedenfalls bildete man sich das ein. Denn nur der Gang an Deck zeigt die Wahrheit, hat mein Großvater immer mit erhobenem Zeigefinger gesagt. Mein Vater hat es anders, sachlicher, aber schwächer formuliert: Man merkt es auf der Brücke, ob irgendetwas nicht stimmt.«

Molsen machte eine Pause, als müsse er Luft holen. »Alles hat sich geändert. Alles.« Er nahm seine Brille ab und hielt sie prüfend ins Sonnenlicht. Seine Hände zitterten, kaum merklich, aber für Malbek deutlich genug.

»Heute ist das alles überflüssig, irrational nennt man das. Ich habe überlegt, mit allem, der Reederei nach Sylt zu ziehen. Aber das kann ich meinem Großvater doch nicht antun. Sehen Sie nur, dieser Anblick ...« Er deutete zu der Schleusenkammer, vor der sich das Schleusentor geöffnet hatte und das erste Schiff langsam in den Kanal hinüberglitt.

»Sie wohnen auf Sylt?«

»Es ist nur ein Wochenendhaus.« Molsen setzte die Brille wieder auf und rieb sich danach die Ohrläppchen. »Ich habe hier im obersten Stockwerk meine Wohnung.«

Malbek nahm das Seemannsbuch aus der Innentasche seiner Lederjacke und blätterte darin.

»Oh, ist das sein Seemannsbuch?«, fragte Molsen mit belegter Stimme.

»Es war in seinem Seesack.«

»Ach so. Natürlich«, antwortete Molsen leise.

»Das scheint ja von Ihrer Personalabteilung alles ordentlich eingetragen worden zu sein«, sagte Malbek. »Jedenfalls auf den ersten Blick. Schiffsgröße, Maschinenleistung, mittlere Fahrt, kleine Fahrt, Urlaubsansprüche, Unterschrift des Kapitäns, Beglaubigungen des Seemannsamtes ... aber das werden wir natürlich noch alles überprüfen ...« Malbek klappte das Seemannsbuch zu und sah Molsen in die Augen. »Markus Peters soll Streit mit Ihnen gehabt haben.«

»Was? Wer sagt denn so was? Ich kannte ihn doch nicht einmal. Ich habe ihn nie gesehen.«

»Wer hat ihn eingestellt?«

»So etwas macht Herr Geerdsen, jedenfalls bei den Auszubildenden.«

»Und welche anderen Funktionen hat Herr Geerdsen noch?«

»Wie?«

»Hat er in der Firma noch andere Funktionen? Sie sagten, dass er Auszubildende einstellt, und ich frage mich deshalb, wer die anderen Mitarbeiter einstellt.«

»Ach, das war nur so eine Redensart von mir. Herr Geerdsen ist seit fünfundzwanzig Jahren bei uns und hat eine ganz ausgezeichnete Menschenkenntnis.«

»Ah ja. Dann hatte Markus Peters vielleicht Streit mit Herrn Geerdsen? Es soll um die Ausbildung an Bord gegangen sein. Hat Herr Geerdsen Ihnen nichts davon erzählt?«

»Nein. Wer hat denn das mit dem Streit behauptet?«

Malbek ignorierte seine Frage. »Die Personalangelegenheiten überlassen Sie also völlig Herrn Geerdsen?«

»Ja, natürlich, ich kann mich doch nicht um jeden Kleinkram kümmern«, sagte Molsen.

Er war jetzt gereizt. Vielleicht war er es nicht gewohnt, dass man seine Fragen nicht beantwortete. Sicher würde er lieber noch etwas über seinen Großvater erzählen. Er tunkte einen Keks in den Kaffee, kleckerte, grunzte ärgerlich, legte ihn an den Rand der Untertasse und wischte mit der Serviette herum. Das war nicht mehr der joviale, weltmännische Reeder, der Malbek mit ausgestreckter Hand auf der Treppe entgegengeeilt war, sondern ein vom Leben enttäuschter alter Mann, der wieder mal vergessen hatte, sich zu rasieren.

»Sie können mir also nichts weiter über Markus Peters erzählen, Herr Molsen?«

»Nein, absolut nichts. Ich sagte Ihnen schon, ich habe ihn nie gesehen, geschweige denn gesprochen.« Er mahlte mit dem Unterkiefer und rieb sich wieder die Ohrläppchen.

»Sie hatten eine mutige Innenarchitektin«, sagte Malbek und sah um sich.

Die Einrichtung war minimalistisch, die Büromöbel aus schwarzen und hellbraunen Hölzern, als Farbtupfer Gemälde von Schiffen und Porträts an den Wänden, rote und sonnengelbe Vasen, und, wie im Empfangsbereich, aufwendig gefertigte Schiffsmodelle alter Frachter hinter Glas, jeder mit einem Wald von Masten und filigraner Takelage ausgestattet. Ein reizvoller Kontrast zu den hohen Stuckdecken und den mächtigen getäfelten Türen.

»Und wenn es nun keine Architektin war?«, sagte Molsen schmunzelnd mit hochgezogenen Augenbrauen. Er war offensichtlich erleichtert über diese Wendung des Gesprächs. Er entspannte sich wieder, seine Hände wurden ruhiger, und er legte sie auf die Lehnen des Sessels, die Arme weit ausgebreitet.

Malbek schüttelte den Kopf. »Es war eine Frau.«

»Sie haben recht. Es war meine Tochter.«

»Sie ist Architektin?«

»Nein. Betriebswirtin.«

»Donnerwetter, eine vielseitige Begabung, Ihre Tochter. Das da ist aber nicht von ihr«, sagte Malbek.

Im Regal neben dem Besprechungserker stand in Augenhöhe ein aus dunklem Holz geschnitzter, handgroßer Drache. Aus der Mitte des Leibes züngelten Flammen empor, im wütend aufgerissenen Maul prangten scharfe Zähne, anscheinend aus Elfenbein. Vor ihm stand das Objekt seiner Angriffslust, ein faustgroßer Plastik-Donald, der mit ärgerlicher Miene den rechten Ärmel seines blauen Matrosenanzuges hochkrempelte und mit entschlossenem Ausfallschritt auf den fauchenden Drachen zuging.

»Irrtum, Herr Kommissar. Auch das hat sie arrangiert. Der Drache war ein Geschenk unserer Werft in Nanjing.«

»Und der Donald?«

»Den hat sie dazugekauft.«

»Wie alt ist Ihre Tochter?«

»Das frage ich mich auch manchmal. Über ihr Alter spricht Regina nicht gerne, und ich werde es deshalb auch nicht verraten.«

Ist vielleicht auch nicht so wichtig, dachte Malbek.

»Was meinen Sie, was sie damit sagen wollte? Ich meine, mit dem Ensemble in Ihrem Regal?«

Molsen stand auf, stellte sich neben Malbek und betrachtete die beiden Figuren, als würde er sie das erste Mal sehen.

»Nach dem Tod ihrer Mutter hat sie mir das Ensemble auf den Schreibtisch gestellt. Neben das Telefon.« Er sprach langsam, als hätte er Mühe, sich daran zu erinnern. »Als ich das Ensemble vom Schreibtisch entfernte und ins Regal stellte, hat sie gefaucht wie der Drache. Ich musste ihr versprechen, dass ich es nicht auch noch aus dem Regal, geschweige denn aus diesem Zimmer entferne. Das ist die Art, wie wir Kompromisse schließen.«

»Es fällt mir schwer, in Ihnen einen Donald zu sehen. Oder hat sie ihn mit Onkel Dagobert verwechselt?« Malbek lächelte freundlich.

»Ich sollte oft unerbittlicher sein, meint sie. Mit entschlossenem Blick die Ärmel hochkrempeln. *Sichtbar* entschlossen wirken, das ist ihre Devise.«

»War der Schornstein auf dem Anbau Ihre Idee?«

»Er gefällt Ihnen, nicht wahr? Die Schiffe sehen ihn schon von der Förde aus. Regina findet es furchtbar.«

»Die Mutter Ihrer Tochter ... ist sie –«

»Kommen Sie, nehmen wir doch wieder Platz«, unterbrach er Malbek und wirkte plötzlich erschöpft. Malbek fragte sich, ob diese plötzlichen Stimmungswechsel nur Theater waren, eine Inszenierung, die er sich für diese Befragung ausgedacht hatte. Oder hatte sein Anwalt ihm das als taktisches Manöver geraten, wenn Molsen nicht mehr weiterwusste? Molsen ließ sich in den Sessel fallen, trank hastig seine Tasse Kaffee in einem Zug aus und setzte sie hart auf der Untertasse ab. In seinem Gesicht arbeitete es. Er presste Daumen und Zeigefinger aneinander und starrte immer noch in die leere Tasse, als er endlich wieder sprach. Malbek war stehen geblieben.

»Meine Frau hat sich vor drei Jahren mit ihrem Jaguar überschlagen. Die Werkstatt hatte auf dem Armaturenbrett den Aufkleber für die Geschwindigkeitsbeschränkung der Winterreifen vergessen.«

»Und? Haben Sie den Prozess gewonnen?«, fragte Malbek.

»Ich habe meinen Anwalt angewiesen, die Angelegenheit nicht zu verfolgen. Es hätte Jahre gedauert. Ich wollte meine Ruhe haben.« Molsen richtete sich etwas auf und legte die Arme wieder auf die Sessellehnen.

»Arbeitet Ihre Tochter auch in dieser Branche?«

»Meine Tochter arbeitet bei Hirtberger im Alten Land. Auch eine Reederei. Mit Blick auf die Elbe.« Er zwinkerte mit den Augen.

»Haben Sie Feinde, Herr Molsen?«

»Wieso? Meinen Sie ...?«

Malbek wartete.

»Wie kommen Sie denn jetzt darauf?«, fragte Molsen.

»Vielleicht haben Sie einen Feind und wissen es gar nicht. Seit der Kindheit oder Schulzeit. Er will sich endlich an Ihnen rächen und fängt jetzt vielleicht an, Ihnen Schwierigkeiten zu machen. Alle Mittel sind ihm recht.« Malbek setzte sich und beugte sich vor. »Haben Sie Feinde, Herr Molsen?«

»Was Sie so alles aus dem Hut zaubern ... Nein, ich habe keine Feinde, auch und gerade im geschäftlichen Bereich nicht. Und schon gar nicht aus der Kindheit.« Er lachte auf. »Spatzenschießen für zehn Pfennig pro Spatz, bei den Bauern, weil sie die Reetdächer kaputt machten und vollschissen. Entschuldigung. Mein erstes selbst verdientes Geld. Hat natürlich nichts mit der Seefahrt, geschweige denn mit der Arbeit als Reeder zu tun.«

»Sie kommen jetzt vom Thema ab, Herr Molsen.« Malbek lächelte verbindlich. »Aber so ganz harmlos sind Ihre Kindheitserinnerungen ja auch nicht. Sie haben also Erfahrung mit Schusswaffen und haben sehr früh Geschäftssinn gezeigt. Eine gefährliche Mischung.« Malbek versuchte humorvoll auszusehen.

»Also, das verbitte ich –«

»Beruhigen Sie sich, war nur ein äußerst dummer Scherz, ich hab es nicht so gemeint, ich bitte um Entschuldigung«, sagte Malbek betont beiläufig. Immerhin bekam Molsen wieder eine gesunde Gesichtsfarbe.

Wenn man seine Kindheit konsequent weiterdachte, hätte Molsen Profikiller werden können, unauffällig, freundlich, ein wenig sonderlich. Die perfekte Tarnung, dachte Malbek. Die Wege des Herrn sind unergründlich.

»Ich kann Sie beruhigen, jetzt schieße ich nur noch in Kenia«, unterbrach Molsen Malbeks Gedankengang. »Ich fliege ab und zu mit Freunden zur Großwildjagd.«

»Womit verdient Ihre Reederei ihr Geld?«

Molsen sah ihn irritiert an, fing sich aber schnell wieder.

»Wir betreiben sogenannten Feederverkehr, in der Ostsee, im baltischen und im skandinavischen Raum, der die Häfen in der Deutschen Bucht anläuft, wo die Containerladungen zu längeren Passagen nach Übersee und Nah- und Fernost-Passagen zusammengestellt werden. Wir wickeln den Containerverkehr zwischen den großen Tiefwasserhäfen und den kleineren Häfen ab. Wir fahren die Häfen zwischen Rotterdam, Oslo und St. Petersburg an, die die Überseecontainerschiffe nicht anlaufen können. Weil sie zu viel Tiefgang haben und weil es unwirtschaftlich wäre.«

»Aber woher bekommen Sie die Aufträge, die Container, für deren Beförderung Sie Geld bekommen?«

»Wir verchartern unsere Schiffe an eine dänische Firma, die sich weltweit mit Befrachtung befasst. Als Reederei sorgen wir für die Ausrüstung, also Seetauglichkeit und Bemannung. Die Besatzung wird von uns eingestellt, ausgebildet und bezahlt. Und die Schiffe wollen gewartet werden, müssen in die Werft. Das ist ein immenser Aufwand, den wir da betreiben müssen, das können Sie mir glauben.«

»Und welche Routen befahren Ihre Schiffe?«

»Sehen Sie auf die Karte hinter Ihnen.« Es war eine Karte von Europa, die den Linienverkehr der Reedereischiffe zwischen den Hafenstädten im Ostseeraum, dem Baltikum und der Deutschen Bucht zeigte.

»Zeebrügge, Rotterdam, Bremerhaven, Hamburg, Oslo, Kopenhagen, Århus, Fredericia und nach Osten bis nach St. Petersburg, die neuen Containerterminals in der Nähe von Helsinki, Kotka und so weiter rüber nach Litauen. Klaipëda wird mehr und mehr zum Drehkreuz im Osten, fast immer eisfrei, dann rauf nach Schweden … na ja, Sie haben jetzt eine Vorstellung.«

»Welche Route hatte die ›Christian Molsen‹, auf der Markus Peters ja zuletzt gefahren ist?«

»Einen Moment … Das muss ich eben nachsehen.« Molsen setzte sich an seinen Schreibtisch, tippte auf der Tastatur und sah auf einen der drei Bildschirme. »Rotterdam, Kotka, Klaipëda, Kopenhagen, Fredericia, durch den Nord-Ostsee-Kanal und wieder nach Rotterdam.«

»Hat das Schiff immer diese Tour?«

»Im Prinzip ja. Manchmal geht es auch von Kopenhagen nach Fredericia, dann nach Århus oder auch nach Hamburg, Bremerhaven und zurück nach Kotka, andere Stationen können auch Petersburg und Klaipëda sein … aber immer durch den Nord-Ostsee-Kanal.«

Molsen sah Malbek an, als warte er auf eine neue Frage. Malbek ging zum Fenster hinter dem Schreibtisch und sah hinaus. Die Schleusenkammer hatte von der Fördeseite neue Schiffe aufgenommen. Der Wasserspiegel stieg langsam.

»Sie brauchen hier nicht mal ein Fernglas, um zu erkennen, welche Leute von der Besatzung auf der Brücke stehen«, sagte Malbek und wartete vergeblich auf eine Reaktion von Molsen. »Wie hat Ihr Großvater noch gesagt? Nur der Gang an Deck zeigt die Wahrheit. Waren Sie vorgestern Abend an Bord der ›Christian Molsen‹, als sie dort in der Schleuse war?«

»Nein. Dazu bestand doch keine Veranlassung.«

»Wo ist das Schiff jetzt?«

Molsen sah wieder auf einen der Bildschirme auf seinem Schreibtisch. »Es hat in Rotterdam Ladung aufgenommen. Nächster Zielhafen ist Vuosaari. Östlich von Helsinki.«

»Fährt es durch den Kanal?«

»Sie wollen wissen, wann es hier in der Schleuse ist? Einen Moment.«

»Nein. Ich will wissen, wann es in der Schleuse Brunsbüttel ankommt.«

»Wir haben in der Deutschen Bucht in Küstennähe ziemlich starken Nordwind. Ja, wenn nichts weiter dazwischenkommt, wird das Schiff morgen früh gegen sieben Uhr dort sein. Warum?«

»Ich werde dort mit einigen Kollegen an Bord gehen. Verständigen Sie den Kapitän. Das war's für heute.« Malbek ging zum Besprechungstisch und trank seinen kalt gewordenen Kaffee in einem Zug aus.

Molsen rührte sich nicht. Kein herzliches Händeschütteln wie bei der Begrüßung.

An der Tür blieb Malbek stehen und wandte sich um. »Was ich noch fragen wollte ... Wer ist eigentlich Christian Molsen?«

»Mein Großvater«, sagte Axel Molsen und sah mit einem fragenden Ausdruck zum Porträt im vergoldeten Stuckrahmen an der Wand.

5.

»*Das* wollten Sie also? Dass sie vor der geöffneten Kühlschublade zusammenbricht? Obwohl die Identifizierung gar nicht mehr notwendig war? Und ich und der Kollege Harder mussten das ausbaden! Und Sie haben sich fein aus der Affäre gezogen! Wissen Sie was? Das finde ich schäbig, Herr Malbek!« Kommissarin Hoyer verließ das Zimmer. Sie war die »einfühlsame Kollegin«, die Harder um Unterstützung gebeten hatte.

Ganz schön mutig für eine junge Kommissarin, die erst fünf Wochen bei der Bezirkskriminalinspektion arbeitete, dachte Malbek. Vorher war sie auf der Polizeizentralstation in Schleswig gewesen. Sie hatte sich auf eine Ausschreibung beworben. Die Kripo Kiel konnte immer wieder Unterstützung von Kollegen der Schutzpolizei gebrauchen. Mit ihren neunundzwanzig Jahren hatte sie ausreichende Erfahrungen für die Stelle. Und hervorragende Beurteilungen. Und sie sah ausgesprochen gut aus.

Harders Blick sagte alles. Er sah das mit der Schäbigkeit des Chefs genauso. Vehrs stand am Fenster und betrachtete die dunklen Wolkenfetzen, die am Himmel entlangjagten. Es sah schon wieder nach Regen aus.

»Das erfüllt doch den Tatbestand der Beleidigung, was Frau Hoyer eben sagte, oder?«, fragte Malbek und ließ sich langsam auf einen Stuhl am Besprechungstisch sinken. Er war vor einer knappen Minute an der offenen Tür des Besprechungsraumes vorbeigekommen, als er nach seinen Mitarbeitern suchte, und war mitten in die Diskussion über das Geschehen in der Rechtsmedizin geplatzt.

»Kommt drauf an, ob Sie das als kränkend empfunden haben.« Seine Hand zerbrach einen Bleistift.

»Nein, eigentlich nicht. Aber das mit der Affäre, das fand ich nicht gut.«

Harder starrte ihn fassungslos an.

»Na, Harder, sagen Sie etwas. Ihnen liegt doch etwas auf der Zunge.«

»Schade, dass Sie nicht dabei waren. In dem Moment, als der Assistent die Tür der Kühlschublade öffnete, ist sie zusammengebrochen. Man hat einen Notarzt holen müssen. Der hat sie wegen ihres schlechten Allgemeinzustandes gleich mitgenommen. Die müssen sie erst durchchecken und auf die Beine bringen, bevor wir sie da noch mal ranlassen dürfen. Er meinte die Kühlschublade.«

Harder sah Malbek mit hochgezogenen Augenbrauen an.

»Sie meinen, ich hätte ihr das ersparen sollen, stimmt's?«, sagte Malbek.

»Ja, das meine ich, weil –«

»Ich hätte ihre Arroganz und Hilflosigkeit einfach übersehen oder besser noch verzeihen sollen, stimmt's?«, sagte Malbek etwas lauter. »Aber alles verzeihen heißt, nichts verstehen! Es war doch absehbar, dass sie auch ohne den Anblick einer Kühlschublade bald zusammengeklappt wäre, wahrscheinlich allein in der Wohnung, und wer weiß, wann man sie gefunden hätte. Mann, der Kotzgestank ist einem doch ins Hirn gekrochen. Und was glauben Sie, wie viel sie gewogen hat? Vierzig, fünfundvierzig Kilo? Haben Sie mal was von Ess-Brechsucht gehört? Oder Bulimie? Wer weiß, was da noch im Spiel war.«

»Aber ... ich fand, es hat nach Mottenkugeln gerochen«, sagte Harder. »Dann der Schock wegen des Freundes. Und ... gucken Sie doch mal die jungen Models in der Werbung ...«

»Sie haben zwei Söhne?«

»Ja, und?« In Harders Stimme war plötzlich ein grollender Unterton.

»Wie alt?«

»Zwölf und vierzehn. Wieso?«

Ja, wieso? Wie sollte er Harder erklären, warum er diese Frage gestellt hatte?

»Mein Sohn hat es mit Insekten«, sagte Vehrs in die plötzliche Stille hinein. »Er hat zwei Terrarien. Ab und zu entwischen einige. Ich hasse Insekten. Spinnen, Tausendfüßer ...«

»Einen Tausendfüßer hatte meine Tochter auch. Inzwischen hat sie eine Tausendfüßerfamilie. Und jetzt will sie Psychologie studieren«, sagte Malbek. Er wusste nicht, warum er das erzählte. Das ging doch keinen etwas an.

Harder schürzte wichtig die Unterlippe, wiegte den Kopf scheinbar verständnisvoll und schwieg. Vehrs sah abwechselnd Malbek und Harder an und fuhr sich dann langsam durch die dichten schwarzen Haare, blies die Backen kurz auf und ließ die Luft erleichtert mit einem Plopp entweichen.

»Danke, Vehrs, das war das Signal, auf das ich gewartet habe«, sagte Malbek. »Also, was gibt Neues?«

»Frerksen hat auf Markus Peters' Notebook noch nichts Besonderes gefunden, wie er sich ausdrückte. Jedenfalls nichts, was auf einen großen Unbekannten hindeutet. Er sucht weiter in den E-Mail-Konten und Foren, die Markus genutzt hat«, sagte Vehrs.

Harder berichtete, dass noch kein Obduktionsergebnis vorlag. Das im Kopf vermutete Projektil und die Tatwaffe waren bisher nicht gefunden worden. Das Projektil lag möglicherweise im Uferschlamm, der von der Spurensicherung großflächig durchgesiebt wurde.

Vehrs hatte inzwischen ermittelt, dass Markus Peters um die fragliche Zeit eine eingehende und drei abgehende Verbindungen hatte. Die zwei abgehenden waren seine Freundin und das Taxi. Markus hatte vor dem Anruf beim Taxiunternehmen auf einer SIM-Karte angerufen, die auf einen Karl Witzl, wohnhaft Hannover, Davenstedter Straße 48, registriert war. Von dort war er vierzehn Minuten später zurückgerufen worden. Es gab unzählige Johann Witzls, aber soweit es Vehrs bisher überblicken konnte, hatte keiner je in Hannover gewohnt.

Möglicherweise war der Täter ein Profi. Aber warum hatte ein professioneller Killer den Auftrag, den Auszubildenden im zweiten Lehrjahr der Schiffsmechanik, Markus Peters, zu töten?

»Wir haben anhand unserer Fotos versucht, die Reifen- und Fußspuren zu analysieren. Nichts zu machen. Es hat am Mittag kräftige Schauer gegeben. Die waren auch im Wetterbericht für ganz Schleswig-Holstein vorhergesagt worden. Nachts gab es über dem Kanal noch dicken Nebel. Vielleicht hat der Täter das in seinen Plan mit einbezogen. Jedenfalls war nur noch Matsch zu sehen. Vielleicht hat der Täter sicherheitshalber auch noch einen Eimer Wasser über die Reifen- und Fußspuren gekippt. Ich glaube, dass der Täter Markus Peters mit seinem Wagen irgendwo aufgesammelt und ihn am Leichenfundort ermordet hat. Peters hat zwar einen Führerschein, aber kein Auto. Und keine Autovermietung hat ihm an dem Abend einen Wagen vermietet.«

Malbek setzte sich an seinen Schreibtisch und sah sich die Aufnahmen der Webcam an.

»Das ruckelt etwas, weil unsere Software veraltet ist«, sagte Vehrs. »Aber man kann Markus Peters gut erkennen. Hier links oben ist die Uhrzeit.«

Die Fenster des Seemannsheims waren erleuchtet, die Dämmerung brach langsam herein, die Aufnahme der Webcam UCA 1 zeigte Markus Peters mit dem Rücken zur Kamera, etwa fünf Meter vom Eingang des Seemannsheims. Er sah in Richtung Westen, den Kanal entlang, dort, wo man Rendsburg vermutete, dort, wo ein Fischer ihn zwei Tage später am Kanalufer ermordet fand.

Die Sequenz, als das Taxi kam, sahen sie sich zweimal an. Markus Peters trat aus der Tür des Seemannsheims, sah um sich, verstaute den Seesack im Kofferraum, sah wieder um sich, bevor er einstieg.

»Er hat Angst«, sagte Harder.

6.

Als Jette Malbek abends seine Lieblingsspeise servierte, gebackene Hähnchenkeulen vom Silbermöwenhahn, einer alten Hühnerrasse, die sie von einem Hofladen bezog, wusste Malbek, dass irgendetwas nicht stimmte. Sie strahlte ihn an, er lächelte genussvoll kauend zurück.

Nach dem Essen, sie hatten immer noch kein einziges Wort gewechselt, führte sie ihn in den Flur, schob einen Vorhang unter der Treppe beiseite und enthüllte die Wahrheit. Sie hatte es oft genug angedroht, er hatte es aufgeschoben und verdrängt. Vor ihm standen mehrere Eimer Wandfarbe, Lackfarbe, eine unüberschaubare Auswahl von Malerpinseln, Farbroller und Abdeckfolie. Sie zogen sich Einwegoveralls an, die Malbek an die Spurensicherung erinnerten.

»Renovieren ist gut fürs Haus und die Seele«, sagte Jette und zog die Nase hoch. Sie begannen mit der Diele. Die Wände waren, wie es sich für eine restaurierte Bauernkate gehörte, mit Lehm verputzt. Jette hatte den braunen Naturton satt und wollte es weiß. Alpenweiß.

Malbek ergab sich in sein Schicksal. Eine Stunde höchstens, dann wollte er nach Hause gehen, zu seinem Wohnmobil auf dem Nachbargrundstück. Er begann den Dielenboden abzudecken, die Türrahmen abzukleben, während Jette unzufrieden an ihrem formlosen Maleroutfit herumzupfte.

»Findest du, dass ich schäbig bin?«, fragte Malbek.

»Manchmal schon. Wie heißt sie?«

»Wie kommst du darauf, dass es eine Frau gesagt hat?«

»Weil Frauen diesen Ausdruck gebrauchen, wenn sie von Männern reden.«

»Flott formuliert für das Feuilleton, aber inhaltlich leer. Und ich versichere dir, dass du ganz entzückend in dem Aspikkleid aussiehst«, sagte er gedehnt, ohne sich zu ihr umzusehen.

»Wie heißt sie, und was hast du mit ihr angestellt?«

»Ich habe einer frischgebackenen Kommissarin eine dienstliche Anweisung gegeben.«

»Warum hast du mir diese frischgebackene Kommissarin verschwiegen?«

»Frau Kommissarin Hoyer unterstellt mir, ich hätte gewusst, dass es schiefgeht. Schlimmer noch, ich hätte mir gewünscht, dass es schiefgeht.«

»Wie alt ist sie?«

Warum hatte er nur davon angefangen? Jettes Eifersuchtsanfälle ermüdeten ihn. Jedes Mal versuchte er daran zu glauben, dass es Jettes Art war, ihm ihre Liebe zu zeigen. Er tunkte den Roller in den Farbeimer und sah nachdenklich zu, wie die überschüssige Farbe zäh in den Eimer zurücktropfte.

»Das Schlimme an der Geschichte war, dass Harder ihr zugestimmt hat und mir dann fast ins Gesicht gesprungen ist.« Ja, so konnte man das vielleicht am besten zusammenfassen, ohne in die unangenehmen Details zu gehen. Er drückte die Rolle sorgfältig am Sieb aus, bis sie fast trocken war, tunkte sie wieder in den Eimer, und sein Spiel mit den zähen Tropfen begann von Neuem.

»Und jetzt willst du von mir hören, dass du recht hast in allem, was du tust?« Sie sah ihm bei seinem Spiel mit der Farbe zu. »Sag mal, hat das was mit dem Leichenfund am Kanal bei Rendsburg zu tun? Ist da nicht Eric zuständig?«, fragte sie, nahm ihm die Rolle aus der Hand, drückte sie aus und gab sie ihm zurück.

»Die Leiche lag auf meiner Seite. Sein Revier fängt einen Kilometer weiter nördlich an. Und um deine erste Frage zu beantworten, nein. Ich habe mich mit meiner Kommissarin nicht wegen der Leiche gestritten. Es war wohl mehr ein persönlicher Streit …« Er zog sich die Klappleiter heran und begann die Decke zu streichen.

»Abgesehen davon, dass du, wie Lüthje einmal sagte, manchmal nicht einfach bist, ich kann ein Lied davon singen. Ein Chef, der acht Jahre im Gefängnis gesessen hat, ist schwierig genug, auch wenn er nach verbüßter Haft seine Unschuld mit Hilfe seines Flensburger Kollegen Lüthje beweisen konnte. Und mit einem Freispruch erster Klasse rehabilitiert und in Amt und Würden als Dezernatsleiter wieder eingesetzt wurde. Nach und nach haben seine Mitarbeiter erfahren müssen, dass dieser Chef nicht pflegeleicht und außerdem bibelfest und besserwisserisch ist. Er ist Eigentümer eines leer stehenden Gutshauses, in dem es spuken soll, verfügt angeblich über ein beträchtliches Vermögen und wohnt in einem alten Wohnmobil neben dem Gutshaus. Seine Freundin ist Journalistin, was sich auch nicht verheimlichen lässt. Versetz dich mal in deine Mitarbeiter! Was würdest du denn an ihrer Stelle tun?«

»Ich würde mich verdammt noch mal beherrschen«, sagte Malbek. Und presste die Farbrolle so fest an die Decke, dass die Farbe schmatzend auf die Abdeckplane fiel.

»Was weißt du über den Reeder Axel Molsen?«, fragte Malbek.

»Und das ist noch etwas, was du nicht kannst: einen Gesprächsfaden zu Ende zu führen.« Jette kniete am Boden und trug mit einem breiten Pinsel die Wandfarbe auf den unteren Wandbereich auf.

»Falsch. Es ist ein Ablenkungsmanöver.« Malbek stieg die Leiter hinunter und legte die Farbrolle auf das Sieb. »Also, was ist? Du bist Ressortleiterin und schreibst doch so nebenbei die Klatschspalte. Erzähl, was du über Molsen weißt.«

»Was krieg ich dafür?«

»Erst will ich sehen, was du zu bieten hast.«

»Seit dem Tod seiner Frau vor zwei Jahren lebt er sehr zurückgezogen. Jedenfalls sieht man ihn selten bei gesellschaftlichen Anlässen. Na ja, auf Sylt schon, manchmal, dort hat er ein Haus bei Keitum, aber sonst so ... In Hamburg vielleicht noch, aber sonst ...«

»Sie soll sich mit ihrem Jaguar überschlagen haben. Ein Werkstattfehler, der Aufkleber für die Winterreifen fehlte auf dem Armaturenbrett. Er behauptet, er hat die Werkstatt nicht verklagen wollen«, sagte Malbek langsam, als ob er jedes Wort nachträglich auf die Glaubwürdigkeit abklopfen wollte.

»Kann man doch auch verstehen, oder?« Sie legte den Pinsel auf die Abdeckfolie und stand auf.

»Ich weiß nicht …« Er beschloss, sich die Ermittlungsakte von damals einmal anzusehen. »Seit wann leitet er eigentlich die Reederei?«

»Seit seine Eltern mit der Concorde bei Paris abstürzten. Soll ihm nicht leichtgefallen sein, plötzlich die Verantwortung für eine traditionsreiche Reederei übernehmen zu müssen.« Jette sah kopfschüttelnd ihre Hände an. Sie hatte vergessen, die Einmalhandschuhe anzuziehen.

»Oh. Ich bezweifle, dass du die Farbflecken je wieder von den Fingern bekommst.«

»Eine interessante Mischung sehe ich in deinem Gesicht. Betroffenheit und Enttäuschung«, sagte Jette und wischte die Wandfarbe mit einem Handtuch ab.

»Enttäuschung?«, fragte Malbek.

»Na, beim Autounfall sah ich in deinen Augen etwas böse funkeln … Aber die Concorde … Das siehst sogar du ein. Das wäre doch abwegig, da Verbindungen zu suchen«, sagte Jette.

»Sag mal, lagen da nicht noch Hähnchenkeulen im Backofen?« Er hatte plötzlich wieder einen Bärenhunger.

»Bleib, wo du bist!«, rief sie mit Blick auf seinen vollgekleckerten Overall und verschwand in Richtung Küche.

Der Milchkaffee im Café an der Schleuse und der Kaffee bei Molsen waren das Einzige, was er morgens nach einem üppigen Rührei mit Schinken und Schnittlauch in seinem Wohnmobil auf dem Parkplatz vor dem Dienstgebäude zu sich genommen hatte. Der Kaffee bei Molsen. Die Serviererin, war das etwa das Madamchen, von dem der Fährmann gesprochen hatte? Die junge Frau mit dem fragenden Blick und dem verheulten Gesicht. Hübsch sah sie aus.

»Vergiss nicht, dir danach die fettigen Finger abzuwaschen!« Jette stellte einen neuen Teller voller Hähnchenkeulen auf eine Treppenstufe.

»Weißt du etwas über seine Tochter?«, fragte er kauend.

»Wenig. Nur, dass man sie auf Sylt häufiger sieht als ihren Vater. Diese Damen sind auf Sylt eben aktiver als ein angestaubter Reeder.«

»Wen meinst du mit der Formulierung ›diese Damen‹?«

»Ich rede von Regina Molsen.«

»Das ist keine Antwort auf meine Frage.«

»Falls es dich interessiert, Regina Molsen ist wieder zu haben«, sagte Jette. Sie ignorierte seine Frage.

»Warum sagst du mir das?«

»Fiel mir gerade so ein. Ich hatte vor Monaten in der Klatschspalte einen Dreizeiler darüber verloren. Sie hat sich getrennt. Nach vier Jahren. Ganz schön lange, findest du nicht?«

»Wieso ist sie wieder zu haben?«

»Ihr Exfreund hatte schwarze Haare bis in den Nacken.«

»Hört sich irgendwie nach Vampirismus an. Was macht der Ex denn beruflich?«

»Man sagt, er sei Fondsmanager.«

»Wie gut kennst du Regina Molsen?«

Sie wischte sich die fettigen Lippen ab. Malbek fand es irgendwie sehr sinnlich.

»Ich sagte doch schon, fast gar nicht«, antwortete Jette. »Ich habe Regina auf irgendeinem Event kennengelernt. Das Kennenlernen bestand darin, dass ich sie fotografieren durfte. Ich muss doch dauernd dahin, sonst hab ich keinen Stoff für die nächste Klatschgeschichte oder den Bericht vom Event der Saison. Aber mehr ist das nicht.«

»Ist das alles?« Da war mehr, das spürte Malbek. Es war ihr so rausgerutscht, und jetzt versuchte sie es herunterzuspielen.

»Warum bist du plötzlich so suggestiv?«, fragte sie.

»Ich bin überhaupt nicht suggestiv.« Die reine Projektion, sie ist aggressiv, aber jetzt bin ich es, dachte er. Ruhig bleiben, sonst kriegst du kein Wort aus ihr raus. »Ich bearbeite einen Mordfall, in dem deine Freundin eine Zeugin ist. Dann bin ich befangen und muss den Fall möglicherweise an einen Kollegen abgeben.«

»Moment, Herr Kommissar, ganz langsam. Wir sind weder verlobt noch verheiratet, falls du das vergessen hast. Und die Regina Molsen ist eine Bekannte von mir. Mehr nicht.«

Aha, dachte Malbek, sie hat Angst, dass ich als Informant für sie ausfalle, wenn ich den Fall abgebe.

»Wenn ich all die Leute, die ich auf irgendwelchen presserelevanten Anlässen immer wieder treffe, als Freunde bezeichnen würde, wäre ich schon Aufsichtsratsvorsitzende des Konzerns, der unseren Verlag gerne kaufen möchte.«

»Du siehst die Regina Molsen also nur auf diesen Events.« Er sah sie wartend an. »Oder?«

»Sie ruft auch mal in unregelmäßigen Abständen an.« Jette setzte eine Bierflasche an den Mund und trank sie in einem Zug leer.

»In welchen Abständen?« Das wird ja immer interessanter, dachte Malbek. Erst weiß sie nichts über Regina Molsen, dann fast nichts, und jetzt ...

»Ein- oder zweimal im Monat.«

»Und wie oft rufst du sie an?«

»Eigentlich nie. Nur ...«

»Nur ...?«

»Herrgott, sie gehört zum Netzwerk der Klatschtanten, die man in meinem Beruf einfach braucht. Klatsch aus der Bussi-Bussi-Szene, die Leute lieben das. Und wenn ich höre, dass sich jemand getrennt hat, oder ein Bankmensch oder Politiker zurücktritt, dann kennt sie möglicherweise den wahren Grund. Oder sie redet ein bisschen über sich selbst, weil sie es mag und es ihrem Image nützt, wenn sie im Gespräch ist. Schließlich sucht sie einen neuen Mann!«

»Und wer die Brustvergrößerung der Frau Soundso eigentlich bezahlt hat ...«

»Ja, auch das. Musst du den Fall abgeben, weil mir Regina was über ihre Brustvergrößerung erzählt hat?«

»Ach. Hat sie das ...?« Er nahm sich die letzte Hähnchenkeule vom Teller.

»Hast du sie noch nicht gesehen?«

»Nein, aber ich glaube, ich werde den Fall doch behalten, das kann ich mir doch nicht entgehen lassen. Und wehe, du lässt deine ...«

»Nein, ich mach es nicht, bei mir bleibt alles echt. Hier, vergiss nicht, die Serviette. Ich hoffe, du benimmst dich auf Sylt besser. Also fassen wir zusammen: Deine Lebenspartnerin hat weitläufige berufliche Kontakte zu einer Frau, die bei deinen Ermittlungen als Zeugin in Frage kommt. Das ist alles.«

»Du redest die Situation schön, weil du eine Story witterst«, sagte Malbek und wischte sich mit dem Handrücken den Bierschaum vom Mund.

»Wir waren schon immer ein gutes Team ...«

»Das habe ich etwas anders in Erinnerung.« Malbek sah Jette interessiert zu, wie sie sich jeden Finger einzeln mit der Serviette abwischte. »Weißt du, wie es wirtschaftlich um die Reederei bestellt ist?«

»Ich weiß nur von Molsens Haus auf Sylt, seinem Offroader und seinem Haus auf Teneriffa. Oder war es Korsika? Er zieht sich gut an, maßgeschneidert, ein bisschen zu konservativ.« Jette rührte mit einem Holzstab verträumt im Farbeimer. »Die beiden, das Ehepaar Molsen, das war früher das Traumpaar. Und dann dieser Unfall. Ein Jahr soll er sich in seiner Wohnung in Holtenau verkrochen haben, kein Sylt, kein Teneriffa. Nein. Nur Kiel-Holtenau.«

»Ein Jahr lang? Mein Gott, wenn ich mir vorstelle, dass er Tag und Nacht am Fenster steht und auf die Schleusen starrt. Da muss man doch rammdösig werden«, sagte Malbek.

»Nein, das ist eine Filmszene«, schwärmte sie. »Er trauert um seine große Liebe und sieht auf seine Schiffe, die die großen Weltmeere befahren. Die Augen von Omar Sharif. Voller unerfüllbarer Sehnsüchte ist er am Tor zu den Weltmeeren in der Höhle seiner Trauer gefangen.«

»Molsens Schiffe befahren nur die Ost- und Nordsee.«

»Na und? Axel Molsen ist nicht nur was für die Klatschspalte, sondern er ist richtig was fürs Herz, etwas für die Titelseite, man muss einfach Mitleid mit ihm haben«, sagte Jette beschwörend, indem sie mit dem Holzstab in der Luft herumfuchtelte. Malbek duckte sich vor den Farbspritzern. »So viele Schicksalsschläge! Beim nächsten ist er auf der Titelseite, wetten?«

»Und was für ein Schicksalsschlag könnte das deiner Meinung nach sein?«, fragte Malbek.

»Schäm dich. Wünschst du ihm Böses? Er ist doch ein sympathischer Mensch, oder? Du hast ihn doch heute kennengelernt.«

»Wo ist er verwundbar?«

»Du bist doch hier der Profi!«

»Und du nicht?«

Plötzlich versickerte ihr Gespräch, übrig blieb ein ausgetrockneter Bach, in dem sie herumstocherten, indem sie Bemerkungen zur Farbe an den Wänden oder der Wetterlage oder den Nachbarn machten. War es die Enttäuschung, den ganzen Abend über nichts miteinander gesprochen zu haben, was sie wirklich anging? Seine Fragen zu dem Streit im Büro, dem Moment, in dem ihm, wie so oft, unvermutet Aggression entgegenschlug, ohne dass er hätte sagen können, woran es lag, hatte er verschluckt und dem Gespräch eine andere, unverbindliche Wendung gegeben. Hatte seine Partnerin ausgefragt und ihr gleichzeitig häppchenweise und unschuldig Informationen gegeben, die sie in ihrem Job verwerten konnte. War das nicht schäbig?

Er verabschiedete sich von Jette mit einem flüchtigen Wangenkuss und verschwand in seinem Wohnmobil auf dem Grundstück nebenan.

Als sie eine Stunde später an seine Tür kratzte und miaute, dass sie wegen der frischen Farbe im Haus nicht schlafen könne, ließ er sie herein. Er fand sich dabei kein bisschen schäbig.

7.

Malbek entschied, dass Kommissarin Hoyer in Kiel bleiben und die Befragung des Personalchefs übernehmen sollte. Eine Frau an Bord, noch dazu eine Polizistin, die auch noch Kommissarin war, würde Verwirrung stiften. Wenn er die Blicke von Vehrs und Harder richtig deutete, hatte er schon wieder etwas verkehrt gemacht.

Die Mannschaft der »Christian Molsen« bestand aus elf Männern. Der Kapitän, der leitende Ingenieur und ein auszubildender Schiffsmechaniker waren Deutsche. Erster und Zweiter Offizier sowie der Zweite Ingenieur waren Russen. Die restliche Mannschaft, Dritter Offizier, der Koch, der Bootsmann, drei Matrosen und der Maschinist, waren Filipinos.

Axel Molsen hatte nach Rücksprache mit Malbek seiner Schiffsagentur Freunde angekündigt, denen er wegen einer verlorenen Wette eine Kanalpassage auf einem seiner Schiffe spendieren müsse. So sollten Absprachen innerhalb der Mannschaft so weit wie möglich vermieden werden.

Der junge Schiffsagent von der United Channel Agency spielte den Überraschten und lächelte verschwörerisch, als Malbek seinen Dienstausweis zückte. Irgendjemand hatte also geplaudert, vielleicht sogar Molsen. Sie hatten am Gustav-Meyer-Platz in Brunsbüttel geparkt, wo der Agent verabredungsgemäß auf sie gewartet hatte. »Trautmann, United Channel Agency«, stellte er sich vor.

Er erklärte ihnen, dass sich die Ankunft der »Christian Molsen« um ungefähr eine halbe Stunde verzögern würde. In der Nacht hatte ein Frachter wegen eines Steuerungsschadens mit dem Bug eine mannsgroße Delle in das südliche Schleusentor gedrückt. Es ließ sich nicht mehr öffnen. Taucher waren dabei, den Ausbau und den Transport zur Schleusenwerft am Nordufer vorzubereiten.

»Der Schifffahrt stehen für diesen Zeitraum jeweils nur die

Nordkammern der Schleuse zur Verfügung«, sagte Trautmann. »Ich kann Ihnen die Wartezeit mit einem Kaffee in meinem Büro auf der Schleuseninsel verkürzen. Frisch aufgebrüht.«

Malbek entschuldigte sich wegen eines dringenden Telefonats und ging auf die andere Straßenseite.

»Hallo, Dr. Brotmann. Schön, dass ich Sie so früh erreiche. Können Sie mir schon einen vorläufigen Bericht geben, wie Sie es immer bei meinem Kollegen Lüthje tun?« Diesen Wortlaut hatte ihm Lüthje vorgegeben.

»Guten Morgen, Herr Malbek. Gestatten Sie mir zunächst, zu einer von Ihren Mitarbeitern geäußerten Vermutung Stellung zu nehmen. In einer etwas voreiligen Notiz Ihres Mitarbeiter Harder habe ich gelesen, dass die Wollhandkrabben den Kopf der Leiche so zugerichtet hätten. Das ist falsch. Es war ein Schuss aus nächster Nähe. Ich habe die dafür typischen punktförmigen Pulvereinsprengungen einer Schusswaffe gefunden, die als Blutungen in der Lederhaut sichtbar sind. Der Einschuss ist auffallend klein. Der asymmetrische Schmauchhof bedeckt das ganze Gesicht, mit Ausziehung im Bereich der Stirn, also zur schützenfernen Seite. Da ich sogar eine leichte Abschattung im Bereich der Nase feststellen konnte, ist davon auszugehen, dass es sich um einen Nahschuss, nur wenige Zentimeter vor der unteren Gesichtshälfte, handelt. Ich habe keinerlei Anzeichen für ein mehrstrahliges Schmauchbild gefunden, wie es bei Gewehren gerade von Profikillern wegen der speziellen Mündungsstücke zur Dämpfung des Mündungsfeuers oft zu finden ist. Der Anstreifring des Einschussloches ist im Randbereich geschwärzt. Es ist ein Durchschuss mit Geschossaustritt im hinteren Schädeldach. Schussrichtung schräg von unten nach oben, dicht vor dem Gesicht. Drogen und Alkohol negativ.«

Eine kleine Waffe, direkt vor dem Gesicht. Malbek versuchte, sich die Situation bildlich vorzustellen. Mit dem Lauf von schräg unten nach oben. Hat der Täter dem Opfer weismachen wollen, dass die Pistole ein Feuerzeug sei? Und ihn ausgelacht, als er das Entsetzen im Gesicht des Markus Peters sah? Dann die Erleichterung, als der Täter ihm sagt, es sei nur ein Feuerzeug.

Dann der Schuss. Hat der Täter sadistische Züge? Ein Streit in der sogenannten Kleinkriminalität? Dealer sind oft clean. Eifersucht? Hehlerei? Irgendetwas, was keine Verbindung zur Reederei hatte?

Keine Spur, keine wirklichen Anhaltspunkte, nur vage Vermutungen. Herumstochern im trüben Gewässer. Trotzdem. Malbek war sich sicher, dass es irgendetwas mit diesem Schiff zu tun hatte, was er in diesem Moment vor der Schleuseneinfahrt auftauchen sah.

»Hallo, Herr Malbek, sind Sie noch da?«

»Ja, ich habe nur nachgedacht.«

»Haben Sie das Projektil schon gefunden?«, fragte Brotmann.

»Nein, noch nicht. Sonstige Kampfspuren?«

»Wäre naheliegend, Sie haben recht. Eine Waffe dicht vor dem Gesicht abdrücken, das geht nicht so schnell, dem geht meist ein Kampf voraus. Aber merkwürdigerweise habe ich keine Hinweise darauf gefunden. Nicht mal einen blauen Fleck.«

»Vielen Dank, Dr. Brotmann, die Arbeit ruft!«

»Schöne Grüße an Eric Lüthje, falls Sie ihn eher sehen oder hören.«

»Mach ich! Ich muss Schluss machen, tschüss!«

»Einen Moment noch. Ich vergaß zu erwähnen, dass ich einige Gewebeproben an das LKA geschickt habe, organische und anorganische, wegen der Schmauchspuren. Tschüss, Herr Malbek!«

Im Büro der Agentur genoss man duftenden Kaffee und sah Trautmann bei seinen Telefonaten und dem Sortieren der Post für die nächsten Schiffe zu. »Post für die ›Christian Molsen‹ dabei?«, fragte Malbek und sah in das Postfach des Schiffes. Es war leer.

»Es wird Zeit für Sie«, sagte Trautmann. »Ich muss nicht an Bord. Keine Post, und außerdem hat das Schiff für die Passage eine Nach-Inkasso-Erlaubnis. Anderenfalls müsste der Kapitän in der Eingangsschleuse die Gebühr zu treuen Händen an mich zahlen.«

»Und wie viel wäre das?«

»Nach Schiffstonnage verschieden, aber so ein Schiff wie die ›Christian Molsen‹ muss, um und bei, achttausend Euro zahlen.«

»Für eine Passage?«, fragte Vehrs erstaunt.

»Für jede Passage. Ostwärts oder westwärts«, sagte Trautmann.

Malbek und seine Männer hangelten sich auf der schiffseigenen Gangway an Bord, die vom Heck auf die Schleuseninsel geschoben war. Kapitän Stegemann begrüßte sie auf Deck und sah ungerührt auf den Dienstausweis, den Malbek ihm zeigte. Die Gangway wurde von zwei der Filipinos eingezogen. Von der restlichen Mannschaft war niemand zu sehen.

Auf der Brücke stellte Kapitän Stegemann ihnen den Lotsen Klauke von der Lotsenbrüderschaft Brunsbüttel und den Kanalsteurer Wittke vor, der konzentriert in seinem »Pilotensessel« vor einer kleinen Instrumententafel mit Bildschirmen saß. Malbek stellte seine Mannschaft vor.

»Ich weiß schon Bescheid, dass Sie von der Kripo kommen, stecken Sie das Ding mal wieder weg«, sagte der Lotse, als Malbek ihm den Dienstausweis hinhielt. »Hier auf dem Kanal spricht sich alles schneller herum, als man eine Schleuse passiert.« Er tauschte einen Blick mit dem Kanalsteurer.

»Und wie lange dauert das?«, fragte Harder.

»Dreißig bis vierzig Minuten.« Er gab im gleichen Tonfall organisatorische Informationen, wie die Kripo das Schiff am schnellsten wieder verlassen könnte. »Wir sind in drei bis vier Stunden in Rüsterbergen, da ist Lotsenwechsel für die Strecke bis Holtenau. Wenn Sie bis dahin mit Ihrer Arbeit fertig sind, können Sie mit der Mannschaft von Bord gehen. Wir kriegen Sie schon alle im Lotsenboot unter.« Er nickte aufmunternd. »Allerdings gibt es da keine Gangway. Aber Sie schaffen das schon auf der Lotsenleiter. Keine Angst, schweren Seegang gibt's ja nicht im Kanal.« Er grinste.

Man lächelte gezwungen zurück.

»Danke, aber unsere Kollegen von der Wasserschutzpolizei stehen auf Abruf«, sagte Malbek. »Übrigens, ich habe Sie gar nicht an Bord gehen sehen.«

»Wir müssen schon auf der Elbe an Bord gehen. Eine Besonderheit in unserem Lotsenrevier ist der Stromschnitt vor der Schleuse Brunsbüttel. Die Schiffe fahren aus dem Elbstrom in das ruhige Gebiet des Vorhafens und müssen auf der letzten halben Seemeile aufgestoppt werden. Richtig problematisch kann es bei Sturmwetterlagen werden. Wenn sich die Strömungsverhältnisse abrupt ändern, versteht auch ein gestandener Seemann oft die Welt nicht mehr. Dann müssen geisterhafte Strudel oder ein Ausfall der Steuerung als Erklärung herhalten.« Er hielt inne und sah in Kanalrichtung. Das Schleusentor öffnete sich langsam und gab den Weg in den Kanal Richtung Brunsbüttel frei.

»Es geht los.«

Harder übernahm mit dem Dolmetscher die Filipinos und sollte mit dem Maschinisten beginnen, dem Mann, mit dem Markus Peters am meisten zusammengearbeitet hatte. Vehrs, der gute Englischkenntnisse besaß, übernahm den Rest der Mannschaft. Er begann mit dem Koch, der möglicherweise mehr beobachtet und mit jedem etwas näheren Kontakt hatte.

Malbek ließ sich von Kapitän Stegemann über mehrere Niedergänge, wie man die Treppen auf einem Schiff nannte, zur Kabine auf Deck A führen, die Markus Peters bewohnt hatte. Als sie vor der Tür standen, eröffnete der Kapitän ihm, dass der Auszubildende Markus Peters die Kabine mit dem Auszubildenden Henning Schlömer geteilt hatte.

»Sie waren befreundet«, sagte er knapp, ohne Malbek anzusehen, und öffnete die Kabinentür. Ein junger Mann saß an einem kleinen Tisch vor einem Laptop und sah erschrocken auf.

»Herr Schlömer, das ist Hauptkommissar Malbek«, und zu Malbek gewandt: »Kurz bevor Sie an Bord kamen, habe ich ihm gesagt, dass er hier auf Sie warten soll. Ich bin auf der Brücke, falls Sie mich brauchen.« Bevor er ging, tauschte der Kapitän mit Schlömer einen Blick, den Malbek nicht deuten konnte.

8.

Henning Schlömer sah in Malbeks überraschtes Gesicht und schaltete sein Laptop aus.

»Hat Ihnen niemand gesagt, dass wir hier zusammen untergebracht waren?«, fragte er.

»Nein.«

»Typisch!«

Malbek ignorierte die Bemerkung und griff nach dem Seemannsbuch und dem Personalausweis, die neben dem Laptop lagen. Er blätterte darin, legte sie wieder zurück und sah sich in der Kabine um.

»Was wollen Sie hier überhaupt, wenn Sie glaubten, die Kabine sei unbesetzt?« Seine Stimme hob sich. Er fummelte an einem Kabel seines Laptops.

»Nach Spuren suchen, Herr Schlömer. Aber das ist jetzt wahrscheinlich sowieso sinnlos.« Die Einrichtung war schlicht, aber zweckmäßig. Ein Etagenbett, ein am Boden festgeschraubter Tisch mit Sitzbank, zwei schmale Schränke, ein Regal mit Büchern, Poster an der Wand. Das verhaltene Blubbern des Schornsteins hing im Raum.

»Wie schläft man hier? Ist es besser, oben oder unten zu schlafen?«

»Wir haben beim Wechseln der Bettwäsche die Betten getauscht. Oben ist eine Resonanzstelle, da dröhnt es besonders. Der Schornstein läuft an dieser Seite lang. Sie dürfen mit dem Kopf nicht zur Wand liegen.«

»Ja, es ist lauter, als ich dachte«, sagte Malbek.

»Dabei fahren wir doch nur sieben Knoten durchschnittlich. Die Fahrradfahrer auf dem Wanderweg begleiten uns manchmal ein Stück.« Henning schien etwas lockerer zu werden. Aber das würde gleich wieder vorbei sein, vermutete Malbek.

»Hat Herr Peters irgendetwas zurückgelassen, als er von Bord ging?«

»Nein. Wir wissen ja nie, ob wir nach einem Urlaub auf ein anderes Schiff beordert werden.«

»Wie oft passiert das?« Malbek stand auf, sah in das Regal, öffnete die Schränke. »Entschuldigen Sie, aber das ist Routine. Wem gehören die Bücher?« Es waren Fantasy- und Science-Fiction-Romane.

»Eigentlich uns beiden. Ich weiß nicht mehr, wer was gekauft hat. Wir haben auch eine Bordbibliothek, aber das ist alles Schrott.«

Malbek blätterte in den Büchern, schüttelte sie am Rücken. Ein Papiertaschentuch fiel heraus.

»Ich hörte, dass Markus Ärger mit der Reederei gehabt haben soll.«

»Ärger? Nicht so richtig. Das ging um seine, unsere Ausbildung. Er wollte eine Verbesserung für uns, zumindest für uns beide, durchboxen. Die Reederei warb damit, dass sie fünfzehn Schiffsmechaniker-Auszubildende haben. Aber sie sagten nicht, dass sie keinen einzigen Schiffsmechaniker mit abgeschlossener Berufsausbildung eingestellt haben. Nach den Vorschriften reicht es, wenn man einen Auszubildenden mit zwei- bis dreijähriger Ausbildungszeit an Bord hat. Das ist billiger für die. Wir mussten davon ausgehen, dass man uns nach der bestandenen Prüfung wieder auf die Straße setzt. Und wie sollen wir unsere Prüfung zum Schiffsmechaniker schaffen, wenn wir dauernd Schiffsreinigung machen müssen? So sah das hier aus.«

»Was hat Markus konkret gemacht?«

»Er hat eine Mail an den Personalchef geschrieben. Der hat ihn tatsächlich deswegen angerufen. Hätte ich nie gedacht. Und dann hat er ihn zum persönlichen Gespräch eingeladen. In die Reederei.«

»Und was ist dabei herausgekommen?«

»Wir wurden endlich im Maschinenraum eingesetzt und ausgebildet. Beim Maschinisten. Und auf der Brücke. Und wir haben mehr Zeit zum Lernen für die Prüfung. Das ist immerhin ein Anfang.« Er hielt inne und sah Malbek unsicher an.

»Wie viel verdiente Markus?«

»Genauso viel wie ich, im zweiten Lehrjahr tausendeinhundert Euro. Aber wenn wir zur Berufsschule auf der Seefahrtsschule in Rostock sind, kriegen wir weniger. Das sind immer drei Monate im Jahr, aber die meiste Zeit sind wir auf See.«

»Wo haben Sie sich kennengelernt?«

»Wir haben uns am Anfang der Ausbildung in den ›Duckdalben‹ getroffen.«

»Duck...?«

»Duckdalben. Das perfekte Seemannsheim, mit Billard, Biertheke, Grill, Fernseher, gute Leute. Im Eurogate, das ist der Containerterminal im Hamburger Hafen.«

»Wo waren Sie vor zwei Tagen?«, fragte Malbek.

»Als Markus ermordet wurde, das meinen Sie, stimmt's? Sie wollen mein Alibi.« Er schüttelte den Kopf. »Ich war auf diesem Schiff. In der Deutschen Bucht. Wir hatten Windstärke sieben bis acht, in Böen neun.«

»Haben Sie einen Verdacht?«

»Nein!«

»Eine Vermutung, ein Gedanke, der Ihnen im Kopf herumgeht?«

»Hä? Was soll das?« Er setzte sich auf.

»Ein Erlebnis? Eine Erinnerung an eine Bemerkung, die Markus Ihnen vielleicht –«

»Hören Sie auf, das ist ja ätzend!«

»Das gehört zu meinem Job. Also? An was denken Sie gerade?«

Schlömer schwieg und wandte seinen Blick vom leeren Bildschirm seines Notebooks zum Bullauge, hinter dem schwarzgraue Wolkenfetzen das Schiff begleiteten.

»Ich fragte Sie, ob Sie einen Verdacht haben«, sagte Malbek wieder.

»Nein, natürlich nicht!«

»Wieso *natürlich*?«

»Ach Scheiße!« Schlömer hielt den Kopf gesenkt. Er wollte Tränen verbergen.

»Was geht Ihnen im Kopf herum, Herr Schlömer?«

»Ich weiß wirklich nichts, gar nichts!«

»Sie sagen das so, als ob der Mörder vor Ihnen stehen würde. Verstehen Sie, was ich damit meine?«

Schlömer zuckte bei dem Wort »Mörder« zusammen. Er hat Angst, dass er der Nächste ist, dachte Malbek.

»Ich meine damit, dass es nicht glaubwürdig klang, Herr Schlömer.«

»Äh ja. Okay. Schon gut.« Er schloss die Augen einen Moment, als versuchte er, die Situation zu begreifen. »Also … Markus hatte was vor. Und ich Blödkopp hab ihn nicht gefragt! Vielleicht … ach, ich weiß nicht.«

»Was wollten Sie ihn fragen?«

»Was da läuft! Ich merkte doch, dass da etwas lief, seit …«

»Seit?«

»Klaipëda.«

»Eine Hafenstadt in …?«

»Ein Containerhafen in Lettland. Den fahren wir regelmäßig an. Mehr oder weniger.«

»Und was ist da passiert?«

»Wir hatten zwei Mädchen kennengelernt, beim vorletzten Aufenthalt in Klaipëda. Die haben uns damals mit nach Hause genommen … Na ja, und sie haben gesagt, wir sollen wiederkommen.« Er lächelte Malbek mit einer Mischung aus Stolz und Verlegenheit an. Von Mann zu Mann.

»Die wollten wir also besuchen. Wir riefen an, aber es gab keinen Anschluss unter der Nummer. Sie wohnten in einem der Hochhäuser am Rand des Stadtzentrums. An ihrer Klingel waren auch noch ihre Namen. Aber niemand hat geöffnet. Dann sind wir wieder gegangen. Erst ohne Ziel. Wir haben dann aber doch die Richtung zum Hafen eingeschlagen, zum Schiff zurück. Wir kamen an einem Hotel vorbei. Plötzlich stieß Markus mich in die Seite und sagte, da sind die beiden, und er ist einfach losgerannt. Direkt zum Haupteingang. Erst da hab ich sie auch gesehen, die Mädchen, aufgedonnert bis zum Gehtnichtmehr. Mit einem Mann gingen sie ins Hotel. Und Markus hinterher.«

Henning starrte vor sich hin. Malbek ließ ihm eine gefühlte Minute Zeit.

»Sind Sie ihm hinterhergelaufen?«

»Was?« Schlömer schreckte auf. »Nein, nein, ich habe gewartet. Es war doch offensichtlich, die Tussis waren ins Profilager gewechselt. Das hab ich gleich begriffen. Aber Markus wohl nicht.«

»Wie hieß das Hotel?«

»SAS Klaipëda.«

»Erzählen Sie weiter.«

»Ich hab da gestanden und gewartet. Gedacht, was er da wohl wollte in dem Hotel. Die Situation war doch wohl klar. Oder? Wenn Markus versuchen wollte, die Nutten zur Rede zu stellen, würde der Zuhälter ihn zusammenschlagen. Ich hab gedacht, er würde ziemlich lädiert wieder rauskommen.«

»Und?«

»Er war völlig okay, als er wiederkam. Nur ... er wollte nicht reden. Ich hab ihn nach den Mädchen gefragt, er schüttelte nur den Kopf. Damit fing es an.«

»Was fing an?«

»Er hat sich verändert. Kommt raus und ist ein anderer. In dem Moment war mir das noch nicht klar. Eigentlich ... erst in dem Moment ... in dem Dörte mich anrief. Sie fragte, ob ich wüsste, was mit Markus los ist. Vorher hab ich mir nämlich manchmal gesagt, ich bilde mir das ein.«

»Seine Freundin Dörte Schneider hatte Ihre Telefonnummer?«

Er sah auf. »Nicht, was Sie denken. Das war irgendwann mal abgesprochen mit Markus, weil sie das wollte, falls sie ihn nicht erreichen konnte und sich Sorgen machte.«

»Sie haben sicher seit vorgestern schon miteinander telefoniert.« Von einem Henning Schlömer hatte Dörte Schneider nicht gesprochen. Vielleicht hatte sie dafür keine Kraft mehr gehabt.

»Ja, haben wir. Ich glaube, es geht ihr sehr schlecht. Ich habe seit gestern mehrfach versucht, sie zu erreichen. Wegen der Bücher hier. Vielleicht will sie was davon haben. Wissen Sie, was mit ihr los ist?«

»Sie ist in ärztlicher Behandlung.«

»Wie haben Sie das denn geschafft?«

»Wie meinen Sie das, Herr Schlömer?«

»Nein, wieder nicht das, was Sie denken, es ist nur so, dass ich mir oft überlegt habe, wie man sie zu einer Behandlung überreden könnte. Das sieht doch ein Blinder, dass bei ihr was nicht stimmt. Markus hat immer abgewunken, wenn ich was gesagt habe.«

Vielleicht wird sie es ihm einmal erzählen, dachte Malbek. Die Harder'sche Version?

»Beschreiben Sie mir, inwieweit Markus Peters sich verändert hat.«

»Er war sonst komisch. Ich meine damit, er war schwer zu durchschauen. Er machte Witze und war manchmal eine richtige Plappertasche. Aber er konnte auch zuhören. Aber das war alles weg. Er hat geschwiegen wie ein Grab. Oh, Entschuldigung ... ich meinte ...«

»Haben Sie mit Dörte Schneider oder jemand anderem über Ihr Erlebnis in Klaipėda geredet?«

»Bin ich bescheuert? Ihr von den Tussis erzählen?«

Malbek erhob sich aus der Koje und streckte sich. »Haben Sie heute noch Dienst?«

»Ich müsste seit einer halben Stunde im Maschinenraum sein.«

»Dann los. Für heute sind wir fertig.«

»Es kann ja niemand gewesen sein, der zur Mannschaft gehört, richtig?« Henning stand an der Kabinentür. »Was ich meine, ist ... Markus war der Einzige, der von Bord gegangen war. Sonst sind wirklich alle an Bord geblieben. Ich habe alle beobachtet.« Er sah Malbek an, als erwarte er eine erlösende Antwort.

»Ich finde das nicht sonderlich beruhigend«, sagte Malbek. »Wollen Sie sich so lange an Bord verstecken, bis wir den Mörder festgenommen haben? Aber wieso soll sich der Mörder für Sie interessieren?«

Sein Gesicht verdüsterte sich. »Ich weiß es nicht. Aber ich habe übermorgen Urlaub für eine Woche.«

»Dann können Sie Ihre Aussage zu Protokoll geben. Ich lass Ihnen eine Ladung schicken. Sie wohnen doch auch in Kiel, so steht es in Ihren Papieren.«

»Ja. Wollen Sie noch hierbleiben?« Er sah Malbek irritiert an, der sich in der Koje ausstreckte. Vom Schornstein hörte man einen dumpfen Knall, der sich wie trockener Husten anhörte.

»Ihr Maschinenraum ruft!«

9.

Malbek trat ans Bullauge. Der Blick reichte weit in die Dithmarscher Südermarsch. Er schätzte die Sicht auf zwanzig bis dreißig Kilometer. Er glaubte, Dächer und Kirchturm von Marne zu erkennen. Weiter östlich glitt Michaelisdonn vorbei. Auf einem einsamen Hügel stand eine Mühle, wie ein winziges Spielzeug, dessen Flügel trotz des auffrischenden Windes stillstanden. Hinter dem Horizont lag Sylt. Die Wolkenfetzen waren zu einer dunklen Wolkenwand verschmolzen, die von der Nordsee eine blassgraue Regenschleppe unter sich hertrieb.

Malbek machte seine Runde im »Turm«, wie er den Aufbau am Heck für sich nannte. Im Turm waren die Decks A bis E durch den Niedergang miteinander verbunden. Wenn jemand den Niedergang betrat, so hörte man das auf jedem Deck. In der Messe, der Kantine des Schiffes, und in einer Kabine wurden die Befragungen durchgeführt. Alle Befragten waren übermüdet und hatten Probleme, sich zu konzentrieren. Die meisten Fragen mussten zwei- oder dreimal gestellt und jedes Mal übersetzt werden. Malbek setzte sich bei jeder Vernehmung eine Zeit lang dazu, hakte ein, erhöhte den Druck, milderte ihn, um ihn dann wieder zu verschärfen.

Als sie fertig waren, traf sich Malbek mit Vehrs und Harder zu einer Besprechung. Die Befragungen waren so verlaufen, wie Malbek befürchtet hatte. Mannschaft, Offiziere und der Kapitän lobten den Verstorbenen in den Himmel. Wo er denn auch hoffentlich war. Markus Peters habe immer Zeit für ein freundschaftliches Gespräch und gute Ratschläge für das Leben in fremden Ländern gehabt, seine fachlichen Fähigkeiten seien überdurchschnittlich gewesen, der gute Kontakt zu jedem Einzelnen der Mannschaft einmalig, überhaupt sei er freundlich und still, gleichzeitig stets zu einer netten Plauderei oder der Diskussion von Problemen bereit gewesen. Und natürlich immer zuverlässig und belastbar.

Die Lobpreisungen wurden manchmal vom Röhren des Schiffsdiesels verzerrt, der direkt unter dem Turm arbeitete und vom Schornstein an den ganzen Turm weitergegeben wurde, obwohl sich das Schiff nur mit acht Knoten durch den Kanal schob.

Es war offensichtlich, dass sich die Besatzung abgesprochen hatte. Zu welchem Zeitpunkt die Nachricht von Peters' Tod die Runde gemacht hatte, ließ sich trotz mehrfacher Nachfrage nicht genau herausfinden. Vorgestern, gestern, heute oder vor einer Stunde, hieß es.

Bei Rüsterbergen gingen Vehrs, Harder und der Dolmetscher nach fast vier Stunden schlecht gelaunt und hungrig von Bord, um sich von den Kollegen der Wasserschutzpolizeistation mit dem Streifenboot nach Kiel fahren zu lassen. Der Kapitän hatte beim Umsteigen über die Lotsenleiter die Geschwindigkeit »auf ein Minimum gedrosselt, um den seemännisch unerfahrenen Herren Kriminalbeamten den Abstieg zu erleichtern«, wie er sich mehrdeutig ausdrückte. Er schien es sehr zu bedauern, dass in diesem Moment Windstille herrschte.

Malbek wollte bis zur Ausgangsschleuse Holtenau an Bord bleiben. Der Kapitän ging ohne Kommentar in seine Kajüte und murmelte etwas von Papierkram. Auf der Brücke erschien der Erste Offizier als Vertretung.

Nach einer kurzen Übergabe durch den Kollegen aus Brunsbüttel übernahm der Lotse der Lotsenbrüderschaft Holtenau das Schiff. Er erschien im Gegensatz zum Ersten Lotsen mit Lotsenmütze und langem dunklem Mantel, der nach Malbeks Einschätzung die Ausgehversion eines Lotsenmantels war. Vermutlich hatte jemand dem Lotsen gewahrschaut, dass die Kripo noch an Bord sein könnte.

Als der Zwei-Meter-Mann sich mit »Lotse Klauke« vorstellte und Malbek kräftig die Hand schüttelte, hatte Malbek den Eindruck, dass eine leise, ausgleichende Bewegung durch diesen Mann ging, während seine Füße im Ausfallschritt im Decksboden festgeschraubt schienen. So als ob die schweren Stürme eines langen Seefahrerlebens ihre unauslöschlichen Spuren hinterlassen hätten.

Klauke war sehr gesprächig, den Blick wendete er nur für Sekundenbruchteile aus der Fahrtrichtung, um Malbeks Reaktionen zu beobachten. Er erzählte zunächst etwas über gefährliche Ansaugeffekte im Kanal, die durch den Gegenverkehr hervorgerufen würden und Fingerspitzengefühl erforderten. Der Kanal sei nicht die offene See, da würde so mancher erfahrene Seemann ohne Lotsen sehr schnell in der Kanalböschung landen oder eine Kollision verursachen. Dabei gestikulierte Lotse Klauke mit den Armen und schwankte wie ein Baum im Sturm, als wollte er Malbek das Unglück als Marionettenspiel vorspielen.

»Es ist zwar nicht das erste Mal, dass wir dieses Schiff lotsen, aber das Wetter und die Ladung sind jedes Mal anders, also auch die Manövrierfähigkeit. Manch erfahrener Seemann vergisst, dass da vorne im Schiffbauch weit über zehntausend Tonnen träge Masse liegen, die bei falschen Manövern das Schiff aus dem Kurs reißen«, sagte Klauke und sah kurz zum Ersten Offizier, der den Kapitän auf der Brücke vertrat.

»Wissen Sie eigentlich, was in den Containern ist?«, fragte Malbek.

»Der Kollege aus Brunsbüttel hat mich vorhin bei der Übergabe über die Gesamttonnage und das aktuelle Verhalten des Schiffes informiert. Wenn sich aus den Daten wider Erwarten ergeben hätte, dass Gefahrgut dabei ist, hätte er es mir gesagt. Das darf aber nicht aus heiterem Himmel in den Ladungsdaten stehen. Dieses Schiff ist aber auch gar nicht für Gefahrgut zugelassen. Das Gesamtgewicht der Ladung, also die Gesamttonnage, das wissen wir natürlich, um die Manövrierfähigkeit beurteilen zu können.«

»Irgendjemand muss es doch wissen, was da vor uns liegt«, sagte Malbek. Und noch einmal auf holperigem Englisch zum Offizier gewandt: *»What is in the containers?«*

»Nein, auch nicht der Kapitän und auch nicht die Reederei«, antwortete der Russe in erstaunlich gutem Deutsch. »Der Befrachter weiß es. Er hat es im Computer. Wir haben einen Ladeplan.«

Er ging zu einem Computerbildschirm und tippte auf die

Tastatur. Malbek sah eine Grafik, die ihn an Bauklötzchen erinnerte. Ein Holzschiff, beladen mit Bauklötzchen.

»Hier sind Buchstaben und Zahlen, die sagen, wo ein Container liegt. Das ist wichtig für Containerhäfen.«

Malbek sah sich den Plan an.

»Hier sehen Sie die Stellplätze«, erläuterte der Offizier. »Es gibt für jeden Container einen Zahlen- und einen Buchstabencode. Zahlen, dann R für Right, F für Front und so weiter. Geordnet nach Lage auf dem Schiff. Zufrieden?« Er klang ungeduldig, geradezu ärgerlich.

Malbek konnte nicht sagen, dass er das System verstanden hatte, aber das Ganze war ja für die Ermittlungen irrelevant.

»Sie haben den Lotsen gehört, wir fahren kein Gefahrgut, dafür ist unser Schiff nicht zugelassen«, knarrte der Offizier, schaltete den Monitor aus und murmelte unverständliche, wohl russische Worte. Sie klangen beruhigend wie ein Schlaflied und gleichzeitig beschwörend wie ein hoffnungserfülltes Gebet.

»Das will ich meinen«, bekräftigte der Lotse mit hochgezogenen Augenbrauen, ohne seinen Blick vom Kurs zu nehmen.

Der Kanalsteurer streckte den Rücken und ließ die Schulterpartie kreisen.

»Wer belädt die Container?«, forschte Malbek weiter.

»Die Speditionen, die die Container im Hafen anliefern, oder der Versender. Das läuft überall ein bisschen anders«, sagte der Offizier.

»Also eine Frage des Glaubens«, stellte Malbek fest.

Der Offizier lächelte verschmitzt.

Es knackte, und eine Lautsprecherstimme erfüllte die Kommandobrücke.

»Hier ist Kielkanal 3 mit dem Sammelanruf. Es ist elf Uhr zwanzig. Die Verkehrslage ostwärts …«

»Die Verkehrslenkung Brunsbüttel, unser Verkehrsfunk«, sagte der Lotse und beugte sich zu Malbek vor wie eine schwankende Boje.

»… Verkehrsgruppe 4, die ›Salmaland‹ über 7610 BRZ, Tiefgang sechs Meter sechzig, um zehn Uhr vierundfünfzig ab Schleuse.

Westwärts einmal Verkehrsgruppe 5, die ›Heaven Of The Seas‹ über 10100 BRZ wird um vierzehn Uhr fünfzehn Audorf-Rade passieren. Die ›Christian Molsen‹ erhält Wartezeit und liegt vor Signal. Freie Fahrt in Kudensee. Ende der Durchsage.«

»Wir müssen einen Kreuzfahrer passieren lassen. In der Weiche Audorf-Rade, da ist eine Parkbucht. Da wir Richtung Holtenau fahren, nehmen wir Südseite Höhe Ochsenkoppel«, sagte der Lotse zu Malbek.

Malbek warf einen Blick auf die Karte, die er eingesteckt hatte, ein Messtischblatt, das die nähere Umgebung Schirnaus mit dem Kanal zeigte. Eine Fügung Gottes, dachte der Pastorensohn Malbek. Die Weiche Audorf-Rade für die ostwärts fahrenden Schiffe lag auf der Höhe des Leichenfundortes.

Als sie die Eisenbahnhochbrücke Rendsburg von der Nordseite des Kanals passierten, hörte man bruchstückhaft den Moderator der Schiffbegrüßungsanlage, der gerade etwas zum Zielhafen der »Christian Molsen« in Finnland sagte und danach die deutsche Nationalhymne zur Kommandobrücke heraufscheppern ließ. Spaziergänger winkten. Neben dem Südanleger der Schwebefähre standen ungefähr dreizehn schicke Wohnmobile des aktuellen Jahrgangs, deren Besitzer Kaffee trinkend und kauend auf Kreuzfahrer warteten. Sie winkten hinter den Fensterscheiben. Auch er hatte hier mit seiner Tochter Sophie vor einigen Wochen gestanden, in seinem alten Ford Transit 150 mit 2,5 Liter Diesel, neben all den nagelneuen »Turbohütten«. Sophie hatten die gut gefallen, und am Geld würde es nicht scheitern. Aber die Erinnerungen, die Malbek mit dem alten »Skipper« verbanden, wie sie ihn beide liebevoll nannten, hatten ihn bisher vom neugierigen Blättern in Katalogen und Webseiten über die »Turbohütten« zurückgehalten.

Als die Wohnmobile aus dem Blick verschwanden, verflüchtigte sich auch der problematische Gedanke an die Anschaffung eines neuen Wohnmobils mit größerem Komfort.

Die Gedanken kamen und gingen, so wie die Szenen am Kanal wechselten. Malbek empfand das als sehr angenehm. Er brauchte die unbequemen Gedanken nicht mühsam beiseitezuschieben.

Sie wanderten vor seinen Augen vorbei, langsam genug, um ihnen angemessen die Reverenz zu erweisen, sich vielleicht sogar zu verbeugen, das Für und Wider zu erwägen. Und bevor der quälende Prozess der Entscheidungsfindung nahen konnte, glitt das Gedankenbild schon nach hinten weg, entgegen der Fahrtrichtung. Eine perfekte Verdrängungsmaschine.

Aber wenn man mit glasigen Augen in die Landschaft starrte und lebensphilosophisches Zeug faselte, konnte man keinen Mordfall lösen! Malbek war überzeugt, dass an diesem Schiff eine Spur haftete, die zum Täter führte. Irgendetwas, was man in keinem Reagenzglas sichtbar machen oder als DNA analysieren könnte. Lüthje Lupenkieker würde grinsen und »Spökenkiekerei« murmeln.

Neue Bilder. Eine Herde fetter Suffolk-Schafe weidete auf sattgrünen Feldern. Drei Männer standen um einen Bock und diskutierten. Kaufverhandlungen. Die Schafe waren Einwanderer wie die Wollhandkrabben. Aber die Suffolk-Schafe hatte der Mensch geholt und zu einem Wirtschaftsfaktor gemacht. Die Wollhandkrabben hatten sich eingeschlichen. Sie sahen scheußlich aus, waren Allesfresser und schmeckten sicherlich auch so. Das Fleisch der Suffolk-Schafe war ein Leckerbissen. Jettes Kochkünste hatten daraus schon mehrfach göttliche Genüsse geschaffen.

Die behäbigen dicken Wollknäuel erinnerten Malbek merkwürdigerweise an seinen Chef, Kriminalrat Schackhaven. Aber noch ehe er sich in diese Gedanken vertiefen konnte, waren die Weide und ihre Schafe verschwunden und hatten einem landwirtschaftlichen Produktionsbetrieb mit zwei Flachdachhallen und aufwendigen Filteranlagen auf dem Dach Platz gemacht. Danach tauchte in der Ferne ein Dorf mit Kirchturm auf, der Malbek unwiderstehlich zum Fernglas in seiner Schultertasche greifen ließ. Auf der dem Kanal zugewandten Seite der Kirche dehnte sich ein Friedhof aus. Danke, lieber Nord-Ostsee-Kanal. Vor dem Schiff wölbte sich die Rader Autobahnbrücke über dem Kanal wie ein monumentales Portal in eine andere Welt.

»Das ist sie, unsere größte Weiche«, unterbrach der Lotse

Malbeks Gedankengänge und wies stolz in Fahrtrichtung. Der Kanal hatte sich auf Höhe des Rendsburger Eiderhafens auf mindestens die doppelte Breite geöffnet. Querab westlich sah Malbek die Mündung der Schirnau.

Malbek betrachtete im Fernglas den Leichenfundort, der zugleich der Tatort war. An der verkehrsreichsten Wasserstraße der Welt. In vierundzwanzig Stunden zweihundert Schiffe. Nachts der ideale Tatort. Er hatte in fast völliger Dunkelheit gelegen, da der Himmel in der Nacht stark bewölkt war. Die nächste Straßenlampe stand fast einen halben Kilometer entfernt.

Niemand konnte die Vorgänge im Gesträuch des ufernahen Bereichs beobachten. Die Männer auf der Kommandobrücke eines passierenden Schiffes mussten sich noch intensiver als bei Tageslicht auf den Kurs im Kanal konzentrieren. Die Maschine klang gedämpfter als bei Reisegeschwindigkeit auf See. Das bedeutete für die Männer von der Freiwache tieferen Schlaf, wenn sie nicht vor dem Fernseher saßen.

Der Mörder könnte dies alles in Betracht gezogen haben. Weil er sich möglicherweise mit den Gegebenheiten bei Nacht an Bord der Schiffe im Kanal auskannte. Und er hatte den Fluchtweg genau bedacht. Die Autobahnanschlussstelle Rendsburg-Büdelsdorf war mit dem Auto nur Minuten entfernt, nach Süden konnte man in fünfundvierzig Minuten an der Stadtgrenze von Hamburg sein. Oder nach Norden Richtung Flensburg, dänische Grenze. Leck, Niebüll, Dagebüll und Sylt waren nicht weit.

Ein Schuss von der gegenüberliegenden Kanalseite wäre für einen Präzisionsschützen mit der entsprechenden Ausrüstung kein Problem, auch bei Dunkelheit nicht. Aber Brotmann hatte sich auf einen Nahschuss vor dem Gesicht, von unten nach oben, festgelegt. Und darauf, dass wahrscheinlich kein Profikiller beteiligt gewesen war. Wahrscheinlich.

Trotzdem. Malbek ging mit schnellen Schritten auf die andere Seite der Kommandobrücke, bis in die Nock, und suchte mit dem Fernglas das gegenüberliegende Ufer ab. Eine Gruppe Angler stand und saß am Ufer wie so viele, die er an der Kanalböschung gesehen hatte, seit er in Rüsterbergen auf die Kommandobrücke gekommen war. Wer nicht gerade die Einsamkeit suchte, fand es in der Gruppe sicher unterhaltsamer. Wie diese Angler. Zwei von ihnen trugen Kopfhörer. Einer hatte ein Laptop auf den Knien. Hinter ihnen standen Kästen in Natogrün. Malbek presste das Fernglas an die Augen, versuchte, sich jedes Detail einzuprägen.

»Haben Sie diese Angler schon mal gesehen? Stehen die immer an der Stelle?«, fragte Malbek den Lotsen.

»Sie müssen mich entschuldigen, Herr Kommissar, es brist auf«, antwortete der Lotse und sprach leise mit dem Kanalsteurer. Er griff nach vorn zur Steuertafel und nahm die Geschwindigkeit weiter zurück. Gleichzeitig tippte der Kanalsteurer auf einige Tasten auf der Steuerkonsole.

Über dem Kanal war die Schlechtwetterfront eingetroffen, die Malbek noch vor zwei Stunden über der Nordseeküste gesehen hatte.

»Es ist zwar nur die Böenwalze einer Kaltfront, aber in einer Weiche kann es schwierig werden. Wir haben zu wenig Platz. Die Kisten bieten dem Wind viel Angriffsfläche.« Er deutete nach vorn zu den Containern. »Der Computer kann den Bug auf einen Punkt festnageln, aber das Heck wackelt wie ein Lämmerschwanz. Sie müssen jederzeit eingreifen können.«

Der Lotse sah abwechselnd auf die Instrumente und in Richtung Weichenausgang.

Der Kreuzfahrer »Heaven Of The Seas« näherte sich. Ein schneeweißes Schiff mit tausend Bullaugen und sicherlich Tausenden Menschen, von denen fast niemand an den tausend Bullaugen, Minibalkonen und Panoramafenstern zu sehen war. Die Minibalkone und Kabinen, die um Restaurants, Spielcasinos, Bars, Fitnesscenter, Jogging-Deck und Einkaufszentrum angeordnet waren, erinnerten Malbek an eine Pelztierfarm mit Käfighaltung.

»Man muss versuchen, an den Weichendalben im Schritttempo entlangzuschleichen, ohne stoppen zu müssen, und am Ende der Weiche wieder freie Fahrt zu haben. Das spart Zeit und

Geld«, sagte der Lotse. »Die Weichendalben sind die Pfahlgruppen, da vorn auf steuerbord, die machen das Anlegen oder Festmachen in der Parkbucht der Weiche möglich, ohne dabei auf dem Kanalufer aufzulaufen oder eine Kollision zu verursachen. Alles klar?« Er erfreute sich offensichtlich an Malbeks unsicherem Blick.

Drei Weichendalben hatten sie schon im Schritttempo passiert.

»Was waren das für merkwürdige Angler, vor der Weiche?«, fragte Malbek wieder. »Mit Kopfhörern, Sonnen- oder Regenschirmen in Natogrün, die Angelschnüre waren fingerdick. Haben Sie die schon mal gesehen?«

»Das fragen Sie am besten Ihre Kollegen von der Wasserschutzpolizei«, antwortete er, ohne den Blick vom Kreuzfahrer zu lösen. Noch vier Weichendalben.

»Sie kennen diesen Angelverein also?«

»Nicht persönlich.«

»Aber inoffiziell?«

»Nicht mal das.«

»Sie haben diese Kanalangler noch nie gesehen?«

»Nie. Nicht im Traum.«

»Warum dürfen Sie nichts sagen?«

»Warum fragen Sie nicht Ihre Kollegen von der Wasserschutzpolizei? Das geht schneller.«

»Wenn Sie es mir jetzt sagen, weiß ich es noch schneller.«

»Verstehen Sie doch! Ich müsste das erst mit unserem Ältermann besprechen und danach mit der Wasser- und Schifffahrtsverwaltung abstimmen.« Er nickte unauffällig zuerst zum Kanal - steurer, dann zum Offizier, der in der Nock stand und gespannt auf die Dalben sah.

»Staatsgeheimnis?«, fragte Malbek belustigt mit gedämpfter Stimme.

Der Lotse zuckte mit den Schultern.

Malbek ging nach draußen auf den Niedergang und rief Vehrs an. Die Kollegen waren seit einer Stunde wieder im Büro. In der Kantine habe es heute gebratene Hähnchenkeule gegeben, zwei

Stück pro Portion, statt des panierten Seelachsschnitzels, wie es auf dem Wochenplan der Kantine gestanden hatte. Frau Hoyer schreibe gerade an ihrem Bericht über die Befragung des Personalchefs. Ach ja, und Harder würde ihr beim Formulieren des Berichtes behilflich sein. Malbek fragte sich, was dabei herauskommen würde. Er beschrieb Vehrs den Standort der Anglergruppe und wies ihn an, mit Harder sofort dorthin zu fahren. Sie sollten ermitteln, wo und wann die Gruppe sich in den letzten Tagen am Kanal aufgehalten hatte. Und sie sollten sich die Ausrüstung genau ansehen. Und die Wasserschutzpolizei fragen, ob ihnen diese Angelfans mal aufgefallen seien.

Malbeks Magen knurrte empört. Die Hähnchenkeulen in der Bürokantine waren sehr gut. Aber es gab sie leider nur einmal im Jahr. Und heute sogar außerplanmäßig. Da musste jemand dahinterstecken, der ihm eins auswischen wollte.

Das Signal an der Weichenausfahrt wechselte auf Grün. Die »Christian Molsen« nahm wieder Fahrt auf, ohne gestoppt zu haben. Malbek wollte Lotse Klauke eigentlich für diese Leistung gratulieren, aber nach der verweigerten Auskunft über die merkwürdigen Angler beschloss er, ihn mit Missachtung zu strafen.

Malbek ging hinunter in die Messe. Sie war leer. Wahrscheinlich mied die Besatzung diesen Raum, aus Angst, wieder in eine Befragung hineinzugeraten.

Der philippinische Smutje servierte ihm Bratwurst mit Kartoffelbrei und etwas Sauerkraut. Es war mehrfach aufgewärmt, braun geschmort, mit viel Kümmel, so wie Malbek es mochte. Dankbar nickte er dem Smutje zu und hob den Daumen.

»It's wonderful!«

Der Smutje verbeugte sich und strahlte.

Als Malbek gesättigt den Niedergang zur Brücke aufstieg, sah er die Hüttener Berge und die Ausläufer des Dänischen Wohld vorbeiziehen.

»Ist das auch Staatsgeheimnis?«, fragte Malbek Lotse Klauke, als er wieder auf der Kommandobrücke erschien, und deutete zum Kanalufer, dessen Buschwerk in einem Streifen von etwa fünf bis zehn Metern entfernt worden war und wo stattdessen in regelmäßigen Abstanden Markierungspfosten gesetzt waren.

Lotse Klauke ignorierte die Anspielung. »Das sind die ersten Vorbereitungen für die anstehenden Kanalerweiterungsarbeiten. Wir sind hier auf Kanalkilometer 80, auf der Höhe Königsförde. Die Erweiterungsarbeiten sind bis zur Weiche Schwartenbek geplant, also kurz vor Kiel. Die engen Kurven werden abgeflacht, und die Kanalböschung wird ausgebaut, damit größere Schiffe durchfahren können. Die ständig wachsenden Ladungsmengen im Zubringerverkehr zwischen Westeuropa und den Ostsee-Anliegerstaaten machen das notwendig. Das wird wieder ein Jahrhundertbauwerk.«

»Was bedeutet das für die Reedereien mit solchen Schiffen wie diesem?«

»Für die wird das nicht so einfach werden. Zwar gehört der Ostseeraum immer noch Schiffen wie der ›Christian Molsen‹, das ist der Baltic-Max-Typ, das heißt, Länge, Breite und Tiefgang sind so, dass sie gerade noch den Nord-Ostsee-Kanal passieren können und nicht den Umweg durch das Skagerrak machen müssen, also um Dänemark herum. Aber Sie müssen das so sehen: Ein Containerschiff, das viermal mehr Container aufnehmen kann, verbraucht nur doppelt so viel Treibstoff. Noch passen diese Schiffe nicht durch den Kanal. Noch nicht ...«

»Bedrohungen ziehen meistens Kämpfe nach sich. Die kleinen Reeder müssen sich was einfallen lassen«, sagte Malbek.

»Als Lotse möchte ich dazu nicht Stellung nehmen«, sagte Klauke. »Gehört ja aber auch nicht so in Ihre Ermittlungen bei dieser Geschichte ... Denke ich.« Er beugte sich prüfend vor, machte einen Ausfallschritt zur Instrumententafel, und mit einem leisen »Das geht mir etwas zu schnell« zog er einen schwarzen Hebel ein winziges Stück zurück.

Beim Einlaufen in die Schleuse Holtenau sah Malbek durch das Fenster der Backbordnock zum Reedereigebäude auf der Anhöhe. Dabei fiel ihm auf, dass die Kommandobrücke der »Christian Molsen« etwas höher war als das Fenster des Arbeitszimmers des Reeders Axel Molsen. Als sein Großvater das Haus erbauen ließ, konnte er sicherlich noch auf seine Schiffe hinunterschauen. Das war lange her. Möglicherweise war es nicht das Einzige, was Axel Molsen über den Kopf gewachsen war.

Weil nur der Gang an Bord die Wahrheit zeigt.

Die Schlechtwetterfront war mitgefahren. Die Sturmböen trieben Regenschleier über Kiel.

10.

Malbek ließ sich von Kommissarin Hoyer an der Schleuse mit dem Dienstwagen abholen. Er setzte sich auf den Beifahrersitz.

»Hat Vehrs etwas von der Wasserschutzpolizei über die angelnden Kopfhörer erfahren? Ich meine, hat er Ihnen überhaupt davon erzählt?«

»Er sei immer wieder weiterverbunden worden, bis ihm dann jemand gesagt hat, man würde zurückrufen. Sie sind zu der von Ihnen beschriebenen Stelle gefahren, aber da war niemand. Ein leerer Plastikbecher lag in einem Busch und zertretenes Gras, das war alles.«

»Wie geht es Dörte Schneider?«, fragte er.

»Mein Bericht über die Befragung des Zeugen Winfried Geerdsen, Personalchef der Reederei Molsen, liegt auf dem Rücksitz«, sagte sie, so, als ob sie seine Frage nicht gehört hätte.

Als er versuchte, mit dem linken Arm blind auf dem Rücksitz den Bericht zu ertasten, sah er Kommissarin Hoyer das erste Mal bewusst im Profil. Hinter den Ohren kräuselten sich ihre ansonsten halblangen, glatten Haare zu winzigen Löckchen.

Er blätterte im Bericht, ohne etwas zu lesen. »Sie meinen also, ich hätte kein Recht, nach dem Gesundheitszustand von Frau Schneider zu fragen. Ich sollte gefälligst selbst in der Klinik anrufen. Oder sie besuchen. Haben Sie Dörte Schneider besucht?«

Sie schwieg. Malbek bemerkte, dass sie im Verkehrskreuz des Olof-Palme-Damms auf Höhe des Holstein-Stadions zweimal die falsche Ausfahrt genommen hatte. Der Scheibenwischer kämpfte wimmernd gegen den prasselnden Regen. Sie würden eine halbe Stunde länger zur Dienststelle am Mühlenweg brauchen.

»Erzählen Sie mir, was in Ihrem Bericht drinsteht.« Malbek schloss den Hefter.

Sie begann damit, dass Geerdsen etwas ausstrahle, was sie an eine alte Kommode erinnere, irgendwie an Inventar. Außerdem wirke er unkonzentriert. Sie sei sich aber nicht ganz sicher, ob das Letztere nur gespielt war. Bei der Frage nach der wirtschaftlichen Situation der Reederei habe er sich mehrfach an der Nase und dem Kinn gerieben und umständlich erklärt, dass die Reederei gut aufgestellt sei. Konkretes sei ihm nicht zu entlocken gewesen. Er habe regelrecht gemauert. Er habe plötzlich das Thema gewechselt und ihr eine Mail gezeigt, die Markus Peters von Bord der »Christian Molsen« geschrieben hätte. Darin hatte Markus Peters sich darüber beschwert, dass er auf dem Schiff nicht das lerne, was im Ausbildungsplan stehe und ihn in der Prüfung zum Schiffsmechaniker erwarte. Er hätte Angst gehabt, dass er die Prüfung nicht schafft, und überlegt, ob er die Reederei wechseln sollte. Danach hätte ihn Geerdsen an Bord angerufen und zu einem Gespräch ins Personalbüro der Reederei gebeten. Das von beiden unterschriebene Gesprächsprotokoll hatte Geerdsen Hoyer in Kopie ausgehändigt, und es lag ihrem Bericht bei. Darin war festgehalten, dass die Ausbildung an Bord verbessert würde, das hieß weniger Schiffsreinigung und mehr Ausbildung im Maschinenraum. Das Protokoll war vor etwa drei Monaten unterzeichnet worden.

»Sind Harder und Vehrs darüber informiert?«

»Harder hat sich den Bericht von meinem Schreibtisch genommen«, sagte sie bissig.

»Wie haben Sie reagiert?«

»Er hat mir gesagt, dass es so nicht ginge. Es klinge ein wenig nach Schulaufsatz. Er hat mir Tipps gegeben, es umzuschreiben.«

»Ich fragte, wie *Sie* reagiert haben.«

»Gar nicht.«

»Das glaube ich nicht«, sagte Malbek. Die Lichter der Stadt tanzten auf ihrem Gesicht.

»Ich habe nur gelächelt, glaube ich«, sagte sie ernst.

»Ich hoffe, Sie haben ihn dabei nicht angesehen«, sagte Malbek.

Die nächste Ampel stand auf Rot. Sie sah Malbek an.

»Genau das meine ich«, murmelte Malbek. Immerhin gerade so laut, dass sie es hören konnte. »Das sollten Sie auch nicht tun. Und jetzt achten Sie bitte auf den ... sehen Sie bitte nach vorn!«

Alle Männer hätten ein Beuteschema, hatte Jette mal zu ihm gesagt. War es diese Stupsnase, die lebhafte Art, zu erzählen?

»Es ist Rot, ich muss warten und –«, sagte sie.

»Aber jetzt nicht mehr. Grün!«, unterbrach Malbek sie.

Hinter ihnen hupte jemand.

»Die brachten heute auf Welle Nord einen ziemlich detaillierten Bericht von einem Nahschuss«, sagte Hoyer, als sie in die Eichhofstraße einbogen. »Woher wissen die davon?«

»Keine Ahnung.« Malbek hatte sich in den schriftlichen Bericht vertieft. Da waren noch einige offene Fragen.

»Die Schmauchspuren enthielten sehr viel Blei«, sagte Stegner vom LKA zu Malbek am Telefon. »Es war also kein Zündsatz moderner, westlicher Bauart, sondern ein Billigprodukt. Ich tippe auf russische Produktion. Deshalb habe ich auch keinen Markierstoff gefunden, der uns etwas Näheres über die Herkunft der Munition sagen würde. Da wir das Projektil nicht gefunden haben, ist das alles, was ich im Moment sagen kann. Tut mir leid. Falls ich bei der weiteren Analyse noch etwas Wichtiges finde, melde ich mich.«

»Danke, Stegner.« Malbek beendete das Gespräch. Er hatte sein Schreibtischtelefon laut gestellt und sah in die Runde.

»Sie haben es gehört. Aus russischer Produktion. Ich habe nicht den Eindruck, dass uns das im Moment weiterhilft. Oder?«

»Könnte auch in Weißrussland fabriziert worden sein«, sagte Vehrs mit gespielter Ernsthaftigkeit.

»Ich tippe auf Rumänien«, sagte Harder betont gelangweilt und betrachtete seinen Kugelschreiber, als hätte er ihn noch nie gesehen.

»Das ist doch im Moment völlig unerheblich, wo die Munition und die dazugehörige Waffe produziert wurden!«, platzte Hoyer los. »Und witzig finde ich Ihr Getue auch nicht! Damit kommen wir dem Täter keinen Millimeter näher.«

»Okay, ganz ruhig, lassen Sie mich erklären …«, setzte Harder in beschwichtigendem Ton an.

»Die Lage des Tatorts, die verwischten Reifenspuren und diese billige Munition zusammen gesehen haben einen professionellen Touch«, sagte Hoyer, plötzlich wieder in ruhigem Ton, zu Malbek gewandt.

»Touch?« Harder zog die Augenbrauen hoch. Vehrs strich sich skeptisch das gut rasierte Kinn.

»Ich habe mir den Tatort heute vom Schiff aus angesehen und hatte aus dieser Perspektive ähnliche Gedanken wie Sie«, sagte Malbek.

Hoyer sah zu Harder, dessen Blick zwischen Malbek und ihr hin- und herwanderte. Harder hielt ihrem Blick nicht stand, er erhob sich und sah aus dem Fenster. Er hat sie wahrscheinlich angemacht, und sie hat ihn angefaucht, dachte Malbek.

»Hat die Wasserschutzpolizei inzwischen zurückgerufen?«

Vehrs schüttelte den Kopf.

Malbek hatte sich nach der Besprechung in sein Wohnmobil zurückgezogen und versuchte, den Chef der Wasserschutzpolizei zu erreichen. Er wurde zweimal weiterverbunden, schnauzte seine Gesprächsteilnehmer an, schimpfte, dass er Beziehungen arbeiten lassen würde, die man ihm sowieso nachsagte, und plötzlich meldete sich ein Polizeihauptkommissar Brahmsdorf, der mit verschwörerischer Stimme sagte, dass er schon Schwierigkeiten bekommen könnte, wenn er die vertrauliche Information an den Kollegen Malbek weitergeben würde, dass ihm die Hände gebunden seien, mehr dürfe er wirklich nicht sagen, sonst könne er die Hoffnung auf eine Beförderung endgültig aufgeben, dafür müsse Malbek doch Verständnis haben, und das Ganze sei Chefsache. Malbek beendete das Gespräch ohne ein weiteres Wort.

Er griff nach dem Autoschlüssel, legte ihn wieder weg und rief Lüthje an. Er schilderte Lüthje, wie man ihn bei seinen Ermittlungen behindere.

»Mit so einer billigen Mitleidstour wollen die mir kommen!

Ich will diese Angler einzeln befragen, jeden einzelnen will ich in die Mangel nehmen, das ist mehr als ein Anfangsverdacht …«

»Mein lieber Herr Pastorensohn!«, sagte Lüthje in väterlichem Ton. »Weißt du denn, was Sorgen sind? Richtiger Kummer? Schicksalsschläge? Traumatische Erlebnisse? Wie sich plötzlich von einer Sekunde zur anderen dein Leben verändert? Du sieht alles mit anderen Augen, alles trägt den tiefschwarzen Schleier des …«

»Was ist passiert?«

»Hilly hat mich auf Trennkost gesetzt!«

»Grundgütiger Gott. Ist das sehr schlimm?«

»Weißt du, was ein Fischbrötchen ohne Brötchen ist?«

»Sag nichts mehr!«

»Das ist wie Meer ohne Wasser und Wind. Ich durchschreite ein Jammertal! Kohlenhydrate und Eiweiß passen einfach nicht zusammen, sagt Hilly, und mein bisschen Übergewicht ist der beste Beweis dafür. Ich habe sie daran erinnert, dass sie meinen Bauchansatz mal mochte, jetzt heißt es, alles habe seine Grenzen. Und das ausgerechnet, wenn wir zu Ritas Vernissage auf Sylt eingeladen sind. Meine Schwester hatte versprochen, eine Fischplatte mit allen Schikanen zu bestellen. Kommst du mit Jette?«

»Heißt das, dass wir eingeladen sind?«

»Jette hat dir nichts gesagt?«

»Nein.«

»Hilly hatte sie doch angerufen. Rita hat eine Ausstellungseröffnung auf Sylt, in List. Jette hat sich schon von Berufs wegen angemeldet. Deshalb dachte ich ja, sie hätte dir davon erzählt.«

»Wann war das?«

»Vorgestern Abend hat Hilly sie angerufen.«

»Interessant! Weißt du, wer da noch alles eingeladen ist?«

»Nö, mich interessiert eigentlich nur das Büffett. Aber jetzt weiß ich nicht –«

»Ich ruf dich wieder an!« Warum hatte Jette ihm wohl diese Einladung verschwiegen?

»Stopp! Weswegen hast du mich denn eigentlich angerufen?«, fragte Lüthje.

»Du wirst immer vergesslicher. Ich muss Marineangehörige als

Zeugen befragen, die zufällig in der Nähe eines Tatorts irgendwelche Messungen gemacht haben. Mit Kopfhörern und Angeln. Die Wasserschutzpolizei gibt zu, dass sie davon was weiß, aber das sei Chefsache und müsse den Dienstweg gehen und so weiter. Du kennst diese Sprüche. Wie komme ich an einen Gesprächspartner?«

»Ist schon unterwegs.«

»Und wer soll das bitte schön sein?«

»Kannst du dich daran erinnern, dass der Chef der Wasserschutzpolizei Polizeidirektor Winter ist?«

»Ja und? Der soll ...?«

»... und wer ist Landespolizeidirektor, also der höchste Polizist im Lande?«

»Äh ... wie hieß der noch, 'tschuldigung ... Bielefeld oder so?«

»Nein, Lütjenburg. Landespolizeidirektor Lütjenburg. Ich gebe zu, das klingt so ähnlich wie Bielefeld. Wodurch zeichnet sich das Amt eines Landespolizeidirektors aus?«

»Durch seine große Verantwortung.«

»Gut, Malbek, sehr gut! Weiter!«

»Durch seine Nähe zu den politischen Entscheidungsträgern.«

»Bingo! Hundert Punkte, Malbek! Den Rest kannst du jetzt alleine: Also, was wird mit deiner Frage nach den messenden Marinematrosen inzwischen passiert sein?«

»Mach's nicht so spannend.«

»Sie wird schon längst bei Polizeidirektor Winter auf dem Tisch liegen. Der wird Landespolizeidirektor Lütjenburg angerufen haben. Letzterer wird wegen seiner Nähe zu den politischen Entscheidungsträgern dort einen Ansprechpartner für alle Fragen bei der Marine haben. Die Antwort wird er mit deinem unmittelbaren Chef besprochen haben. Wer ist das?«

»Kriminalrat Schackhaven!«

»Super, Malbek! Vergesslichkeit ist ein normales Stressphänomen bei Überbelastung. Fehleinschätzungen und Überreaktionen gehören auch zur Symptomatik. Hat mein Arzt mir mal gesagt. Du brauchst Schackhaven also nur anzurufen. ... äh, hallo, bist du noch da?«

»Herr im Himmel, ich glaube, dahinten kommt der Schackhaven. Lüthje, mein Mentor, du wirst mir unheimlich!«

»Schön!«

Malbek schob die Gardine unauffällig zur Seite. »Der will was von mir, das seh ich.«

»Dann grüß ihn mal von mir. Behandle ihn gut. Er hat seine Pension verdient. Tschüss.«

Malbek legte zögernd auf. Er wollte mit Lüthje noch …

Kriminalrat Schackhaven klopfte. Malbek öffnete die Tür und gab sich überrascht. Sie begrüßten sich, als seien sie sich beim Einsteigen in einen Linienbus zufällig begegnet. Sie setzten sich schweigend in die Sitzbank, einander gegenüber. Nicht weil es ihnen gefiel, sondern weil es die Sitzpositionen auf einer Wohnmobilsitzecke waren, von denen man ohne lange Rutscherei sofort aufstehen konnte.

Schackhaven zupfte an den geöffneten Fenstervorhängen, himmelblau, weiß und grün. Er wollte nicht gesehen werden.

»Warten Sie, ich helfe Ihnen.« Malbek zog die Vorhänge zu. Den Vorhang hinter Schackhaven ließ er ein Stück offen, gerade so viel, dass man von draußen Schackhavens Hinterkopf erkennen konnte, auf dem ein schmaler, aber markanter Streifen pechschwarz gefärbten Resthaars die Glatze umrahmte.

»Wissen Sie, wir sollten diese Sache nicht überbewerten«, sagte Schackhaven mit gefalteten Händen.

»Welche Sache?«

»Sie führen doch die Ermittlungen in dieser Sache Peters, diesem Schiffsjungen der Reederei Molsen.«

»Sie meinen, ich bewerte diesen Mord zu hoch?«, fragte Malbek.

»So meine ich das natürlich nicht.«

»Wie denn?«

»Verstehen Sie mich bitte nicht falsch. Aber ich denke, es ist … eine Sackgasse«, sagte Schackhaven.

»Die Reaktionen der Abteilung vier auf meine Fragen haben einen anderen Eindruck auf mich gemacht.«

»Sie haben dort angerufen?«, fragte Schackhaven überrascht.

Malbek sah Schackhaven prüfend an. Das Augenlid hatte nicht gezuckt. Man hatte ihn also wirklich nicht informiert.

»Vehrs wurde dreimal weiterverbunden und dann vertröstet«, sagte Malbek. »Ich selbst wurde auch zweimal weiterverbunden. Es meldete sich jemand mit ›Hauptkommissar Brahmsdorf‹ und schilderte mir seine Pensionsverlustängste. Schließlich ließ er die Stichworte ›Marine‹ und ›Messungen‹ fallen.«

»Brahmsdorf?«

»Ja, kennen Sie ihn nicht?«

»Oh doch, natürlich.«

Schackhaven schien in sich selbst zu versinken. Der, dienstlich gesprochen, Abteilungsleiter LPA 4 wusste von nichts. Er grübelte, ob ihm etwas entfallen war. Die Abteilung vier hatte also ein eigenes Spiel gespielt.

»Sagen Sie mir bitte, was genau ich nicht überwerten soll«, sagte Malbek, um ihn aus der Starre zu holen.

»Die Jungs haben immerhin dichtgehalten«, murmelte Schackhaven. Und dann etwas lauter zu Malbek gewandt: »Sie brauchen die Jungs nicht mehr anzurufen. Wir regeln das unter uns. Ich vermute, wir reden ausnahmsweise über dasselbe Thema. Es wäre besser gewesen, Sie hätten sich gleich direkt an mich gewandt. Sie müssen Vertrauen haben.«

»Ja, natürlich, aber um Himmels willen, nun sagen Sie mir endlich, was mir die Ehre verschafft, Sie in meinen bescheidenen Gemächern begrüßen zu dürfen. Darf ich Ihnen Kaffee anbieten? Oder lieber Tee?«

»Kaffee wäre sehr angenehm. Danke.«

Malbek stand auf und ging die zwei Schritte in seine kleine Pantry.

Er stellte eine Blechdose mit dänischen Keksen auf den Tisch. Schackhavens Miene hellte sich auf.

»Wissen Sie, wer mich angerufen hat?«, fragte Schackhaven kauend.

Malbek schüttelte brav den Kopf.

»Mein Schwager.« Schackhaven nickte zur Bekräftigung und suchte sich den nächsten Keks aus.

Malbek hatte plötzlich das dringende Bedürfnis, laut zu schreien.

Schackhaven deutete Malbeks Mimik falsch. »Nein, Sie müssen raten.«

Malbek gab einen glucksenden Laut unterdrückter Wut von sich.

»So ähnlich. Klauke heißt er. Der Lotse Klauke. Erinnern Sie sich nicht? Heute Nachmittag haben Sie ihm ein paar Fragen gestellt. Das ist mein Schwager. Gernot Klauke.« Schackhaven suchte kauend in der Keksdose und entschied sich nach relativ kurzer Bedenkzeit für ein mit weißer Schokolade überzogenes Biskuiträllchen.

»Gehe ich recht in der Annahme, dass er sich über mich beschwert hat?« Malbeks Frage war rein rhetorischer Natur. Es ist bekannt, dass dänische Kekse den Gesprächsfluss hemmen können.

»Ja. Nein. Er wollte Ihnen ja helfen, wusste aber nicht, wie. Und da wir beide verschwägert sind ... also kurz gesagt, wenn wir den Dienstweg gehen, wird es sehr lange dauern, und meinem Schwager werden sehr viele unnötige Fragen gestellt. Und da ist auch noch die Lotsenbrüderschaft. Das allein ist schon fast so viel wie ein Disziplinarverfahren. Und da ich weiß, dass ich mich auf Sie verlassen kann und dass die Angelegenheit nicht den Aufwand verdient, der hier getrieben würde ...« Seine Hand schwebte unentschlossen über der Keksdose.

»Bin ich einer internationalen Verschwörung auf die Spur gekommen?«, fragte Malbek.

»Ich mag Ihren Humor sonst sehr, Herr Malbek. Wirklich. Aber damit spaßt man nicht. Nein, es sind schlicht und einfach Geräuschfischer.«

»Geräuschfischer?«, fragte er so gedehnt, als ob er dieses merkwürdige Wort noch nie gehört hätte.

»So ist die umgangssprachliche Bezeichnung, die mein Schwager verwendet. Mit ihrer Spezialausrüstung machen die Schallaufnahmen von jedem Schiff, das den Kanal passiert. Mit Unterwassermikrofonen, die an, wie Sie sagten, Angeln hängen.« In diesem Moment nahm Schackhaven sich den letzten Keks, betrachtete ihn etwas mürrisch von allen Seiten, aß ihn aber mit Genuss, eine Blätterteigkreation mit ganzen Nüssen.

»Und was hört man auf diesen Aufnahmen?«

»Die Schiffsmaschine«, sagte Schackhaven geräuschvoll kauend.

»... und weil jede Schiffsmaschine anders klingt«, fuhr Malbek fort, »werden die Audiodateien in der Schiffsdatenbank der U-Boote gespeichert, damit man ein Schiff erkennt, auch wenn man es unter Wasser nicht sieht.«

»Donnerwetter, Herr Malbek, mein Kompliment. Genau so ist es.« Er mühte sich aus der Bank und strich eventuell noch vorhandene Kekskrümel von seiner Anzughose.

»Und auf einer Geräuschdatei könnte der Todesschuss sein. Auch wenn das Mikrofon unter Wasser war. Außerdem bin ich als Ermittlungsbeamter verpflichtet, jede Person zu überprüfen, die zur Tatzeit in der Nähe des Tatorts war«, sagte Malbek. »Es sei denn, Sie wollen diese mögliche Nähe der Geräuschfischer zur Tatzeit verheimlichen. Dann würde ich alles daransetzen, es öffentlich zu machen. Hier würden sich unsere Wege trennen, Herr Schackhaven.«

»Ich habe es nicht anders von Ihnen erwartet, Herr Malbek. Aber nun fahren Sie mal runter. Die Geräuschfischer waren am Tattag nicht im Einsatz. Auch nicht in der darauffolgenden Nacht. Ein Offizier in der Admiralität hat es mir bestätigt. Wir müssen also ohne die Marine auskommen.«

Die Hoffnung auf einen ersten Ermittlungserfolg zerplatzte wie eine Seifenblase. Schackhaven schien es nicht zu interessieren. Er quälte sich aus seiner Anzugjacke und zog den halb offen stehenden Vorhang hinter sich zu.

»Und jetzt komme ich zu meinem eigentlichen Anliegen, Herr Malbek. Ich will mir auch ein Wohnmobil anschaffen. Sie kennen sich doch damit aus. Ich brauche Ihren Rat. Meine Frau will unbedingt ein amerikanisches Fabrikat. Und ich ... übrigens ...« Er sah suchend um sich. »... haben Sie noch mehr von diesen dänischen Keksen?«

Nachdem Schackhaven endlich gegangen war, fuhr Malbek nach Moerksgaard und rief in der Klinik in Kiel an.

»Nein, Frau Schneider ist verlegt worden«, sagte die Pförtnerin der Klinik am Telefon. »Sie ist in der Fachklinik in Schleswig.«

Er ließ sich die Telefonnummer vom Pförtner geben und rief in Schleswig an. Ein Pförtner sagte ihm, dass man telefonische Auskünfte nicht beantworten könne. Er bestätigte nicht einmal, dass sie da sei. Malbek müsse schon persönlich nachfragen.

Auf der Fahrt sah er an der Schlei zum Dom hinüber. Links davon den Hang hinauf lag die Fachklinik am Hügel, auf dem vor Jahrhunderten eine Wassermühle gestanden hatte.

Er fuhr weiter, um mit Jette über die Einladung nach Sylt zu reden, die sie ihm verschwiegen hatte.

11.

Jettes Wagen stand nicht im Carport. Irgendetwas hatte Malbek heute davon abgehalten, mit seinem Schlüssel in ihrer Abwesenheit das Haus zu betreten, wie er es sonst tat.

Er fuhr zunächst auf sein Grundstück und gönnte seinem Wohnmobil eine Wäsche aus dem Gartenschlauch. Danach nahm er sich seinen Skizzenblock, versuchte seine Gedanken zu ordnen und telefonierte fast eine Stunde mit Vehrs und Hoyer. Die Ermittlungen erstickten in routinierter Fliegenbeinzählerei.

Von Zeit zu Zeit sah er durch das Seitenfenster hinüber zu Jettes Haus, das sich hinter der hohen Hecke abzeichnete. Eigentlich war das überflüssig, weil man den lauten Boxermotor ihres VW-Cabrios schon vom Ortseingang her hören konnte.

Nach dreieinhalb Stunden war es so weit. Als sie den Wagen eingeparkt hatte und er davon ausgehen konnte, dass sie im Haus war, ging er hinüber.

»Hatten wir beide nicht für heute Abend eine Einladung nach Sylt?«, fragte er beiläufig und sah auf die Farbtöpfe und Pinsel, die an den Wänden herumstanden.

»Du hast Zeit? Super!«, sagte Jette, ohne ihn anzusehen. Jettes Renovierungswut war verpufft. Sie versuchte, einen Berg Schmutzwäsche in der Waschmaschine verschwinden zu lassen, und hüpfte dabei nervös hin und her.

»Ich habe dich gefragt, warum du mir nichts von der Einladung gesagt hast!« Verschwiegen, hatte Malbek sagen wollen, aber das würde es ihr zu einfach machen.

»Aber Schatz, ich hab dir doch gesagt, dass wir eingeladen sind, oder? Erics Schwester würde sich so freuen, wenn wir kommen könnten.«

»Nein, du hast mir nichts gesagt. Ich leide doch nicht an Demenz!«

»Sei bitte nicht so geschmacklos. Dann muss ich es wegen der

Arbeitsüberlastung vergessen haben. Ich hätte wirklich nicht gedacht, dass du Zeit hast. Nein, eigentlich umgekehrt. Jedenfalls tut es mir leid.« Sie küsste ihn auf die Nasenspitze. »Vindgast hat mich heute bei der Redaktionssitzung noch einmal daran erinnert, dass Sylt mal wieder dran ist, in unserem Feuilleton ›Glamour‹. Ich weiß übrigens nicht, ob Molsen kommt.«

Damit war für sie das Thema durch. Sie hatte die Waschmaschine in Gang gesetzt, ging in die Küche und räumte die Spülmaschine aus. Immer wenn sie ihn mit einem von Widersprüchen gespickten Wortschwall übergoss, hatte sie etwas verschwiegen. Er würde herausbekommen, was es war. Er wischte sich in einem unbeobachteten Moment die Nasenspitze ab.

Malbek hatte darauf bestanden, dass sie gemeinsam mit seinem Wohnmobil nach Sylt fuhren. Hilly und Lüthje hatten freudig zugestimmt, Jette und Hilly hatten es sich auf der Sitzbank gemütlich gemacht.

Bei der Verladung auf den Autozug in Niebüll hatte es angefangen, heftig zu stürmen, und auf dem Hindenburgdamm schwankte das Wohnmobil, als könne es sich nicht entscheiden, ob es sich nach links oder rechts direkt in die katzenköpfig aufgewühlte Nordsee stürzen wollte. Jette hatte ausführlich geschildert, wie ein kleiner Transporter von der Größe dieses Wohnmobils vor gar nicht so langer Zeit bei einem Sturm wie diesem vom Zug geweht worden war, nur weil man vergessen hatte, das Fahrzeug auf dem Autowaggon zu befestigen. Der Fahrer war getötet worden. Sie hatte den Bericht und einen viel beachteten Kommentar geschrieben. Wie als Antwort schlug eine Böe hart auf die Karosserie, und Hilly hatte geschrien: *»Shut up!«*

Lüthje hatte vermittelnd vom Beifahrersitz aus darauf hingewiesen, dass Malbek dabeigestanden hätte, als die Bahnarbeiter die Metallklammern angebracht hatten. Jette fragte, woher er, Lüthje, das wisse, da er doch die ganze Zeit nur unbeteiligt auf dem Beifahrersitz gedöst habe. Das war für Hilly der Gipfel der Unverschämtheit. Was denn nun Eric damit zu tun hätte, Jette solle doch lieber vor ihrer eigenen Haustür fegen. Hilly flüchtete aus der Sitzbank, legte sich auf die hintere Koje und schloss die Augen.

Malbek sagte, dass der Sturm bald nachlassen würde, er hätte sich die Profiwetterkarten im Internet angesehen. Außerdem fahre der Zug doch nur im Schritttempo. Die Überfahrt aber würde etwas länger dauern.

Er schob eine beruhigende CD in den Player, drehte die hinteren Lautsprecher auf und erzählte Lüthje von seinen bisher unergiebigen Ermittlungen und dem Gespräch mit Schackhaven.

»Du musst unsere Vorgesetzten verstehen«, sagte Lüthje und grinste. »Die Sache hat Delikatesse. Ein Seemann der traditionsreichen Reederei Axel Molsen wird am NOK ermordet, und die Marine machte in der Nähe irgendwelche obergeheimen Messungen. Wahrscheinlich ist es Zufall. Aber es ist delikat. Es hat so ein … ein Gschmäckle, so sagt man doch südlich von Hannover, oder? Nach Spionage, nach Verrat, internationalen Verwicklungen, Zuständigkeitsproblemen und so weiter. Aber ich weiß ja, dass dir solche Feinheiten egal sind.«

»Schön wäre es natürlich, den genauen Zeitpunkt des Mordes zu wissen, den Schuss zu hören. Damit würde sich manch schwammiges Alibi in nichts auflösen.«

»Bist du sicher, dass nur ein Schuss gefallen ist? Ach, schlag dir das aus dem Kopf. Die Kenntnis des genauen Zeitpunkts des tödlichen Schusses erspart einem nicht das vollständige Ausermitteln des Falles. Ich habe da so meine Erfahrungen machen müssen. Falls du einen Spezialisten brauchst, denk an Frerksen vom LKA. Ich hab seine Privatnummer.«

»Ich glaube, du hast auch einen fürchterlichen Hunger.«

»Wie kommst du darauf?«

»Dein Wortschatz ist so eigenartig. Delikatesse und Gschmäckle …«

»Das macht die Nordseeluft.«

Als Malbek das Wohnmobil vom Sylt Shuttle steuerte und in die Straße Richtung List einbog, stieß Hilly einen lauten Seufzer der Erleichterung aus. Malbek sah im Rückspiegel, dass Jette ihr kurz die Hand drückte.

Jette lotste Malbek mit detaillierter Ortskenntnis auf Nebenstraßen zur Listlandstraße, auf der sie freie Fahrt hatten.

»Guck mal, da gibt es alte Fischbrötchen!«, rief Lüthje. An einer fahrbaren Imbissbude am Lister Hafen stand mit aus Muscheln gebildeten Schriftzeichen weithin sichtbar: »Food-Outlet«.

»Es syltet mächtig gewaltig«, sagte Lüthje.

Jette kicherte. »›Syltet Sild‹ ist Dänisch und heißt ungefähr ›Hering in Sülze‹. Aber mehr flüssige Sülze, mit viel Zwiebeln und Gewürzen.«

»Wenn man etwas Gelatine dazugibt und kalt werden lässt, erstarrt es. Wie eine Leiche. Oh Gott, was rede ich da.« Hilly presste sich die Hand vor den Mund.

»Hier hat alles Stil!«, rief Lüthje unternehmungslustig nach hinten.

Die Lister Galerie »Kompass« befand sich in einem scheunenartigen Gebäude, das an einen Gasthof angebaut war, beides mit dem auf Sylt unvermeidlichen Reetdach. Auf der gegenüberliegenden Straßenseite fand Malbek eine Parklücke zwischen einem schwarzen Porsche und einem roten Ferrari.

»Erzähl den Playboys mal was vom Glück des einfachen Lebens«, sagte Malbek und klopfte seinem Wohnmobil auf den Kotflügel.

Jette und Hilly zupften an ihrer Frisur und sahen an sich herunter, dann ein prüfender Blick auf die Kleidung ihrer Männer, obwohl es da nichts Besonderes zu sehen gab. Lüthje trug wie immer ein Cordjackett und Malbek eine Lederjacke. Immerhin hatten sie beide das beste Exemplar aus dem Kleiderschrank gewählt, auf die Jeans verzichtet und sich zu einer schwarzen Hose überreden lassen.

Vor dem Eingang standen im Windschatten mehrere Rauchergrüppchen, die neugierig die unbekannten Neuankömmlinge begafften und tuschelnd mit golden schimmernden Feuerzeugen, Sektgläsern und Häppchentellern balancierten.

»Das Büfett ist also eröffnet, wir sind keine Minute zu spät«, sagte Lüthje zufrieden, Hillys missbilligende Blicke ignorierend.

Im Ausstellungsraum war man zum gemütlichen Teil übergegangen. Die Eröffnungsreden waren vorbei. Man lächelte, wie bei kulturellen Anlässen üblich, sparsam, trank reichlich, aß Fingerfood oder gestelzt mit der Gabel. Die Damen waren ängstlich bemüht, nicht mit den Lippen die Nahrung zu berühren, was oft zu lächerlichen Grimassen führte.

Im Gespräch nickten sich man und frau bedeutsam zu, hin und wieder ein Lächeln, mal verständnisvoll, mal amüsiert, aber auch säuerlich, alles abwechslungsreich dosiert. Niemand sollte hinterher herumerzählen können, man sei langweilig gewesen.

Das Büfett war im Wintergarten aufgebaut. Mit diesem Ziel vor Augen ruderten die vier durch ein Meer von sektgetränkten Gesprächsschnipseln, die sich in die Gehörgänge klebten, gegluckst, gekichert, beschwipst, gequengelt oder einfach geradeheraus gebalzt oder geröhrt.

Von Mann zu Mann: »... würde ich gerne in Ihren Erinnerungen blättern ...«, oder rechts vor dem biologisch gebeizten Bio-Lachs von Frau zu Frau: »... wenn du das Gefühl hattest, dass da ein Kuss ankommt, dann hattest du das richtige Gefühl, dass da ein Kuss ankommt ...«, und am Baguettekorb: »... aber ich will doch wahrgenommen werden, gerade dann, wenn, ich meine, die anderen hätten den vergoldeten Wagenheber ...«

»... Sehnsucht liebend, in sich stillend ...«, las ein junger Mann laut von einem Zettel ab.

»... Soll ich dir ein Taxi bestellen? Josef hat sich vorhin für mich entschieden, weil du ...«

»Man kotzt sich hier wie überall vor die Füße, aber auf Sylt wickelt man das vorher in Blattgold ein«, sagte Hilly zu Jette.

»Eben Syltet Sild«, antwortete Jette. Die beiden schienen ihren Streit vergessen zu haben. Und würden ihn bei nächster Gelegenheit wiederaufnehmen. Die besten Voraussetzungen für eine Freundschaft. Frauen konnten das. Manchmal. Wenigstens vorübergehend.

»Wo ist die Kunst?«, fragte Malbek.

»Ich vermute, hinter den Gästen an den Wänden«, sagte Lüthje grinsend. Er aß nur Fisch oder Obst, soweit Malbek sehen konnte. Ohne ein einziges Gramm Kohlenhydrate. Hilly strahlte ihren Eric stolz an.

»Man trifft sich auf solchen Events, um sich auszutauschen, nicht um Kunst anzusehen«, sagte Jette in belehrendem Ton.

»Wo ist Rita?«, fragte Hilly, bemüht, das Thema zu wechseln.

Als Malbeks Blick durch den Raum wanderte, entdeckte er Axel Molsen mit einem Glas Sekt in der Hand und einem Safari-Hut auf dem Kopf, der auf einer Seite verwegen hochgeschlagen war, etwas verlegen, so, als ob er nach jemandem suchte, der sich mit ihm unterhalten würde. Der Reeder in freier Wildbahn. Es hatte sich also gelohnt.

Jette stand etwas abseits an einer Ausstellungswand und hielt das Diktiergerät abwartend vor den Mund.

»Bevor du an die Arbeit gehst«, sagte Malbek, »stell mir doch bitte die Persönlichkeiten in diesem Raum vor. Du kennst sie doch sicher alle, oder?«

Eine junge Frau mit glitzerndem, vorn und hinten abgrundtief ausgeschnittenem Kleid und einem halb vollen Sektglas in der rechten Hand kreischte übermütig auf. Mit ihrer freien Hand lockerte sie ihrem stark gebräunten Gesprächspartner den Schlips, öffnete die oberen Knöpfe seines Hemdes und ließ dabei etwas Sekt auf sein Oberhemd tropfen. Der Gesprächspartner sah zu Jette hinüber und nickte ihr verlegen zu, als ob ihm die Szene peinlich wäre. Jette schien es nicht bemerkt zu haben. Sie beobachtete amüsiert die Frau, die mit rollenden Augen versuchte, etwas Wichtiges zu sagen.

»... wenn ich ävver 'ne rheinische Jung bejrüße ... un ihm ne joden Appetit wünsche bei dem Fisch, is dat auch enne Dialekt, und dann sach ich *dä* Robert un nit *der* Robert ...«

»Rosi Schmitz, die jüngste Tochter der Schmitzens aus Köln«, sagte Jette mit vorgehaltener Hand zu Malbek. »Die kommen immer mit dem Zug nach Sylt. Sie mieten sich zwei Waggons, einen für die Familie mit Restaurant, und einen für die beiden Hunde, zwei adelige Dackel. Deren Waggon hat auch ein Restaurant und als Sonderausstattung etwas Stroh, Sand und viel Spielzeug. Dazu gehört auch ein Tierarzt.«

»Und wer ist Rosis Gesprächspartner?«

»Robert Lüllmann. Kommt aus Düsseldorf, glaub ich. Anlageberater und Schürzenjäger. Hier versucht er wohl beides gleichzeitig.«

»Und welche Frau versucht er gerade zu betrügen?«

»Na ja, seine Exfreundin ist Regina Molsen, eigentlich ist er also solo.«

Malbek pfiff leise durch die Zähne. »Schon jetzt ein gelungener Abend.«

Jette kräuselte ihre Stupsnase. »Siehst du dort die ältere Dame mit den Armreifen am Ellenbogen?

»Ist das der neue Trend?«

»So kann man die Armfalten straffen. Einfach den Armreif bis zum Ellenbogen hochschieben. Moment, die Damen dahinten kann ich gleich so nehmen.« Sie machte Fotos und hob das Diktiergerät an den Mund. »… die Seitenschlitze der fast hüftlangen Jacke korrespondieren angenehm mit den Quetschfalten des Rocks. Ein visionärer Vorgriff auf den kommenden Retro-Stil des nächsten Sommers. Die Pattentaschen schienen mir allerdings ein misslungenes modisches Zugeständnis an den Landhausstil zu sein. Marlene Tinnen trug eine Herrenweste und eine Stola, die mit dem dunkelbraun karierten Muster der Hose gefüttert war. Shetland. Dazu eine hochgeschlossene Bluse in Schwarz. Von Hochgeschlossenheit konnte bei den meisten Damen nicht die Rede sein, natürlich zur Freude der Herren.«

Sie schaltete das Gerät aus. »Mach nicht so ein Gesicht, Gerson! Das ist ins Unreine gesprochen. Ich werde es heute Abend überarbeiten!«

»Ich fand es druckreif, ehrlich. Schreibst du auch über das Essen? Der Hummer ist zäh, trocken. Dem würden Armreifen auch guttun.«

Molsen schlängelte sich in Richtung Büfett. Bevor Malbek ihn erreichen konnte, sah er, wie Lüllmann sich ihm von rechts ebenfalls näherte. Molsen bemerkte es, änderte seinen Kurs, kaum merklich, unentschlossen, so wie es seine Art war.

Lüllmann ging auf Kollisionskurs und versuchte, sich Molsen in den Weg zu stellen. Molsen sah ihn von unten kurz an, wandte sich wieder ab und schüttelte den Kopf, ohne ihn anzusehen. Eine hilflose, verlegene Geste, die auch heißen konnte: nicht hier, später vielleicht, woanders. Lüllmann blieb stehen, sah ihm nach, ließ den Blick durch den Raum schweifen, als suche er jemanden, als habe er sich eben in der Person geirrt. Er hielt inne, sah in sein Sektglas, als wäre von da eine Antwort zu erwarten, trank es hastig aus, stellte das Glas in einem Blumenkübel ab und verließ das Event.

Molsen war inzwischen am Büfett, schob den Safari-Hut zurück und sah lustlos auf die Speisen.

Malbek sprach ihn von der Seite an. »Guten Abend, Herr Molsen, sieht lecker aus, nicht wahr?«

Molsen sah Malbek erschrocken an. »Herr Kommissar! Ist etwas passiert?«

»Nun ja, der Abend ist noch lang. Ich bin privat hier. Sie auch?«

»Ich habe auf Sylt einen Wohnsitz. Das sagte ich Ihnen doch. Ich habe Sie hier noch nie gesehen.«

»Ich Sie auch nicht. Es ist so ... Ich habe eine Einladung bekommen. Die Künstlerin ist die Schwester eines befreundeten Kollegen«, setzte Malbek hinzu. »Möchten Sie ein Gemälde der Künstlerin erwerben?« Er zog Molsen sanft zu einem Bild.

Molsen sah aus, als hätte er in eine Zitrone gebissen. »Könnte sein. Haben Sie etwas Neues?«

»Eine Spur im Mordfall Peters, meinen Sie? Nein. Aber wir ermitteln in verschiedene Richtungen.«

»Gestern war eine Kommissarin Hoyer bei uns und hat sich lange mit meinem Personalchef, Herrn Geerdsen, unterhalten.«

»Ja, ich weiß. Und möchten Sie mir dazu noch etwas sagen?«, fragte Malbek.

»Ihre junge Frau Hoyer war etwas zu suggestiv, meinte Herr Geerdsen. Als hätte sie eine vorgefasste Meinung. Ich meine damit ... nicht objektiv, unvoreingenommen.«

»Tatsächlich?« Malbek gab sich abgelenkt und betrachtete nachdenklich das Gemälde, das neben ihnen an der Wand hing. Man sah auf eine von weidenartigem Gesträuch gesäumte Weggabelung, die den Blick in die umgebende Landschaft verwehrte. »Wie wäre es mit diesem Gemälde hier, Herr Molsen? Welchen Weg würden Sie gehen, links oder rechts?«

»Verschiedene Ermittlungsrichtungen, Herr Kommissar?« Er sah Malbek hämisch an. Irgendetwas flackerte in Molsens Augen. Vielleicht war es nur der Sekt.

»Links ist ein Haus, da ganz hinten, etwas versteckt, nicht gleich zu sehen. Das sieht so ähnlich aus wie meins. Aber da gibt's natürlich nicht so ein Gestrüpp. In Wirklichkeit ist die Sicht frei.«

»Das denken so viele hier auf Sylt, Herr Molsen«, sagte eine Frau, die plötzlich hinter ihnen stand. »Und Sie sind Gerson Malbek.« Sie gab ihm die Hand. Kein Bussi-Bussi.

Lüthjes Schwester Rita sah seiner Hilly verblüffend ähnlich. Sie sah verdammt gut aus. Allerdings hatte sie glatte Haare wie ihr Bruder Eric Lüthje und keine üppigen Locken wie Hilly.

»Freut mich, Sie endlich kennenzulernen«, sagte Malbek und begrüßte sie mit einem formvollendeten Handkuss. Er war sicher, dass Jette und Hilly ihn beobachteten.

»Eric und Hilly haben mich eben darauf aufmerksam gemacht, dass Sie ein Bild von mir betrachten. Ein seltenes Ereignis auf einer Vernissage. Die Gäste sind immer sehr mit sich beschäftigt.«

»Wir unterhielten uns gerade darüber, welchen Weg Herr Molsen an der Weggabelung einschlagen würde«, sagte Malbek.

»Ja, interessant.« Sie sah Molsen erwartungsvoll an.

»Es könnte ja auch sein, dass ich aus meinem …« Irgendetwas hatte Molsen aus dem Konzept gebracht. »Ich meine, wenn ich aus dem Haus dort auf dem Bild herauskomme und dann zurückblicke auf das Haus … ich meine, das ist der Moment, den das Bild zeigt.« Er sah Rita Lüthje fragend an.

»Und dann? Was machen Sie dann?«, fragte Rita Lüthje.

»Dann bleibe ich da, wo ich bin. Ich warte, vielleicht auf jemanden, der mir auf dem Weg entgegenkommt. Oder nein, es wäre doch besser, ich warte im Haus.«

»Warum?«, fragte Rita Lüthje.

»Ich weiß doch nicht, wer sich da vom Weg her nähert.«

»Sie gehen also davon aus, dass dort jemand mit bösen Absichten kommt?«, fragte Malbek. »Vielleicht ist hinter der Wegbiegung eine lange, gerade Strecke, auf der Sie ihn oder sie schon von Weitem sehen könnten. Sie hätten Zeit, sich auf den Gast vorzubereiten. Auf Freund oder Feind. Das wäre doch leichter auszuhalten.«

»Auszuhalten?«, fragte Molsen irritiert und sah auf das Gemälde. »Wie heißt das Bild eigentlich? Es fehlt das Titelkärtchen.«

»Ich habe das Bild erst in letzter Minute aufgehängt«, sagte Rita Lüthje. »Die Farbe war noch nicht trocken. Daher hat die Galeristin es wohl vergessen, und ich habe es übersehen. Auf der Preisliste ist es jedenfalls.« Sie lächelte. »Es heißt ›Warten‹.«

»Warten?«, fragte Molsen.

Plötzlich schluchzte eine Frau auf. Aus der Diele hörte man aufgeregte Stimmen, ein Schwall kalter Luft durchwehte den Ausstellungsraum. Ein Glas fiel klirrend zu Boden.

»Er ist tot! Er ist tot!«, rief die Frau.

Molsen drängelte sich hastig durch zur Diele. Stille. Flüstern. Eine lange Sekunde, die dem Schrecken Zeit ließ, sich auszubreiten. Jemand klatschte verhalten, dann drei oder vier Gäste.

Ja, es war ein Happening, eine Performance, eine Überraschung für alle! Mitten im Publikum tauchten Schauspieler auf und banden die Gäste in das Geschehen ein! Jeder sah um sich. Wo waren die Schauspieler? Wer tanzte aus der Reihe und gab sich durch lautes Geflüster oder leises Geschrei als Rollenspieler zu erkennen?

Doch in der langen Sekunde der Stille war nur der schwere Atem der Frau in der Diele zu hören. Malbek sah, wie Molsen die Frau am Arm ergriff und sie nach draußen zog.

Der Reeder Axel Molsen als Laiendarsteller? Eine jähe Böe fand den Weg durch die weit geöffnete Tür, in der Diele fiel eine große chinesische Bodenvase um, gefüllt mit nackten, verkrüppelten Zweigen, und zerbrach auf dem Steinboden mit hässlichem Klirren.

Frauen kreischten. Männerstimmen riefen nach Polizei und Ruhe. Das konnte kein Spiel sein.

12.

»Wer war die Frau?«, fragte Malbek Jette, die Fotos von den Scherben und den entsetzten Gesichtern machte.

»Manuela Bönig«, rief ihm Jette über ihre Schulter zu und sah wieder auf das Display ihrer Kamera.

Malbek machte Lüthje, der am Büfett stand, ein Zeichen. Sie trafen sich im Wohnmobil. Lüthje ließ sich telefonisch von der Polizeistation in Westerland den Wohnsitz von Manuela Bönig geben und forderte Notarzt, Rettungswagen und einen Wagen der Schutzpolizei mit zwei Beamten zu der Adresse in Kampen an.

»Falls ich noch nicht da bin, sichern Sie das Haus ab und warten Sie ... Wir sind schon unterwegs. Herr Preller ... Ja, doch, ich bin auf der Insel ... Was? Nein, ich bin privat hier ... Nein, es ist nur vorsorglich ... Ach so, ich empfehle Knäckebrotkrümel. Tschüss!«

»Was war?«, fragte Malbek.

»Er konnte es nicht fassen, dass ich auf der Insel bin, ohne mich vorher anzukündigen. Und dass dann auch gleich so was passiert. Er hat vor Aufregung einen Hustenanfall bekommen. Dem fehlt noch die Routine. Er ist erst drei Monate hier.«

»Molsen hatte sein Sylter Domizil auch in Kampen. Hatte ich dir das nicht schon gesagt?« Malbek bog in die Listlandstraße ein und trat das Gaspedal durch. In das nagelnde Geräusch des Diesels mischte sich ein metallisches Klingeln. »Ich wollte ihm sowieso einen Überraschungsbesuch abstatten.«

»Wetten, dass wir bei deinem Molsen auch Manuela Bönig antreffen werden? Aber jetzt geht es zur Adresse Bönig«, sagte Lüthje und gab sie in Malbeks Navigationsgerät ein.

»Strichweise Porsche ... durchmischt mit Mercedes ...«, kommentierte Malbek den entgegenkommenden Verkehr. »Übergang zu wechselndem Aufkommen von Ferrari und Bugatti ... ein verirrter Polo ... in exponierten Lagen Aufkommen von BMW

Roadstern ... vereinzelt auch Lieferfahrzeuge, überwiegend Catering.«

»Kampen.« Lüthje deutete nach links.

»Du kennst dich hier aus?«, fragte Malbek.

Lüthje raschelte mit der Karte auf seinen Knien. »Es ist mein Jagdrevier. Außerdem habe ich die Adresse eben eingegeben, falls du dich erinnern kannst. Aber ich traue diesen Dingern nicht.« Er deutete auf das Navigationsgerät.

»Komisch. Kaum spricht jemand vom Tod, ist Molsen wieder in der Nähe«, sagte Malbek. »Was glaubst du, was werden wir vorfinden?«

Regentropfen zerplatzten auf der Windschutzscheibe.

Lüthje griff nach links in Richtung Lenkrad und schaltete den Scheibenwischer an. Malbek schaltete ihn wieder aus.

»Ich habe gerne klare Sicht nach vorn«, sagte Lüthje und schaltete den Scheibenwischer wieder ein.

»Und deshalb bestimmst du, wie ich mit den paar Regentropfen umzugehen habe?« Malbek schaltete die Scheibenwischer wieder aus.

»Verdammt, warum bist du so nervös? Ich dachte, du freust dich, dass du diesem Molsen endlich wieder auf die Pelle rücken kannst.«

»Ehrlich gesagt, ich bin nervös, weil ich nicht weiß, ob ich mich freuen sollte. Du hast selbst gesagt, ich soll mir nicht zu viel versprechen von den Marinedateien. Und jetzt zieht der Molsen mit einer Braut los, die Mord und Totschlag ruft. Das könnte doch der Durchbruch in meiner Mordsache Markus Peters sein! Oder nicht?«

»Vielleicht hat die Manuela ihren Mann nur tot auf dem Sofa vor dem Fernseher oder im Weinkeller vorgefunden. Herzinfarkt. Die Aktienkurse waren gefallen. Oder die Firma ist pleite. Oder beides. Oder zu fett gegessen. Das passiert hier öfter, als du glaubst.«

»Das baut mich immer wieder richtig auf. Vielen Dank!«, grummelte Malbek.

»Nach zweihundert Metern links einbiegen«, sagte das Navi mit der launigen Stimme Gerhard Schröders.

»Dir ist die Routine abhandengekommen, Malbek. Warum?«, fragte Lüthje in die Ansage des Navigationsgerätes hinein.

»Jetzt hab ich nicht verstanden, was Gerhard gesagt hat! Links oder rechts?«

»Links ... Eine Sackgasse ... Dahinten, das letzte Haus, zwischen den beiden künstlichen Dünen. Sie sind schon da.«

»Haben Sie die Haustür geöffnet?«, fragte Lüthje vorwurfsvoll die beiden Beamten, die neben ihrem Streifenwagen standen.

»Die war schon auf. Und im Haus brennt überall Licht.«

Malbek wies schweigend auf die offene Garage. Auf der rechten Seite stand ein Jaguar Cabriolet, die linke Parkbucht war leer.

Lüthje bat den Notarzt und die Sanitäter, vor dem Haus zu warten, und wandte sich an die beiden Sylter Kollegen.

»Ich gehe jetzt mit meinem Kollegen Malbek aus Kiel ins Haus, Sie folgen uns und achten bitte auf meine Zeichen. Halten Sie Ihre Waffen schussbereit.«

Ein Beamter reichte Lüthje ein Megafon.

Lüthje richtete das Gerät auf den Hauseingang.

»Achtung, hier ist die Polizei, kommen Sie mit erhobenen Händen heraus!«

Aus der Ferne hörte man mehrere Hunde bellen. Möwen flogen kreischend auf. Eine leichte Brise ließ die Blätter in den Büschen rascheln.

Sie warteten. Nach einer Minute legte Lüthje das Megafon in den Streifenwagen zurück und gab ein Zeichen. Die Beamten gingen mit gezogenen Waffen auf den Hauseingang zu, Malbek und Lüthje dicht hinter ihnen.

Der Hausflur war durch indirekte Beleuchtung in warmes Licht getaucht, getrocknete Blumen waren in schlichten weißen Bodenvasen drapiert. Herbstliche Blattgestecke standen vor Wandspiegeln und korrespondierten mit den rötlich schimmernden Marmorkacheln des Fußbodens. Es duftete betäubend stark nach Thymian und Rosmarin.

Auf der rechten Seite des Flurs stand eine Tür offen. Helles Licht fiel aus der Türöffnung. Lüthje stieß sie einmal sanft an. Sie ächzte leise, wie es sich für eine Kellertür gehörte.

Eine sanfte Böe wischte durch die offene Haustür und ließ die getrockneten Blumen knistern. Blattgestecke fielen zu Boden. Lüthje und Malbek nickten sich zu und sahen die Kellertreppe hinunter.

Zwei Körper. Ein Rumpf, aus Stoff, ohne Glieder und Kopf, auf eine Stange gespießt. Es sah aus wie eine uralte Schaufensterpuppe. Daneben ein Mann mit unnatürlich verdrehtem Kopf und Gliedern und weit aufgerissenen Augen, die nichts mehr sahen.

»Sehen Sie?« Der herbeigerufene Notarzt zeigte nach kurzer Untersuchung mit dem linken Zeigefinger von oben auf das Genick des Mannes und bewegte den Kopf, der ohne Halt am Körper zu hängen schien.

»Genickbruch. Er war sofort tot.«

13.

Lüthje ließ den Tatort von den Kollegen aus Westerland sichern. Die Spurensicherung würde am nächsten Morgen aus Flensburg kommen.

Während sie zu Axel Molsen fuhren, rief Lüthje Hilly an, um ihr bedauernd mitzuteilen, dass es länger dauern würde. Ihr schien es nichts auszumachen, weil Rita sie schon eingeladen hatte, bei ihr zu übernachten. Lüthje bemühte sich vergeblich, es ihr auszureden, indem er ihr empfahl, stattdessen ein Hotel oder eine Pension zu suchen.

»Dann wäre Rita beleidigt«, antwortete Hilly. »Sie lässt dich übrigens grüßen. Wir kriegen das Zimmer unter dem Dach, in dem du schon mal allein übernachtet hast. Du kannst ja dann später nachkommen. Wir versuchen gerade, uns vom Trubel hier zurückzuziehen. Und glaub ja nicht, dass wir keinen anderen Gesprächsstoff als dich haben!«

Aber genau das war Lüthjes Sorge. Rita würde Hilly gute Ratschläge geben, wie man mit ihm umgehen müsse. Und Rita war Vegetarierin.

Noch schlimmer: Da seine Schwester seit über zwanzig Jahren auf der Insel wohnte, würde sie Hilly vieles über angebliche Zusammenhänge zwischen dem Handeln verschiedener, bei der Ausstellungseröffnung anwesender Personen erzählen, was er sich dann die nächste Zeit bei jeder Gelegenheit anhören müsste. Klatsch, verpackt als beruflicher Tipp. Rita hatte eine ganz eigene Sicht der Dinge, die mehr mit schöpferischer Phantasie als der Wirklichkeit zu tun hatte. Eben wie jemand, der immer nur auf Sylt war und malte.

»Was macht Jette?«, rief Malbek in Richtung Lüthjes Handy.

Lüthje gab Malbeks Frage weiter und drückte die Freisprechtaste, damit Malbek die Antwort mithören konnte.

»Sie ist schon weg«, sagte Hilly. »Sie hatte genug Stoff für eine richtige Story. Sie wollte sich von einer Kollegin aus Niebüll abholen lassen, um ihren Bericht für die nächste Ausgabe abliefern zu können. Die Headline hat sie schon fertig: ›Eklat auf Sylt. Dramatisches Ende einer Ausstellung in Sylter Kunstgalerie‹ oder so ähnlich. Das mit dem ›Ende‹ stimmt nicht ganz, weil der Vorfall von den Gästen noch stundenlang diskutiert wurde, und die Stimmung ist besser als vorher. Und deshalb verlasse ich jetzt mit deiner Schwester das Lokal.«

»Hat Rita das Bild ›Warten‹ verkauft?«

»Ich frag sie nachher, Gerson, wir wollen jetzt weg hier. Die Leute werden uns zu laut.«

»Bis später, Hilly, tschüss!«

Das Navi kündigte freudig das Erreichen der einprogrammierten Adresse an. »Sie haben Ihr Ziel erreicht!«

Der Zweitwohnsitz des Reeders Molsen in Keitum lag wie ein gut getarnter Bunker inmitten eines Kreises aus künstlichen Dünen und war an einigen geschickt gewählten Positionen so ausgeleuchtet, dass man auch in der Dunkelheit die Weitläufigkeit des Anwesens gut erkennen konnte. Sie hielten vor dem geschmiedeten Tor mit den verschnörkelten Initialen CM, von dessen Pfosten sie Überwachungskameras anstarrten.

»Du gestattest doch, dass ich mein mit Herrn Axel Molsen in Holtenau begonnenes Gespräch fortsetze? So kannst du dich ausgiebig der armen Witwe widmen«, schlug Malbek vor.

»Okay«, sagte Lüthje.

Malbek streckte den linken Arm aus der Fahrertür und drückte eine Taste.

Es knackte aus der Gegensprechanlage.

»Kommissar Lüthje und Kommissar Malbek von der Kripo«, sagte Malbek.

»Einen Moment!« Es war Molsen. Er schien etwas außer Atem zu sein.

Das Tor fuhr summend zur Seite.

Molsen wartete in der geöffneten Haustür und sah zu den zwei Männern, die aus einem Wohnmobil stiegen.

»Kommissar Lüthje, Kripo Flensburg.« Lüthje hielt Molsen seine Dienstmarke entgegen. »Herrn Kommissar Malbek aus Kiel kennen Sie ja bereits. Wir wissen, dass es sehr spät ist. Aber Sie sind ja noch wach. Ist Frau Bönig bei Ihnen?«

»Sie ist oben. Die erste Tür links.« Molsen trat zur Seite und bat die beiden Männer mit einer Geste in den Flur. »Ich habe ihr angeboten, hierzubleiben, bis sie etwas Neues gefunden hat. Sie kann dort nicht mehr wohnen. Ich glaube, das ist verständlich.«

»Wir haben Herrn Bönig in seinem Haus tot aufgefunden. Waren Sie vorhin mit ihr in dem Haus?«

»Nein, ich habe draußen im Wagen gewartet. Frau Bönig hat nur die wichtigsten Dinge, Papiere und so weiter, eingepackt.«

»Die Haustür war weit geöffnet. Hatten Sie keine Angst, dass der Täter noch im Hause war?«, fragte Lüthje.

»Das fiel mir erst ein, als sie schon wieder im Wagen saß. In solchen Situationen reagiert man nicht überlegt. Außerdem war die Haustür schon auf, als sie ihn gefunden hat, hat sie mir gesagt. Ich dachte, der Täter wäre rausgelaufen und hätte sie offen gelassen.«

»Ah ja. Ich werde nach oben gehen und mich mit Frau Bönig unterhalten. Herr Malbek wird Ihnen hier unten ein paar Fragen stellen. Wenn Sie Einwände haben, müssen wir unsere Unterhaltung in unsere Diensträume verlegen.«

»Nein, ich bin einverstanden.« Molsen wandte sich irritiert zu Malbek. »Entschuldigung, aber haben Sie geahnt, dass heute auf Sylt ein Mord geschehen würde?«

»Göttliche Fügung oder Zufall, ganz wie Sie wollen. Können wir jetzt beginnen?«

Manuela Bönig erhob sich nicht, als Lüthje eintrat. Sie saß aufrecht mit durchgestrecktem Rücken und gefalteten Händen auf einem Sessel am Fenster und trug die Lüthje aus jahrzehntelanger Berufserfahrung bekannte Mimik der »trauernden Witwe noch im Schock«, die aber trotzdem wusste, worauf es ankam. Ihre Augen waren klar und fixierten ihn prüfend.

Auf einer Bank am Fenster standen zwei Reisetaschen.

»Ich hatte noch keine Gelegenheit, auszupacken.« Sie hatte Lüthjes Blick bemerkt. »Herr Molsen hat mir freundlicherweise angeboten, hier im Haus zu wohnen, bis ich etwas Neues gefunden habe. Ich habe deshalb vorhin nur das Nötigste eingepackt. Es war schrecklich dort. Die paar Minuten. Ich kann dort nicht mehr wohnen.«

Sie suchte fahrig in ihrer Tasche herum und streckte ihm ihren Personalausweis entgegen. Lüthje nahm ihn erstaunt an.

»Ich war heute in Hamburg ...«, sagte sie zögernd, als hätte das etwas mit ihrem Ausweis zu tun. »... und habe mit einer Großhändlerin gesprochen. Für das kommende Frühjahr. Wir haben zusammen eine Kleinigkeit zu Abend gegessen. Ich bin gegen zweiundzwanzig Uhr dreißig wieder zu Hause gewesen. Als ich in den Flur kam, sah ich, dass die Kellertür geöffnet war.«

»Was importieren Sie?« Er gab ihr den Personalausweis zurück. Sie war Ende dreißig. Nach dem Ausstellungsdatum des Ausweises musste das Passfoto fünf Jahre alt sein. Sie schien inzwischen um das Dreifache gealtert zu sein. Für Lüthjes Geschmack war sie zu mager, etwas knochig, was noch durch die pechschwarze Bubikopffrisur unterstrichen wurde. Der konzentrierte Blick aus den stark geschminkten Augen stand in merkwürdigem Gegensatz zu dem leichten Zittern, das durch ihren Körper lief. Beides zusammen passte mehr zu gebändigter Wut als zum Zustand des Schocks.

»Sie haben mich missverstanden.« Sie legte den Kopf etwas zur Seite und fixierte einen imaginären Punkt vor ihr, der dicht über dem Teppich liegen musste. »Mir gehört die Boutique ›Manuelas Schatulle‹. Dieser Anbau an die Garage. Haben Sie in der Dunkelheit wahrscheinlich nicht gesehen. Ich führe Wohn- und Modeaccessoires. Auch kleine Antiquitäten wie Uhren, Schmuck, Miniaturmalereien. Alles ausgesuchte, kostbare Unikate.«

»Wir haben Ihren Mann am Fuß der Kellertreppe gefunden. Der von uns gerufene Notarzt hat seinen Tod festgestellt. Warum haben Sie keinen Arzt gerufen?«

Sie sah Lüthje entgeistert an. »Glauben Sie denn, dass er mit dem verdrehten Kopf noch hätte leben können?«

»Sie haben ihn sich also genau angesehen?«

»Nein, aber das konnte man doch gleich sehen!«

»Frau Bönig, was glauben Sie, was in Ihrem Haus passiert ist?«

»Ich kann es nur vermuten. Wenn er nach Hause kam, hat er sich als Erstes immer etwas Besonderes, wie er sagte, aus dem Weinkeller geholt. Weil immer ein besonderer Erfolg zu feiern war.« Sie lachte mit einem gequälten Laut auf, sah erschrocken auf.

»Entschuldigung.« Sie faltete ihre Hände.

»Wann haben Sie ihn gefunden?«

»Als ich nach Hause kam. Das habe ich Ihnen doch schon gesagt!«

»Und wann war das?«

»Ach das … gegen zweiundzwanzig Uhr dreißig, mein Gott, es kann auch etwas früher oder später gewesen sein. Ich weiß es nicht mehr. Es ist … sowieso wie ein Nebel.«

»Und Ihre Großhändlerin heißt …« Lüthje ließ den Stift unschlüssig über seinem Tagebuch schweben.

»Stock…wald …« Sie stockte einen Moment, straffte sich und nahm einen neuen Anlauf. »Ja, Stockwald. Großer Burstah 10. In Hamburg.«

»Danke. Wo haben Sie mit ihr abends eine Kleinigkeit gegessen?«

»Moment … ich weiß nicht mehr, wie das hieß. Es war irgendwo an der Elbchaussee. Ja, Scherrer war das.«

»Ich war zufällig auf der Vernissage, als Sie dort erschienen. Warum haben Sie sich in Ihr Auto gesetzt und sind zur Galerie ›Kompass‹ in List gefahren? Es wäre doch besser gewesen, Sie hätten die Polizei angerufen.«

»Ich weiß es nicht. Als ich Frank dort unten liegen sah, habe ich mich umgedreht und habe auf der Rosenholzkommode diese Einladung gesehen. Verrückt, nicht? Mir fiel dann ein, dass ich sie gestern selbst dorthin gelegt hatte. Ich wollte ja dorthin, wenn ich wieder zu Hause war. Und Frank wollte ich damit auch erinnern, wenn er früher als ich nach Hause gekommen wäre. Mit der Einladung auf der Kommode. Und dann … bin ich dorthin gefahren, so wie ich es ursprünglich vorhatte. Es erschien mir logisch. Ich wusste nicht, was ich sonst hätte tun sollen. Und habe es einfach allen erzählen müssen.«

»Sie haben geschrien. Zweimal. ›Er ist tot!‹«

»Habe ich das? Ich weiß es nicht mehr.«

»Neben Ihrem Mann lag eine ... Schneiderpuppe nennt man das, glaube ich. Ist das auch etwas aus Ihrer Boutique?« Lüthje hätte es auch vorsichtiger formulieren können.

Sie erstarrte.

»Sie meinen die Schneiderbüste?«

»Ja.«

»Ich hatte sie in der Boutique im Schaufenster.«

»Aber sie lag neben Ihrem Mann im Keller.«

»Er hatte einen Generalschlüssel. Genau wie ich. Man kommt vom Haus in die Boutique. Über die Garage.«

»Haben Sie eine Erklärung, warum er sie dort herausgeholt hat?«

»Nein ...« Sie presste die Hände so sehr zusammen, dass ihre Knöchel weiß wurden. Sie warf ihm einen Blick zu und löste langsam die Hände voneinander, als fühlte sie sich ertappt.

»Frank mochte sie«, sagte sie, und legte wieder den Kopf zur Seite. »Ich habe sie in Hamburg gekauft.«

»Also, sie stand schon monatelang im Haus? Und wo hat sie gestanden?«

»In seinem Arbeitszimmer. Wenn Sie vor dem Haus stehen, die beiden Fenster. Oben. Hinter dem rechten Fenster ... da hat sie gestanden.«

Lüthje schwieg.

»Man sah sie von der Straße aus. Er wollte das so. Wenn er nach Hause kam, wollte er sie dort oben sehen.«

»Ah ja.«

»Mein Gott, nun begreifen Sie doch endlich! Er war pervers! Ist das so schwer zu verstehen? Nicht nur, wenn er betrunken war. Diese Wespentaille, das hat ihn verrückt gemacht. Ich hab es auf unserer Hochzeitsreise gesehen in New York, wie er einer Frau mit heraushängender Zunge nachgesehen hat. Die unteren Rippenknochen werden wegoperiert. Kennen Sie das nicht? Das ist wieder in. Auf Sylt hab ich so was auch schon gesehen. Er hat mich gefragt, ob ich das für ihn machen lassen wollte. Kein seriöser Schönheitschirurg würde das machen!«

»Wie ich sehe, haben Sie sich nicht für ihn unters Messer gelegt. Oder?«

Sie sah ihn wütend an. Es funkelte nicht, es sprühte Funken.

»Haben Sie Kinder?«, fragte Lüthje.

Sie lächelte bitter.

»Ich glaube ...«, sagte Lüthje langsam, »... ich habe jetzt einen Eindruck, wie es um Ihre Ehe bestellt war.« Vorsichtiger wollte er es nicht formulieren.

»Na, Gott sei Dank! Und jetzt verhaften Sie mich.«

»Haben Sie ihn umgebracht?«

»Nein. Aber ich habe ihn gehasst.«

»Wer wohnt noch hier? Außer Herrn Molsen«, fragte Lüthje.

»Es ist ein Freundschaftsdienst, verstehen Sie? Er ist ein Gentleman. Ich weiß nicht, ob Sie ihn kennen. Er hat mir davon abgeraten, nur mit einem Anwalt mit Ihnen zu reden. Schließlich habe ich nichts zu verbergen. Hier oben sind zwei Wohnungen.« Sie schnäuzte sich lautstark in ein Papiertaschentuch. »Seine Tochter wohnt hier auch manchmal. Regina. Gelegentlich. Wenn sie auf Sylt ist.«

»Duzen Sie sich eigentlich? Mit Herrn Molsen und seiner Tochter, meine ich.«

»Ja. Das ist nichts Besonderes, wenn Sie das meinen. Das tun hier viele auf Sylt. Irgendwie ist es wie eine große Familie. Kennen Sie Regina näher?«, fragte Manuela Bönig.

Lüthje lächelte. »Nein, ich hatte noch nicht das Vergnügen.«

Sie schien erleichtert.

»Wir sehen uns hier manchmal«, sagte Manuela Bönig. »Wie das so ist. Man kennt sich, ohne sagen zu können, wann man sich das erste Mal gesehen hat.«

»Eben wie eine große Familie«, sagte Lüthje.

»Wie? Ach so, ja, ich bin immer noch durcheinander. Verzeihen Sie.«

»Das ist doch verständlich. Warum waren Sie heute in Hamburg, wenn Sie doch schon die Einladung für die Vernissage hatten?«

»Ich dachte, ich würde es noch rechtzeitig schaffen. Aber … es gibt so viele Einladungen hier, und man muss ja auch mal seinen Geschäften nachgehen. Wir, ich meine, ich bin noch nicht in der Situation, dass … Vielleicht war es ja Selbstmord …«

»Wie kommen Sie jetzt darauf?«

»Nein. Nein. Ich glaube eher …« Sie fixierte einen imaginären Punkt an der Wand. »Vielleicht hatte er einen seiner sogenannten Freunde mitgebracht, wie so oft. Sie kamen betrunken und haben sich hier richtig volllaufen lassen. Ich kannte diese Männer nicht. Vielleicht zwei oder drei.« Sie senkte den Blick und blieb wieder an dem Punkt an der Wand hängen. Sie schien mit sich selbst zu reden.

»Haben Sie den Verdacht, dass einer dieser Männer Ihren Mann umgebracht haben könnte?«

»Oder doch Selbstmord … er hatte so … ja, ein Beispiel, wir sind nach Niebüll unterwegs gewesen. Er fuhr praktisch nur auf der Überholspur, dann kam uns ein Wagen entgegen, der nicht die Lichthupe betätigte wie alle anderen. Es war ein Leichenwagen. Frank sagte, vielleicht klappt's das nächste Mal. Das war doch ein Zeichen, nicht? So etwas gibt es. Es war ein Zeichen.«

»Und was schließen Sie daraus?«

»Es war Todessehnsucht.«

»Sie kennen sich damit aus?«

»Nein, ich habe früher viel gelesen. Ich hatte mich sogar an der Schauspielschule in Hamburg beworben. Sie wollten mich nicht. Dann habe ich Bühnenbildnerei gemacht. Dann traf ich Frank in der Kantine des Schauspielhauses. Da kann jeder rein. Da an dem Durchgang zum Parkhaus rechts. Erst später erfuhr ich, dass er keinen Sinn für Theater hatte.« Sie hielt inne, schüttelte den Kopf und sprach weiter, als habe sie Angst, die Geschichte nicht zu Ende bringen zu können. »Ich saß mit einer Freundin allein an einem großen Tisch. Er kam mit Kollegen, Freunden, und sie setzten sich zu uns. Wir haben über den Spruch des Tages in der Kantine diskutiert. Jeden Tag stand auf der Tafel mit den Tagesgerichten mit Kreide geschrieben ein Spruch. An diesem Tag war es ›Menschen finden es leichter, sich als Ergebnis der Vergangenheit statt als Grund für die Zukunft zu begreifen‹. Ich kann mich komischerweise noch genau daran erinnern. Niemand von uns wusste, wer das gesagt hat. Frank sagte, diese Diskussion wäre überflüssig, weil es um die Vergangenheit ginge. Seht in die Zukunft, sagte er. Von da an hing ich an seinen Lippen. Jedenfalls zwei Jahre. Aber da war es schon zu spät. Ich saß plötzlich hier in meiner Boutique. Die er mir finanziert hat.«

»Danke, Frau Bönig. Wir wollen für heute Schluss machen. Ich schau mal unten, wie weit mein Kollege mit Herrn Molsen ist. Hier ist meine Karte. Rufen Sie mich jederzeit an, wenn Sie etwas sagen wollen. Und falls Sie verreisen wollen, melden Sie sich unter Angabe Ihrer Zieladresse bei der Polizeistation Westerland ab.« Lüthje stand auf.

»Ich habe eine Frage«, sagte sie zögernd.

»Ja?«

»Wieso sind Sie eigentlich zu zweit da?«

»Wie?«

»Ja, sonst ist immer nur ein Kommissar da. Jedenfalls im Fernsehen. Aber Sie sind doch beide Kommissare. Oder?«

»Zufall.«

»Schade.«

»Wieso?«

»Ich dachte, das mit Frank sei so wichtig.«

14.

»Herr Kollege, treten Sie näher«, sagte Malbek, als Lüthje fragend durch die nur einen Spalt geöffnete Tür sah. »Ich hatte gerade mit Herrn Molsen darüber gesprochen, dass dies der zweite gewaltsame Todesfall in seinem, sagen wir mal, näheren Umfeld ist, bei dem wir auf seine Mithilfe angewiesen sind.«

Malbek wandte sich zu Molsen, der ihm gegenübersaß. »Habe ich das so richtig formuliert, Herr Molsen?«

»Nein. Das mit dem ›näheren Umfeld‹ sehe ich etwas anders«, sagte er mit säuerlicher Miene.

»Wie geht es Frau Bönig?« Molsen sah Lüthje an.

»Wohl besser. Sie packt aus«, antwortete Lüthje.

Molsens Augenlider zuckten, er nahm seine Nickelbrille ab und drehte prüfend das Gestell herum.

»Ich meinte, dass Frau Bönig ihre Tasche auspackt«, setzte Lüthje milde lächelnd hinzu. Lüthje setzte sich in einen der weißen Ledersessel, der etwas außerhalb der Sitzgruppe stand.

»Ich habe Herrn Molsen außerdem gefragt, ob er irgendeinen Zusammenhang sieht zu dem Mord an seinem Auszubildenden Markus Peters. Wir sind einige Möglichkeiten gemeinsam durchgegangen, und er meinte –«

»Ein klares Nein. Absolut nein! Das ist Unsinn!« An Molsens rechter Schläfe pochte jetzt deutlich sichtbar eine Ader, die wie ein sich windender Flusslauf über die vergessene Mündung nachzudenken schien.

»Herr Molsen, woher kennen Sie Frau Bönig?«, fragte Malbek.

»In einem Sommer vor … Jahren, ich kann mich nicht mehr so genau erinnern, eine Party bei Freunden in Keitum … nein, ich glaube in der Nähe von Achtrum, ja, ich erinnere mich deshalb so gut, weil die ein Haus in der Einflugschneise des Flughafens hatten, je nach Windrichtung natürlich, das mit dem Flugverkehr auf der Insel hat ja Ausmaße angenommen … ja, und seine Frau hat Witze darüber gemacht, dass sie am Düsengeräusch hören kann, ob ihr Mann zum Dinner da ist, ja, genau das war es.«

»Wann war das?«

»Mein Gott, ich weiß es nicht mehr, die Jahre vergehen so schnell, eins ist wie das andere, das merkt man sich doch nicht, außer …«

»Außer?«

»Dem Tod meiner Eltern und etwas später meiner Frau, ich erzählte es Ihnen schon.«

»Nein, vom Tod Ihrer Eltern haben Sie mir nichts erzählt.«

»Sie sind 2000 mit der Concorde bei Paris abgestürzt.«

»Oh«, machte Malbek.

»Ja, es war hart.« Er beugte sich vor, arbeitete dabei mit den Armen, als müsse er sich aus dem weichen Ledersessel frei rudern, und sah Malbek an, als ob er dankbar wäre für dieses schlichte »Oh«. »Der Reederei ging es damals nicht so gut. Hätte ich alles verkaufen sollen? Ich war Alleinerbe, ich hätte machen können, was ich wollte!« Ein leises, überlegenes Lächeln umspielte seine Lippen. Er sah Malbek und Lüthje an, als müsse er sich jetzt wieder entscheiden. »Das Familienunternehmen! Nein, das war ich meinem Großvater Christian Molsen, dem Gründer, doch schuldig.«

»Aber jetzt geht es der Reederei doch gut, oder?«, fragte Lüthje.

Molsen lachte trocken und kurz. »Das kann man nicht mit damals vergleichen«, sagte er ausweichend. »Aber ja, es geht ihr besser als damals.« Nach einem Augenblick des Nachdenkens setzte er hinzu: »Ja, darauf kann ich stolz sein. Wirklich stolz.« Er streckte mühsam seinen Rücken, als müsse er dabei eine Last heben.

»Was haben Sie vorher gemacht? Ich meine, bevor Sie die Reederei erbten.«

»Ich habe es vergessen.« Er sah Malbek trotzig amüsiert an. »Wie nennt man das heute? Lobby-Arbeit? Public Relations? Wozu wollen Sie das überhaupt wissen? Muss ich mir das überhaupt alles zumuten? Ich sollte meinen Anwalt anrufen.«

Er versank wieder in sich, mahlte mit dem Unterkiefer und rieb sich das linke Ohrläppchen.

Lüthjes Diensthandy summte.

»Lüthje.«

»Ein Porsche fährt die Einfahrt hoch. Sollen wir kontrollieren?« Es waren die Kollegen von der Sylter Polizei in ihrem Wagen vor dem Haus.

»Erwarten Sie Besuch, Herr Molsen?«, fragte Lüthje, während er das Handy weiter am Ohr hielt.

»Meine Tochter wollte heute hier übernachten. Sie fährt einen Porsche.«

»Eine Frau steigt aus und geht zur Tür. Sie hat offensichtlich einen Schlüssel«, gab Lüthje weiter. »Danke, okay.« Lüthje beendete das Gespräch.

Die Haustür fiel zu, zwei Damenschuhe klackerten über den Marmorfußboden im Flur. Eine Frau öffnete die Tür, wild frisiert, tizianrot gefärbtes Haar, figurbetontes Kostüm im selben Farbton, mit dem Blick einer Frau, die gewohnt war, im Mittelpunkt zu stehen. Sie sah die Männer vor sich wie ekelerregende Insekten an.

»Na, Papa, hat man dich schon verhaftet?« Sie sah abschätzend auf Lüthje, eine Sekunde länger auf Malbek. »Polizei vor der Haustür und auf dem Sofa. Ich muss dich sprechen. Unter vier Augen.«

»Regina, ich ...«

Molsen sah Lüthje und Malbek hilfesuchend an. Als sie nickten, verließ er mit seiner Tochter das Zimmer.

Ein Duft, der wie tizianrotes Feuerwerk in seinem Kopf knisterte, umhüllte Malbek. Er musste die Augen für einen Moment schließen.

»Ich hoffe, dass sich sein Blutdruck beherrscht«, sagte Malbek.

»Erscheint sie auf dem Schlachtfeld?« Lüthje sah zur Decke, als hätte er Röntgenaugen.

»Manuela bleibt unsichtbar, wetten?«, sagte Malbek. »Sie hat so etwas kommen sehen. Und trotzdem hat sie sich hier einquartiert.«

Die Auseinandersetzung zwischen Vater und Tochter fand auf dem Flur in unmittelbarer Nähe der Zimmertür statt. So konnten Malbek und Lüthje dem wesentlichen Teil des lautstarken Schlagabtausches bequem vom Sofa aus folgen.

»Wie konntest du das tun?«, schrie die Tochter. »Jeder spricht darüber! Jeder auf Sylt scheint es zu begreifen. Nur du nicht. Die Zeit für einsame Entscheidungen ist vorbei!«

»Du verstehst das nicht …«

»Ja natürlich, die alte Leier! Deine Tochter ist zu dumm, zu naiv, zu jung, immer mit dem Kopf durch die Wand. Nein, dein emotionaler Intelligenzquotient ist endgültig auf null gesunken! Regression nennt man das. Du entwickelst dich zum Kleinkind!«

»Schrei nicht so. Man kann dich hören!«

»Ich bin froh, dass ich endlich schreien kann! Das hätte ich immer schon tun sollen. Die Polizei weiß doch Bescheid. Deswegen sitzen die doch da zu zweit auf deiner Sitzgarnitur. Aber ich mache das nicht mehr mit. Ich lasse mich da nicht mit reinziehen. Du machst alles kaputt. Alles kaputt!«

Wieder hörte man das hektische Klackern auf dem Marmorfußboden. Die Haustür schlug zu. Malbek erhob sich, machte einen Satz zur Zimmertür und blieb abrupt stehen. Die Haustür war wieder aufgegangen.

»Und ich sage dir noch etwas«, hörte man wieder Regina Molsens Stimme schreien. »Nach Mamas Tod fing das an mit dir. Ohne eine starke Frau gehst du nämlich unter. Glaubst du, du hast sie jetzt wiedergefunden? Muttersöhnchen!«

Die Haustür schlug knallend zu. Irgendetwas zerbrach im Haus mit lautem Klirren.

»Du diskutierst das mit Herrn Molsen«, sagte Malbek zu Lüthje. »Und ich mit seiner Tochter. Bis bald.«

Malbek lief mit freundlicher Miene an Axel Molsen vorbei, der zur Salzsäule erstarrt war, und zog die schwere Haustür sanft ins Schloss.

15.

Als Malbek hinter Regina Molsens tizianrotem Porsche hinterherfuhr, wurde ihm klar, dass sich sein Wohnmobil nicht nur in der Höchstgeschwindigkeit von diesem PS-Monster unterschied. Solche Vehikel wie seines gab es hier einfach nicht. Das Wohnmobil fiel auf wie ein bunter Hund. Es war alt und klapprig und wurde durch einen lärmenden Diesel mit sechsundsiebzig Pferdestärken mühsam fortbewegt.

Auf einem einsamen Straßenabschnitt fuhr der Porsche auf der Höhe einer etwas abgeknickten Straßenlaterne an den Straßenrand und blieb mit leise blubberndem Motor stehen. Malbek hielt dahinter und stieg aus.

Regina Molsen ließ die Seitenscheibe herunterfahren und sah zu ihm hoch. »Diese Kiste war mir vor dem Haus meines Vaters schon aufgefallen. Sie belästigen mich.«

»Tut mir leid, Frau Molsen.« Er hielt ihr seinen Dienstausweis entgegen, den sie aufmerksam musterte. »Ich ermittle im Mordfall Markus Peters, ein ehemaliger Auszubildender der Reederei Molsen. Ich habe einige Fragen an Sie.«

»Malbek? Sind Sie nicht der Freund von Jette Rasmussen? Soll das eine Tarnung sein?« Sie sah belustigt auf das Wohnmobil.

»Es ist mein Zuhause.«

»Oh. Tut mir leid. Davon hat mir Jette gar nichts erzählt.« In ihrem Tonfall schwang echtes Mitleid mit.

»Aber die Kiste kann ich immerhin auf meinem eigenen Grundstück parken. Wenn ich Feierabend habe. Hat Ihnen Jette davon auch nichts erzählt?«

»Nein. Lassen Sie uns keine Zeit verlieren, ich stehe Ihnen zur Verfügung. Jedenfalls was diese Befragung betrifft.« Sie lächelte nicht. »Steigen Sie ein.« Die Beifahrertür öffnete sich wie von Geisterhand.

Er glitt vorsichtig auf den Sitz, der ihn umschloss wie eine Riesenhand. Der Innenraum duftete nach diesem betäubenden Feuerwerksparfüm. Sie fuhr los.

Ein paar Stunden auf Sylt, und schon saß er nachts neben einer tizianroten, wohlgeformten Frau, Reedereierbin, in ihrem tizianroten Porsche. Es ging aufwärts. Gleich würden sie am pechschwarzen Meer sein und in der Dunkelheit der Brandung lauschen. Er hörte es schon in seinen Ohren rauschen. Kaum zu glauben, dass der größte Anteil künstlich sein sollte. Er sah wirklich echt aus, dieser Busen, jedenfalls das, was im Ausschnitt der Bluse zu sehen war, nicht zu groß, gerade so, dass ...

»Und jetzt, Herr Kommissar?« Sie hatte seinen Blick bemerkt.

Sein Telefon summte.

»Alles in Ordnung, Gerson?« Hilly war dran, er hörte Rita im Hintergrund dazwischenreden. »Wir haben uns Sorgen gemacht. Eric sagte uns, du bist unterwegs.«

»Ich ermittle.«

»Schön, dann können wir ja Jette Bescheid sagen, dass alles in Ordnung ist. Wir hatten sie schon angerufen. Sie war gerade mit ihrer Reportage fertig geworden. Sie wollte deshalb heute Nacht noch einmal kommen.«

»Danke für den Tipp. Ich muss Schluss machen.« Malbek beendete das Gespräch.

Jette, Hilly und Rita. Das war eine Mischung, die er sich heute Abend auf keinen Fall mehr zumuten wollte. Er hatte mit Jette mehrere Hühnchen zu rupfen. Aber nicht heute Abend. Malbek würde sich ausnahmsweise ein Hotelzimmer gönnen, um dann nach diesem langen Tag endlich ungestört seinen wirren Gedanken lauschen zu können.

»In welchem Hotel könnte man um diese Zeit auf der Insel noch Zimmer bekommen?«, fragte Malbek nachdenklich.

Regina Molsens Hand hatte zur Ohrfeige ausgeholt, aber traf seine Nase, da er sich im Moment seiner Frage ihr zuwandte.

Er schrie auf. Es tat entsetzlich weh.

»Hier.« Sie hatte plötzlich ein Papiertuch in der Hand und

streckte es Malbek entgegen. »Und jetzt raus hier, sonst versauen Sie mir die Polster.«

Er hielt sich das Papiertuch vorsichtig gegen die blutende Nase. »Ich lasse Sie nach Kiel vorladen«, sagte er dumpf und stieg aus.

Der Porsche heulte triumphierend auf und verschwand wie ein Raubtier im Dunkel.

16.

Der Wind hatte auf Ost gedreht und die Wolken auf die Nordsee gejagt. Es war sternenklar. Die Kälte hatte die Blutung zum Stillstand gebracht und die Schmerzen betäubt. Nach einer Stunde fand Malbek sein Wohnmobil unter der geknickten Straßenlaterne wieder.

Er betrachtete seine Nase im Rasierspiegel über der Spüle. Leider hatten Reginas Fingernägel Spuren hinterlassen, die einer Katzenkralle verdammt ähnlich sahen. Er öffnete die Regalklappe, hinter der sich die Bordapotheke befand, und entdeckte das Fläschchen Jodtinktur mitten in dem Durcheinander aus Salben, Verbänden, Pflastern, Tinkturen und Medikamenten und eine Schachtel mit großen Heftpflastern.

Als er das Jod auf die Nase tupfte, war es ihm, als würde ihm die Nase aus dem Gesicht gerissen. Er hatte es verdient. Man setzt sich als Polizist nicht in den Porsche einer Zeugin und schaut ihr auf den Busen. Er schnitt sich ein Stück Pflaster zurecht, gab Heilsalbe drauf und klebte es vorsichtig auf die Wunden, indem er die Klebeflächen des Pflasters auf die Nasenflügel drückte. Der Blick in den Spiegel bestätigte seine Befürchtung. Es sah entsetzlich aus. Und es brannte immer noch.

Er sah Regina Molsens Fingernägel im Geiste vor sich. Sie waren lang und hatten geglitzert. Waren sie so unecht wie ihre Brüste? Dann wäre vielleicht die Gefahr einer Infektion nicht so groß. Und Aids? Aids-Übertragung durch künstliche Fingernägel? Wen hatte sie vorher angefasst? Oder gekratzt? ... Stopp! Er war dabei, durchzudrehen. Sein Magen knurrte. Am Büfett war er nicht zum Essen gekommen. Im Bordkühlschrank warteten drei gebratene Hähnchenkeulen auf ihn.

Aber zunächst musste er den Platz unter der geknickten Straßenlaterne verlassen. Er fuhr über die Umgehungsstraße nach Westerland. Im Osten sah er die Positionslichter eines kleinen Jets über dem Flughafen niedergehen. Gab es kein Nachtflugverbot auf Sylt? Aber in begründeten Einzelfällen gab es hier wie überall Ausnahmen.

In Westerland fuhr er die Straßen in der Nähe des Strandes ab. Er entschied sich für ein Hotel, das zu einer Kette gehörte. Marba Westerland. Im Marba Leipzig hatte er übernachtet, als es um die Vorbereitung eines bundesweiten Schlages gegen den durch Rauschgift finanzierten Waffenschmuggel ging, im Marba Hannover ging es um eine Fortbildung zum Internetbetrug. Gebucht wurden die Hotels meist von Geschäftsreisenden, die es als angenehm empfanden, dass alle Zimmer die gleiche Ausstattung hatten. Man sollte sich immer in der gewohnten Umgebung wiederfinden, eben wie es sich für ein zweites Zuhause gehörte. Mit seinem Wohnmobil war der Zimmerkomfort nun wirklich nicht zu vergleichen. Aber darauf kam es heute nicht an. Er musste in der Anonymität untertauchen. So gut das auf Sylt in einem Hotel möglich war. Die nächste Regionalbahn zum Festland fuhr erst morgen früh.

Er war ab sofort ein Geschäftsreisender. Mit Pflaster auf der Nase? Er zog es wieder ab und vermischte Wundheilsalbe aus der Bordapotheke mit Vollkornmehl aus der Bordküche und tupfte die Mischung mit schmerzverzerrtem Gesicht auf die Kratzer. Er besah sich im Spiegel. Ein bisschen Strandsand auf der Nase dürfte auf Sylt nicht ungewöhnlich sein. So sah es jedenfalls aus. Der Schmerz ließ nach. Wahrscheinlich war die Mischung ein echter Geheimtipp.

Er parkte sein Wohnmobil in der Nähe des Westerländer Bahnhofs. Er packte seine Reisetasche mit dem Wichtigsten für eine Übernachtung, unter anderem mit zwei gestern gebratenen Hähnchenkeulen.

Der junge Mann an der Rezeption sah nicht auf Malbeks Nase, sondern auf dessen Kreditkarte. Die Chipkarte für das Zimmerschloss war wie immer ohne Zimmernummer und steckte in einem Plastiketui, auf dem die Zimmernummer aufgedruckt war. Dreihundertvierzehn. Das bedeutete zweiter Stock.

Im Zimmer zog er die Vorhänge zu, legte sich auf das Bett und rief mit einer neuen SIM-Karte Lüthje an.

Der lag auf dem Bett in seinem Mansardenzimmer bei Rita und las ein Buch seines Lieblingsautors Dostojewski in einer neuen Übersetzung. »Verbrechen und Strafe« hieß der Roman jetzt statt »Schuld und Sühne«.

»Wo ist der Unterschied?«, fragte Malbek.

»Man muss nicht ein Verbrechen begehen, um schuldig zu werden. Dir als Pastorensohn müsste das doch klar sein«, sagte Lüthje.

»Du kaust.«

»Na und?«, sagte Lüthje.

»Du liest und isst? Das ist ungesund!«

»Aber schön. Du weißt doch. Hilly hat mir Trennkost verordnet. Das halte ich nicht aus. Ich hab mir in einem unbeobachteten Moment am Büfett ein Brötchen mit geräucherten Forellenfilets eingesteckt. Ist etwas zerquetscht, aber immer noch köstlich«, sagte Lüthje.

»Haben die Damen das nicht gerochen?«

»Ist Meerrettich dran. Das neutralisiert den Geruch. Außerdem hatte ich es in eine Serviette eingewickelt in der Jackentasche, neben den Knäckebrotkrümeln.«

Malbek hatte auch Hunger bekommen, und während er die Hähnchenkeulen auspackte, erzählte er Lüthje von Reginas Fingernägeln.

»Ich hab dir das so ausführlich geschildert, damit ich dich als Zeugen benennen kann. Falls sie mich anzeigt, wegen einer versuchten Vergewaltigung. Ich trau der alles zu.« Malbek breitete auf dem Fensterbrett ein Handtuch als Tischdecke aus.

Lüthje lachte. »Du und die Frauen. Okay, ich mach mir einen schriftlichen Vermerk, und das solltest du auch machen. Lade sie zur Befragung nach Kiel. Nie allein mit ihr in einem Raum, hast du gehört, Junge?«

»Ja, Papa. Was hat die Witwe Manuela dir in ihrer Mansarde bei schummerigem Licht erzählt?«

Lüthje schilderte ihm Manuela Bönigs Befragung und fasste schließlich alles in zwei Sätzen zusammen. »Sie ist also um zweiundzwanzig Uhr dreißig zu Hause angekommen, die Haustür stand offen, ihr Mann lag am Fuße der Treppe zum Weinkeller neben einer Schneiderpuppe, die aus ihrer Boutique stammte. Danach ist sie unter Schock zur Vernissage gefahren, zu der sie und ihr Mann eine Einladung hatten, und hat den Anwesenden die Neuigkeit verkündet ...«

»... und Axel Molsen hat sich beherzt der verstörten Inselnachbarin angenommen ...«, fuhr Malbek fort, »... sie zum Leichenfundort gefahren, sie allein in dieses Haus gehen lassen, damit sie ihr Köfferchen packen kann, und wie es sich für einen richtigen Prinzen gehört, ist er mit ihr auf dem weißen Schimmel in sein sicheres Schloss geritten. Ganz unwahrscheinlich ist das Märchen nicht. Du weißt, die Wege des Herrn sind unergründlich.«

»Und all das hat natürlich nicht das Geringste mit dem Mord an dem jungen Seemann Markus Peters zu tun. Amen«, sagte Lüthje. »Falls es dich interessiert, Bönigs Haus ist versiegelt und bewacht, die Spurensicherung wird morgen anrücken, und Dr. Brotmann wartet in der Gerichtsmedizin schon interessiert auf den angeblichen Genickbruch. Ich habe kurz mit ihm telefoniert, und er hat mir einen kleinen Vortrag dazu gehalten.«

»Vehrs ermittelt gerade im beruflichen Umfeld Molsens«, sagte Malbek. »Dann kann er doch gleich den verstorbenen Fondsmanager Frank Bönig mit einbeziehen.«

»Wir müssen den Ball flach halten, Malbek. Sonst drücken die uns in eine gemeinsame Ermittlungsgruppe oder sogar Sonderkommission, weil das öffentliche Interesse, sprich der Reeder Axel Molsen, es verlangt. Und wir beide müssten uns dann mit irgendeinem Kasper herumschlagen, der nach Beförderung lechzt. Also: Wenn uns die Leitungsebene nach Fortschritten fragt oder einen Blitzrapport verlangt, müssen wir beide das vorher unter uns abstimmen. Gegenüber Schackhaven und Co. immer locker und optimistisch wirken. Und noch was. Hilly hat sich wieder auf die Suche nach einer neuen Wohnung für uns gemacht. Sie hat zwölf Objekte auf der Liste, die sie mit mir besichtigen will. Ich bin dir nicht böse, wenn du auch für mich den Ball ein bisschen flach hältst. Ist ja sowieso ein richtiger Molsen-Komplex, also dein Fall.«

Sie besprachen die interne Arbeitsteilung und wünschten sich eine gute Nacht.

Unmittelbar danach summte Malbeks Diensthandy. Es war Jette. Er drückte ihren Anruf weg. Er ermittelte und wollte nicht gestört werden.

Er machte das Licht aus und öffnete das Fenster einen Spalt. Er hatte ein Zimmer mit Seeblick gebucht. Die Brandung rauschte, eine einsame Möwe klagte in der Dunkelheit, und er glaubte, das Seegras im Wind knistern zu hören. Langsam wandernde Positionslichter markierten den dunklen Horizont. Die Sterne flackerten am unruhigen Himmel, und der Mond hing mit ratlosem Gesicht am Himmel, als würde »der kleine Häwelmann« aus Malbeks Lieblingskinderbuch ihm über den kreisrunden Kopf fahren. Malbek lehnte sich mit den Ellenbogen auf das Fensterbrett und biss in die Hähnchenkeule. Auf dem Hotelflur klackerten Stöckelschuhe an seiner Zimmertür vorbei. Er verzog schmerzhaft das Gesicht.

Ein bulliger Range Rover bog auf den Hotelparkplatz ein. Er hielt einen Moment an und fuhr in die einzige Parknische, die nicht beleuchtet war. Malbek ließ die zweite Hähnchenkeule langsam auf das fettige Einwickelpapier sinken. Malbek kannte den Mann, der aus dem Auto stieg. Es war Robert Lüllmann. Reginas Exfreund. Der Mann, der sich so nett mit der Schmitz aus Köln unterhalten hatte. Der Mann, dem Axel Molsen auf der Vernissage ausgewichen war. An dem Abend, an dem Frank Bönig tot vor seinem Weinkeller aufgefunden wurde.

Lüllmann hatte kein Gepäck bei sich. Wahrscheinlich hatte er in dem Hotel schon eingecheckt und kam erst jetzt von der Vernissage oder einer angehängten Party.

Malbek schaltete sein Handy auf Stumm, verließ eilig sein Zimmer und lief zum Fahrstuhl. Die Leuchtziffernanzeige über der Tür blieb im ersten Stock stehen. Der Fahrstuhl öffnete sich also direkt unter ihm. Er lief die Treppe auf Zehenspitzen ein Stockwerk tiefer und sah in den Gang. Auf der linken Seite sah er noch, wie Lüllmann eine Tür öffnete und in einem Zimmer verschwand. Malbek ging den Gang entlang und sah im lässigen

Vorübergehen auf die Zimmernummern, als würde er sein Zimmer suchen. Lüllmann war in Nummer zweihundertsechzehn gegangen. Malbek blickte kurz um sich und hielt das Ohr näher an die Tür. Der Fernseher lief.

Malbek ging über die Treppe zurück in sein Zimmer. Er schaltete sein Handy auf normalen Betrieb zurück. Zwei Anrufe in Abwesenheit. Jette. Er wählte den leisen Anrufmodus »Besprechung«, schaltete sein Notebook ein und sah nach seinen E-Mails.

Vehrs und Hoyer hatten ihm vorläufige Berichte geschickt, Waffe und Projektil waren trotz tagelangen Einsatzes der Taucher nicht gefunden worden. Die Recherchen zur Person Frank Bönig waren etwas vielversprechender. Die Auswertung von Markus Peters' Notebook ließ noch auf sich warten. Von einer heißen Spur konnte bisher keine Rede sein. Es war zum Mäusemelken.

Der Vorsitzende des Schleswiger Domorgelvereins schlug in seiner Mail den Entwurf für eine Broschüre vor, in dem für den Erwerb von Orgelpfeifenpatenschaften zur Finanzierung der Orgelreparaturen geworben wurde. Er fragte Malbek als Vorstandsmitglied nach seiner Meinung und erinnerte an ein Treffen mit einer Demonstration des Organisten von altersbedingten Schäden an der Domorgel. Als Dateianhang hatte er ebenfalls als Erinnerung eine Einladung zu einem Konzert eines Chores aus Århus mitgeschickt. Der Mann wusste von Malbeks Beruf und war es gewohnt, ihn an alles, was den Verein anging, mehrfach zu erinnern. Auf das Konzert hatte Malbek sich schon seit Wochen gefreut.

Seine Tochter schrieb ihm: »Ich höre von Hilly, dass du noch auf Sylt bist. Ich hoffe, die Welt ist da nicht so eckig für dich. Mach keine Dummheiten. Hast du deinen Urlaub endlich geregelt? Wegen unserer Englandfahrt. Pass auf dich auf. Deine Tochter Sophie.«

Sie hatte sicher Hilly angerufen, und die hatte gleich ein wenig aus dem Nähkästchen geplaudert. Oder umgekehrt.

Malbek antwortete: »Alles extrem easy. Liege im Hotelbett

und gucke gleich noch ein bisschen deine Akte-X-DVD. Die Folge mit dem Bermudadreieck hat mir bisher am besten gefallen. Das mit dem Urlaub klär ich in den nächsten Tagen. Kannst du mal ermitteln, ob wir mit dem alten Wohnmobil überhaupt auf die Fähre dürfen und was das kostet?«

Einem inneren Impuls folgend, prüfte er nach, ob es in Klaipėda überhaupt ein SAS Hotel gab. Es hieß Radisson Blu SAS. Er fand auf der Website des Hotels Fotos von Bar und Empfang und versuchte, sich Markus Peters dort vorzustellen, wie er zwei Prostituierten nachgelaufen und ihm dabei etwas Seltsames passiert war. Es gelang ihm nicht. Vielleicht lag es nur an den Fotos. Die Bar sah aus wie ein schwedischer Flughafenimbiss, die Zimmer fast wie das, in dem er auf dem Bett lag. Er sah sich noch eine Folge von »Akte X« an und schlief wenig später ein.

Am nächsten Morgen kam ihm Lüllmann aus dem Frühstücksraum entgegen. Er musste sehr früh aufgestanden sein. Sein Blick streifte Malbek beiläufig für einen Augenblick, als ob er sich fragte, wo er diesen Typ in Lederjacke schon mal gesehen hatte. Malbek hatte plötzlich den Geruch von ranziger Seife und das Bild von Glassplittern vor seinem Nasenauge. Es musste Lüllmanns Aftershave sein. Da war auch noch etwas anderes, etwas Bekanntes, aber es war von diesem schrecklichen Aftershave zugemüllt.

Malbek machte eine elegante Drehung, als ob er etwas vergessen hätte, und eilte zum Treppenhaus. Dabei sah er, wie Lüllmann das Hotel verließ.

In seinem Zimmer zog er die Fenstervorhänge zu und beobachtete durch einen Schlitz, wie Lüllmann in sein Auto stieg. Ohne Gepäck. Er würgte den Wagen ab. Wahrscheinlich war es ein Mietwagen, den er nicht kannte. Als Lüllmann auf der Straße Richtung Norden verschwunden war, machte sich Malbek an die Arbeit. Es war ein Trick, den er im Gefängnis bei seinem Mentor, Fröbe genannt, gelernt hatte. Wenn es schiefging, konnte man sagen, man hätte sich im Zimmer geirrt. Fröbe hatte es ihm an den Zellentüren gezeigt. Statt einer Chipkarte hatte er ein Pik-Ass benutzt, um es einprägsamer demonstrieren zu können.

Es funktionierte nur dann, wenn die Servicekraft einen Generalchip hatte, mit dem alle Hotelzimmer geöffnet werden konnten.

Malbek prüfte, ob der Wäschewagen im Flur war. Normalerweise begann der Wäsche- und Handtuchwechsel in den meisten Hotels nach neun Uhr im untersten Zimmerstockwerk. Tatsächlich stand der Wagen im zweiten Stock. Ein junger Mann stand daneben und stopfte Handtücher in einen Wäschesack. Malbek ging freundlich grüßend an ihm vorbei, zum Zimmer Nummer 216. Er steckte seine Chipkarte in das Zimmerschloss und sah aus dem Augenwinkel, dass die Reinigungskraft immer noch am Wagen hantierte und ihn zumindest auch im Augenwinkel wahrnehmen konnte. Malbek drückte die Klinke herunter, die Tür öffnete sich natürlich nicht. Er entnahm die Chipkarte, sah sie kopfschüttelnd an und versuchte es erneut. Er setzte eine hilflose Miene auf und ging den Gang entlang zum Wäschewagen. Der Mann war inzwischen in einem geöffneten Zimmer gegenüber mit dem Austausch der Handtücher beschäftigt.

»Ich komme nicht in mein Zimmer«, sagte Malbek und hielt ihm den Chip hin. Der Mann fragte ihn nach der Zimmernummer, Malbek sagte ihm, dass es die Nummer zweihundertsechzehn wäre. Der junge Mann versuchte zweimal vergeblich, das Zimmer mit dem Chip zu öffnen. Danach zog er lässig einen Zimmerchip, den Generalchip, aus seiner Hosentasche und öffnete damit die Tür.

Malbek bedankte sich überschwänglich.

»Bitte sehr. Aber melden Sie das mit Ihrem Chip an der Rezeption, der Magnetstreifen ist wahrscheinlich beschädigt«, sagte er in schönstem Hamburgisch mit scharfem S zu Malbek und machte sich wieder an seine Arbeit.

Malbek schloss die Tür hinter sich. Jettes Duft. Das Parfüm und ihr Körper. Er hatte es sogar unter Lüllmanns Aftershave gespürt, aber nicht erkannt. Es konnte nicht lange her sein. Hatte Jette ihm deshalb vorsorglich auf der Vernissage gesagt, dass Lüllmann solo sei? Er riss die Augen wieder auf und versuchte, sich auf seine Umgebung zu konzentrieren. Er zog die Einmalhandschuhe an. Er musste sich beeilen. Vielleicht war Lüllmann nur zum Bahnhof gefahren, um sich irgendein Wirtschaftsblatt zu holen. Oder er würde gleich zurückkommen, weil er etwas Wichtiges im Zimmer vergessen hatte. Oder er wollte einen Mord begehen.

Das Doppelbett war gemacht. Jette mochte keine zerwühlten Betten.

Eine Fernsehzeitschrift lag am Boden. Papiertaschentücher auf dem Nachttisch.

Eine Wirtschaftszeitung von gestern, die Börsenkurse aufgeschlagen, unleserliche Notizen am Rand. Er fotografierte sie mit dem Makromodus seines Handys. Neben dem Zahnputzglas standen eine Tube Haargel und ein halb volles Glas Bier.

Im Schrank zwei Jacketts, ein Hemd, eine Hose. In der Jacketttasche fand er eine Quittung des Szene-Restaurants Semmelbach in Keitum, zweimal Menü, ein Riesling, mit Datum von vorgestern. Unten im Schrank stand eine Lederreisetasche, gefüllt mit Herrenslips und Jogginganzug, alles in Rot, Gelb und Himmelblau. Malbek schüttelte sich.

Er sah vorsichtig aus dem Fenster zum Parkplatz. Und noch ein Rundgang durch das Zimmer, unter das Bett geguckt, um sich zu vergewissern, ob er auch nichts vergessen hatte.

Als er einen Moment innehielt, um nachzudenken, spürte er Druck auf den Ohren und hörte einen leise an- und abschwellenden hohen Ton, den er nicht lokalisieren konnte. Es musste die Klimaanlage sein. Als er die Rändelscheibe der Klimaanlagensteuerung im Flur eine Stufe herunterschaltete, wurde der Ton leiser und verschwand. Als er wieder höher schaltete, waren der Ton und der Druck im Ohr wieder da. Er ging ins Bad und hielt ein Ohr in die Kloschüssel. Hier war es am lautesten, und er sah konzentrische Schwingungskreise auf der Wasseroberfläche. Er spülte und wartete, bis das Wasserrauschen vorbei war. Stille. Dann setzte der Ton wieder ein.

Die Abluftöffnung musste zumindest teilweise verstopft sein. Deshalb konnte der Überdruck, den die Klimaanlage erzeugte, nicht ausreichend entweichen und führte zu Schwingungen des

Wassers in der Toilette, was wiederum den hohen Ton erzeugte. Die Zuluftöffnung befand sich an der Decke im Zimmer. Um eine vollständige Klimatisierung von Zimmer und Bad zu erreichen, musste die Abluftöffnung im Bad in Bodennähe sein. Unter dem Waschbecken fand Malbek eine kunststofffurnierte Holzabdeckung, die nur mit einer Metallklammer befestigt war. Mit einem energischen Ruck hatte er das Brett entfernt.

Die Abluftöffnung war ein schlichtes Rohrloch, das aus der Wand ragte. Die Öffnung war fast vollständig mit Kunststofftütchen vollgestopft. Er zog ein Briefchen vorsichtig heraus und ließ das weiße Pulver hin und her rieseln. Kokain in der Abluftöffnung der Klimaanlage. Bei diesem Versteck hätte auch ein Drogenhund Probleme gehabt. Jedenfalls solange die Klimaanlage lief. Er drückte das Säckchen wieder neben die anderen, machte mit dem Handy ein Foto vom Versteck und verließ Lüllmanns Zimmer so, wie er es vorgefunden hatte.

Als Malbek wieder in seinem Zimmer war, ließ er sich erschöpft auf das Bett fallen und schloss die Augen.

Natürlich konnte er innerhalb einer halben Stunde Lüllmanns Zimmer versiegeln lassen und die Spurensicherung anfordern. Man würde nach Lüllmanns Offroader fahnden und ihn spätestens bei seiner Rückkehr im Hotel festnehmen. Dann würde man seine Lieferanten und Kunden allerdings nie finden. Und Jette wäre in Schwierigkeiten. Was ihn ziemlich kaltließ. Sie nannte sich selbst eine investigative Journalistin, die gern aufs Ganze ging.

Er sendete Lüthje das Foto als MMS und rief ihn an, als er die Empfangsbestätigung als SMS bekam. Lüthje war noch mit dem Spurensicherungstrupp im Hause Bönig. Malbek erzählte, wie er das Depot gefunden hatte. Sie waren einer Meinung. Lüllmann musste ab sofort rund um die Uhr observiert werden.

»Vergiss nicht, diesen typisch Malbek'schen Hotelzimmertrick in deinem Bericht später als wirkliches Versehen darzustellen«, sagte Lüthje. »Sonst hast du wieder Ärger mit Schackhaven. Und wenn wir mal Zeit haben, erklärst du mir das noch mal in Ruhe. Das hab ich auf die Schnelle eben nicht so mitbekommen. Und tschüss!«

Danach rief Malbek in Kiel an und setzte Vehrs auf Robert Lüllmanns berufliches und privates Umfeld an.

Von Jettes Duft hatte er Lüthje nichts erzählt. Das würde der doch nur für Spökenkiekerei halten.

Der Schmerz in seiner Nase pochte leise. Ihm fiel ein, dass Jette ihn am Abend vor der gemeinsamen Fahrt nach Sylt auf die Nasenspitze geküsst hatte.

17.

Auf der Rückfahrt nach Kiel hatte Malbek kurz entschlossen die B 76 verlassen und war der Ausfahrt nach Schleswig und dort dem Wegweiser »Fachkliniken« gefolgt.

Der Stationsarzt im vierzehnten Stockwerk der Psychiatrie hatte Malbek in sein Zimmer gebeten und vorsichtig seine Fragen beantwortet. Ja, Dörte Schneider habe über Markus' Tod gesprochen. Und sie habe nur einmal Besuch gehabt. Von einer Freundin. Verwandte seien bisher nicht da gewesen. Und da Malbek sich mit ihr unterhalten wolle, gehe er davon aus, dass man den Mörder ihres Freundes noch nicht gefunden habe. Medikamente bekomme sie keine. Sie sei jetzt in therapeutischer Behandlung.

Da Malbek mit ihr allein reden wollte, schlug der Arzt vor, dass sie einen kleinen Spaziergang im Park machen könnten. Da sei man ungestört. Im Aufenthaltsraum der Station sei es manchmal etwas unruhig. Er hatte gelächelt und Malbek aufmunternd zugenickt. Er würde ihr jetzt Bescheid sagen, dass Kommissar Malbek aus Kiel mit ihr sprechen wollte. Es würde einen Moment dauern.

Malbek sah aus einem Fenster im Flur auf seine Heimatstadt Schleswig. Im Nordosten reckte sich der Dom über die Stadt. Den Hort des Glaubens an die Ewigkeit hatte sein Vater, der Dompastor, ihn umständlich genannt. Im Südwesten steckte der Wikingturm seit Jahrzehnten als Symbol des ewig wachsenden Fortschritts im unergründlichen Morast der Schlei. Verschämt versteckt und doch diese Wahrzeichen der Stadt dank der Lage am ehemaligen Mühlenberg überragend, war das Hochhaus der psychiatrischen Klinik, der Ort, der Menschen gewidmet war, deren Psyche an den Widersprüchen von Glauben und Fortschritt erkrankt war. So hatte es Malbek immer gesehen.

Sein Vater hatte die Sichtweise seines Sohnes nicht geteilt. Der Glaube an Gott sei nicht widersprüchlich, und wer nicht glaube, der müsse früher oder später an Geist und Seele erkranken. Die Patienten dort oben am Mühlenberg hatte sein Vater »arme Seelen« genannt, so, als wären sie verloren und dem Teufel verfallen. Wahrscheinlich war der ewige Streit mit seinem Vater der Grund für seine Berufswahl gewesen. Polizisten besitzen einen klaren Verstand und kommen nicht in die Hölle, daran hatte Malbek als junger Mann tatsächlich geglaubt. Malbek seufzte. Nicht einmal diese Illusion war ihm geblieben.

Vehrs und Harder hatten Dörte Schneiders Verwandtschaft ausfindig gemacht. Die Eltern waren geschieden, und die ältere Schwester war verheiratet und hatte zwei schulpflichtige Kinder. Sie wohnten in Neumünster und Norderstedt und schienen keinen Kontakt miteinander zu haben. Keiner von ihnen war überrascht, als ihnen mitgeteilt wurde, dass Dörte in der Fachklinik in Schleswig stationär behandelt würde. Jeder von ihnen erklärte, Dörte besuchen zu wollen.

Malbek hörte eine Tür und Schritte. Dörte Schneider kam über den Flur auf ihn zu, der Arzt blieb abwartend zurück. Sie war ungeschminkt, die Haare gewaschen, ihr Blick war ruhiger geworden. Sie trug einen weißen Anorak und weiße Leggings. Wer nicht so genau hinsah, würde sie für jemanden vom Pflegepersonal halten. Sie gaben sich verlegen die Hand und gingen zum Fahrstuhl.

Sie drückte die Taste zum Erdgeschoss. Als der Fahrstuhl sich mit einem leisen Ruck nach unten in Bewegung setzte, lehnte sie sich an die Kabinenwand, presste die Handflächen dagegen.

»Ich muss in dieser Kiste reden, sonst krieg ich die Panik. Warum haben Sie da ein Pflaster?« Sie tippte an ihre Nase.

»Die Katze meiner Nachbarin hat mir aufgelauert«, log Malbek.

»Zeigen Sie doch mal.«

Sie streckte den Arm aus, Malbek wich zurück.

»Stillhalten!«, befahl sie, und im nächsten Moment hatte sie das Pflaster von einer Seite vorsichtig abgezogen und sah prüfend auf seine Nase. »Könnte die Katze auch eine Frau gewesen sein? So etwas sollten Sie als Kommissar doch untersuchen.«

Er drückte das halb abgelöste Pflaster vorsichtig wieder an. Es hielt. Der Schmerz hatte nachgelassen.

»Vergessen Sie die Tollwutimpfung nicht.« Sie zeigte einen Anflug von Lächeln, der gleich wieder verschwand.

Sie ging voraus zum Mühlenbach, der sich den Hang zur Stadt hinunterschlängelte, und sah in das Rinnsal. »Es hat doch gestern geregnet. Wo ist das Wasser geblieben?«

»Ich glaube, der Bach hat sich neue Betten gebaut, dort oben am Mühlenredder, wo die Mühle gestanden hat. Anders kann ich mir das nicht erklären. Ich war als Kind oft hier. Da sah das irgendwie alles ganz anders aus. Diesen Turm gab es damals ja auch noch nicht.« Er sah zum vierzehnten Stockwerk hoch. Ob der Stationsarzt am Fenster stand und sie beobachtete?

»Wieso besuchen Sie mich eigentlich? Wollen Sie auch was von meiner Kindheit hören?«

»Wenn Sie mir davon etwas erzählen wollen. Ich bin zu Ihnen gekommen, weil –«

»Haben Sie den Mörder von Markus gefasst?«, fiel sie ihm ins Wort.

»Nein, aber das ist auch der Grund, nein, *ein* Grund, warum ich hier bin. Ich habe noch einige Fragen.«

»Dann fragen Sie doch!«

»Ich habe mich mit Markus' Kollegen Henning Schlömer auf der ›Christian Molsen‹ unterhalten. Er sagte, sie hätten über Markus' Veränderung nach einem Aufenthalt in Klaipėda gesprochen. Henning wollte wissen, wie es Ihnen geht und wo Sie sind. Er hat versucht, Sie anzurufen.«

»Ach, Henning. Er tut sich immer gerne wichtig. Ich hab mein Handy seit einigen Tagen nicht mehr angemacht. Ich weiß nicht, ob ich es überhaupt je wieder anmache.«

»Hat er Ihnen etwas über Markus' Kontakte erzählt, über besondere Erlebnisse?«

»Ich sagte doch, dass er sich wichtigmacht. Nein, alles, was ich weiß, habe ich Ihnen gesagt, als Sie in Kiel bei mir waren.«

»Hat Markus Ihnen irgendwann von Klaipėda erzählt?«

»Von was?«

»Falls es Ihnen wieder einfällt, rufen Sie mich an.« Er gab ihr seine Karte, die innerhalb einer knappen Sekunde in ihrem Anorak verschwand.

»Der Arzt sagte mir, dass Sie Besuch von einer Freundin gehabt hätten.« Malbek sah sie abwartend an.

Sie schwieg eine Weile, wandte sich ab und wieder Malbek zu, dann sah sie zum Rinnsal im Bach. Plötzlich begannen Tränen aus ihren Augen zu laufen. Kein Schluchzen, kein einziger Ton kam aus ihrem Mund. Er widerstand dem Impuls, einen Arm tröstend um sie zu legen.

»Madamchen war das.« Sie schnäuzte sich die Nase.

»Madamchen?«

»Kennen Sie sie?«

»Nein«, sagte Malbek. Madamchen. Der Fährmann in Holtenau hatte den Namen erwähnt. Sie würde oft mit ihm fahren. Und er würde sie schon kennenlernen, wenn er zur Reederei wolle.

»Kommen Sie, wir gehen ein Stück den Bach entlang in Richtung Stadt«, sagte er. »Madamchen. Ist das ihr wirklicher Name?«

»Natürlich nicht. Ist 'ne Klassenkameradin von mir. Wir haben sie immer so genannt. Sie sieht nämlich genau so aus. Sie hat sich dann irgendwann selbst so genannt. Ist das für Sie wichtig?«

»Wie ist ihr richtiger Name? Und wie sieht ein Madamchen aus?«

»Ihr richtiger Name ist Petra. Petra Lantau. Sie war immer etwas rundlich. Rundlich und gleichzeitig zierlich. Und elegant gekleidet. Nicht zu viel, nicht zu wenig. So wie ich nie war. Ich hab sie beneidet, weil es ihr nichts ausmachte. Dieses Rundliche, verstehen Sie? Wir haben uns auch über das Thema gestritten. Aber wir haben uns trotzdem immer gut verstanden. Immer. Sogar als …«

Sie rieb sich mit den Fingernägeln die Haut am Handgelenk und sah auf das kurz geschnittene Gras.

»Als das mit mir anfing. Und jetzt hat sie herausgefunden, wo ich bin. Und hat mich besucht. Sie ist meine beste Freundin. Die einzige. Die sagen, ich hätte Borderline.« Sie sah ihn an und wartete auf seine Reaktion.

Also nicht nur diese Essstörung.

»Was ist das genau? Ich meine, dieses *Borderline*?«, fragte Malbek.

»Das weiß hier keiner!« Sie lachte auf und wurde wieder abrupt ernst. »Das Einzige, was ich weiß, ist ... ich war auf der Grenze zwischen verschiedenen Krankheiten. Grenzgänger. Ich bin immer so ... dazwischen. Das ist doch klar, dass man dann irgendwann eine Entscheidung will. Aber das versteht hier keiner so richtig. Verstehen Sie das?«

Er nickte.

»Hier.« Sie schob den linken Ärmel des Anoraks hoch. »Das haben Sie übersehen, als Sie bei mir waren. Ich ritze an mir rum, damit ich mich spüre. Wenn es wieder mal zu leer in mir ist. Okay?«

Der Unterarm sah aus, als ob sie öfter mal in Scherben gefallen wäre und es immer selbst notdürftig verbunden hätte. So war es ja auch.

»Ich hab gedacht, ich könnte damit leben.« Sie schob den Ärmel wieder herunter. »Womit müssen Sie leben?«

»Ich versuche, mit mir selbst klarzukommen«, antwortete Malbek spontan. »Das ist manchmal nicht einfach.«

»Sie haben so einen bitteren Zug um den Mund. Auch schon in Kiel. Ich meine, nicht nur heute.«

Die dunklen Jahre, die acht Jahre im Gefängnis, die sah man ihm eigentlich nicht an. So hatte es ein Kollege mal ausgedrückt.

»Ich habe jahrelang viel Schlechtes schlucken müssen«, sagte Malbek.

Sie sah ihn misstrauisch an. »Haben Sie sich das jetzt für mich ausgedacht?«

»Leider nicht«, sagte er und druckste herum, bis er glaubte, die richtigen Worte gefunden zu haben. »Wissen Sie, dass ich dafür verantwortlich bin, dass Sie hier sind?«

Sie sah ihn überrascht von der Seite an.

»Wissen Sie es? Oder nicht?«, fragte Malbek unsicher.

»Na ja, wenn das alles nicht passiert wäre … Oder was meinen Sie jetzt?«, fragte sie zögernd.

»Den Zusammenbruch an sich, ich meine, nicht konkret in der Gerichtsmedizin, aber überhaupt, den wollten Sie doch.«

»Sie spinnen!« Sie blieb stehen.

»Ich wollte, dass Sie eine Chance bekommen, irgendwann aus der Scheiße herauszukommen, eine Entscheidung durch Zusammenbruch. Die hätten Sie doch sonst verpasst. Vielleicht für immer. Da hab ich Sie zur Gerichtsmedizin zur Identifikation fahren lassen. Obwohl wir das hätten umgehen können.«

Sie brauchte einen Moment, um es zu verarbeiten.

»Sie haben doch keine Ahnung!« Ihre Stimme überschlug sich. Sie hustete. »Solche Schlaumeier wie Sie finde ich einfach zum Kotzen, ja, zum Kotzen! Sie sind doch auch nur so ein beschissener Bulle!« Sie sank weinend an einem Baum zusammen und kauerte sich hin. »Keine Ahnung haben Sie … keine Ahnung … so eine Gemeinheit.«

»Sie haben es doch darauf angelegt!«, sagte Malbek laut. »Und nicht gewusst, wie Sie aus der Scheiße herauskommen. Ich bin immer so dazwischen, haben Sie eben gesagt. Und dass man dann irgendwann eine Entscheidung will. Das haben Sie doch eben auch gesagt.«

»Das ist Scheiße, seien Sie endlich still!« Sie hielt sich die Ohren zu.

»Blöd war nur, dass ich Ihnen die Entscheidung abnehmen musste.« Er redete jetzt leise mit sich selbst. Und sah sie vor sich auf dem Gras kauern, die Hände gegen die Ohren gepresst, beide Ärmel waren hochgerutscht. Ihre Augen, zu Schlitzen verengt, warteten darauf, dass sich seine Lippen endlich schlossen. »Sie sind in der Gerichtsmedizin einfach umgekippt. Endlich. Dörte, es tut mir leid, das ist ja das Verrückte!«

Plötzlich kicherte sie, nahm die Hände von den Ohren, zeigte mit einem Zeigefinger auf sein Gesicht, begann zu lachen, dass ihr die Tränen liefen.

Malbek fühlte sich hilflos. Er wusste nicht, ob er dem Impuls nachgeben sollte, auch zu lachen. Es gab doch überhaupt nichts zu lachen. Vielleicht hatte sie einen Nervenzusammenbruch oder einen Schub von irgendetwas.

Ihr Lachanfall ebbte ab, und sie versuchte, etwas zu sagen. Sie holte Luft. »Ihr Pflaster ... es hängt Ihnen ... im Gesicht ... und Sie gucken dabei so ... komisch.«

Er fasste sich an die Nase. Das Pflaster hing ihm wie ein kleiner Lappen von der Nase herunter. Es musste sich während des Streits an der Seite gelöst haben, auf der sie es vorhin abgezogen hatte. Er zog es ganz ab, sah es an und konnte endlich mit ihr lachen.

Sie gingen zurück zum Hochhaus. Sie wurde von einer Sekunde zur anderen wieder ernst und sagte immer wieder kopfschüttelnd: »Sie sind wirklich ein komischer Typ.«

Am Fahrstuhl fragte sie: »Lassen Sie mich allein hochfahren? Ich muss das üben.«

Er nickte.

Als sich die Fahrstuhltür öffnete, drehte sie sich zu ihm um und sagte: »Ich wollte Ihnen auch ein Geständnis machen. Wir haben ihn beide geliebt, den Markus. Madamchen und ich. Das war schlimm. Versprechen Sie mir, dass Sie den Täter fassen. Er muss büßen. Versprechen Sie mir das.«

»Ich verspreche es«, sagte Malbek und berührte sie sacht an der Schulter. Sie betrat den Fahrstuhl, gerade rechtzeitig, bevor die Kabinentür sich wieder schloss.

Er wartete, bis die Leuchtziffern über der Tür den vierundzwanzigsten Stock anzeigten, und forderte den Fahrstuhl per Knopfdruck an. Als er unten ankam, war er leer.

Eine Viertelstunde später war Malbek auf der B 76 auf dem Weg nach Kiel. Er rief auf der Station an und fragte nach Dörte Schneider.

Mit einem Lächeln in der Stimme antwortete jemand: »Ja, sie ist oben angekommen.« Es war Dörte. Offensichtlich hatte sie neben dem Stationstelefon gesessen. »Grüßen Sie bitte Frau Hoyer von mir.«

18.

Auf der Weiterfahrt nach Kiel rief er bei der Reederei an und fragte nach Petra Lantau.

»Die arbeitet nicht mehr bei uns«, sagte die weibliche Stimme schnippisch. Sie zog das Wort »die« etwas zu sehr in die Länge.

»Seit wann?«

»Das weiß ich nicht so genau.«

»Verbinden Sie mich mit Herrn Geerdsen.«

»Einen Moment bitte!«

Malbek wurde in die Warteschleife geschaltet.

In dünner Tonqualität schwappte die Titelmelodie der Fernsehserie »Die Onedin-Linie« als Warteschleifenmusik in sein Ohr. Malbek rechnete nach. Das lief Anfang der siebziger Jahre im Fernsehen. Er kämpfte sich damals durch die Schulzeit und identifizierte sich manchmal mit dem Kapitän und Reeder James Onedin, der Ende des 19. Jahrhunderts allen Stürmen des Lebens trotzte. Axel Molsen hatte damals wohl als hoffnungsvoller Thronfolger seine ersten Berufserfahrungen im Familienunternehmen gemacht und musste in der Romantik dieses Serienschinkens fast ertrunken sein. Der Soundtrack eines Lebens. Nicht unsympathisch.

Malbek fragte sich, was Molsen als Warteschleifenmusik gewählt hätte, wenn er gewusst hätte, dass das Thema der Ballettmusik eines armenisch-kaukasischen Komponisten »entliehen« war?

Mittlerweile musste die »Onedin-Linie« nach kurzer Wetterberuhigung angesichts eines aufziehenden Sturms die Segel reffen. Das Orchester nahm einen neuen Anlauf.

Wahrscheinlich ließ sich Geerdsen jetzt von der Telefonistin erzählen, was der Kommissar denn wollte und was sie denn geantwortet hätte, und ermahnte sie, dass sie besser den Mund gehalten hätte, da sie doch die dienstliche Anweisung kenne, derartige Anfragen sofort an ihn weiterzugeben. Und vielleicht kontaktierte Geerdsen noch schnell seinen Chef. Die Sache schien irgendwie heiß zu sein.

Malbek überlegte, ob er nicht auflegen und zur Reederei fahren sollte. Aber die Zeit war ihm zu schade. Er hatte das Gefühl, dass er etwas übersehen hatte, nicht nur Madamchen.

Geerdsen meldete sich endlich.

»Es tut mir leid, Herr Malbek, wir sind gehalten, am Telefon keine Auskünfte über Personalangelegenheiten zu erteilen. Ich weiß ja gar nicht, ob Sie wirklich Kommissar Malbek sind, vielleicht ist es jemand von der Gewerkschaft, der mich hereinlegen will«, sagte er knarrend.

»Verbinden Sie mich mit Herrn Molsen«, sagte Malbek.

»Äh, einen Moment.«

Wieder ertönte die »Onedin-Linie«. Das Schiff schien inzwischen einen Mast verloren zu haben. Geigen wimmerten, Becken schepperten, Trommeln wirbelten. Mrs Onedin war sicher überraschend auf Deck erschienen und klammerte sich an ihren Mann, der entschlossen Befehle in die Segel schrie.

Die Musik brach ab.

»Ich konnte Herrn Molsen leider nicht erreichen«, sagte Geerdsen. »Aber ich habe nachgesehen. Wir haben Frau Lantau vor zwei Tagen aus betriebsbedingten Gründen kündigen müssen. Wir müssen Einsparungen in allen Bereichen machen.«

»Frau Lantaus Adresse?«

»Wenn Sie von der Gewerkschaft sind, dann müssten Sie –«

»Mann, hören Sie auf, Sie wissen doch ganz genau, dass ich es bin! Ich kriege Sie wegen Behinderung der Ermittlungen dran, Sie Kasper, und alles, was mir noch einfällt und was ich noch im Laufe der Ermittlungen in Ihrem Laden an Dreck finde … Sie haben mich bisher nur als Menschenfreund erlebt, aber …«

»Langer Rehm 32. In Kiel.«

Dörte wohnte Langer Rehm 30.

»Wo arbeitet Frau Lantau jetzt?

»Das weiß ich nicht. Wir haben ihr ordnungsgemäß eine Arbeitsbescheinigung für die Arbeitsagentur ausgestellt. Sie muss sich ja sofort arbeitslos melden, sonst verliert sie ihre Ansprüche auf Arbeitslosengeld.«

»Ihre fürsorgliche Art rührt mich, Herr Geerdsen. Kannten Sie Frank Bönig?«

»Kannten? Wieso?«

»Er wurde gestern ermordet. Auf Sylt. Er hat mit Ihrem Chef Geschäfte gemacht. Schönen Gruß an Herrn Molsen.« Malbek beendete das Gespräch.

Er rief Harder an und gab ihm die Anweisung, herauszufinden, welchen Arbeitgeber eine Petra Lantau habe, zuletzt wohnhaft im Langen Rehm 32 in Kiel. Falls sie schwarzarbeite, könnte es natürlich länger dauern. Anderenfalls würde es vielleicht Minuten dauern, denn im Umgang mit Behörden machte Harder seinem Namen alle Ehre.

Er rief nach zwölf Minuten zurück. Petra Lantau war wohnhaft gemeldet im Langen Rehm 32. Sie arbeitete in einem Restaurant am Adolfplatz.

Malbek kannte die Lokalität. Sie lag zwischen Uni-Viertel und den Straßen am Düsternbrooker Gehölz und nannte sich »Kneipe-Restaurant Weber«. Dort hatte er oft mit seiner damaligen Freundin abends Pizza gegessen, als er zur Ausbildung in Altenholzstift war. Weber war der Name des damaligen Pächters, der jeden Sonntag selbst in der Küche stand und regionale Spezialitäten nach Saison zubereitete. Malbek konnte sich an Kieler Fördepfanne, Probsteier Hasenkeule und Falschen Hasen nach Laboer Art erinnern. Das war in einem anderen Leben.

Der Name und das sogenannte Ambiente hatten sich nicht geändert: in dunkel gealtertem Holz getäfelte Wände, grob gehobelte Tische und unbequeme Gartenstühle.

Der Laden brummte. Der Geräuschpegel war erheblich. Aus mehreren Lautsprechern über der Theke hörte man das Radioprogramm von Nordfun, das die Gäste bei ihren Gesprächen zu übertönen versuchten.

Er fand einen freien Tisch an den Fenstern gegenüber der Theke. Als er nach der Speisekarte griff, baute sich ein Kellner mit fleckiger Schürze neben ihm auf und wies ihn darauf hin, dass dies ein Tisch für vier Personen sei, ob er noch jemanden erwarte. Malbek sah ihn schweigend an. Daraufhin bat ihn der Mann »höflichst an den freien Tisch dort drüben, vielen Dank für Ihr Verständnis«. Er wies zu einem Tisch mit zwei Stühlen, der neben den Toilettentüren stand.

Der Kellner wartete, bis Malbek sich erhob, und eilte mit entschlossenen Schritten zurück hinter die Theke. Ein spitznasiger Mann mit schulterlangem, schütterem Haar flüsterte ihm ins Ohr. Eine Kellnerin mit vollem Tablett schob sich an ihnen vorbei.

Es war Madamchen. Der Kellner sagte ihr etwas, sie nickte. Sie servierte am übernächsten Tisch. Statt weißem Schürzchen, weißer Bluse und schwarzem Rock trug sie ein übergroßes dunkelblaues Sweatshirt mit dem Aufdruck »Weber« und einen kurzen dunklen Rock. Sie wirkte genauso wie in Molsens Arbeitszimmer, professionell, aber mit natürlicher Eleganz und Stolz, als serviere sie große Kochkunst.

Sie stand plötzlich vor ihm und sah ihn irritiert an.

»Ja, ich bin's«, sagte Malbek. »Der Kommissar, den Sie bei Ihrem ehemaligen Chef gesehen haben. Ich führe die Ermittlungen im Mordfall Markus Peters, aber das hatte sich wohl schon in der Reederei Molsen herumgesprochen.«

»Was wollen Sie hier?«

»Lassen Sie mich erst etwas bestellen. Der Schnösel hinter der Theke sieht schon hierher. Eine Scholle naturell, bitte, mit einem kleinen griechischen Salat. Und ein kaltes Selters.«

Es dauerte fast zwanzig Minuten. Malbek beobachtete die Menschen um ihn herum, aber vor allen Dingen Madamchen. Sie verschwand mehrfach in der Tür zur Küche. Sonst hätte es wohl eine Stunde gedauert.

Die Scholle naturell war paniert, im Tiefkühlfach ausgetrocknet und roch nach Motoröl. Am Tellerrand ein ekliger Klecks grellweißen Kartoffelsalats. Er schob den Teller weg. Sie sah es und kam an seinen Tisch.

»Ich habe heute Vormittag Dörte besucht«, sagte Malbek. »Können wir uns irgendwo in Ruhe unterhalten?«

»Gucken Sie ein bisschen ärgerlicher. Dann denkt das Babyface hinter der Theke, dass Sie sich beschweren wollen. Das ist normal und interessiert ihn nicht.«

»Wer ist das Babyface?«

»Der Typ, der Sie von dem besseren Tisch verjagt hat. Er nennt sich ›Chef de Rang‹, aber das Wort kennt hier keiner beim Personal. Er kümmert sich nur um die Gäste, wenn sie nicht so wollen, wie der Chef es will.«

»Und wer ist der Chef?«

»Der Spitznasige mit dem dünnen Haar. Der immer um seinen Chef de Rang herumgeifert. Manchmal denke ich, die mögen sich und wissen es nur noch nicht. Aber er hat ja auch noch ganz andere Probleme.«

»Was für Probleme?«

»Erzähl ich Ihnen gleich. Zahlen Sie, sonst steht er gleich neben mir und pöbelt.«

Malbek zahlte.

»Warten Sie auf mein Zeichen«, sagte sie und gab ihm sein Wechselgeld. »Wenn ich Ihnen zunicke, treffen wir uns am Hinterausgang. Wenn ich den Kopf schüttele, komm ich hier erst gegen halb zwei Uhr nachts raus.«

Sie nahm seine Bestellung wieder vom Tisch und brachte sie in die Küche zurück. Malbek nippte an seinem warmen Selterswasser. Der Chef de Rang sah triumphierend zu Malbek hinüber. Wahrscheinlich kam die arme Scholle gleich wieder ins Pommesfett.

Als Madamchen wieder aus der Küche kam, sprach sie mit dem Chef und nickte Malbek unauffällig zu.

Der Hinterausgang ging auf die Wilhelmshavener Straße, die über einen kleinen Hof zu erreichen war. Drei stinkende Mülltonnen mit Essensresten standen direkt neben der Tür.

Madamchen steckte sich eine Zigarette in einer silbernen Zigarettenspitze an. Die Glut der Zigarette tauchte ihr Gesicht und ihre schlanken Hände für einen Augenblick in intime Schönheit.

»Haben Sie eine Pause bekommen?«, fragte Malbek.

»Nein, ich habe die Wache mit Susu getauscht. Sie ist erkältet.«

»Wache?«

»Chef Spitznase ist auf der Flucht vor seiner Freundin. Die kommt alle paar Tage und macht ihm eine Szene. Er braucht einen Wachposten, der ihm das meldet. Sie kommt immer die Feldstraße lang. Dann muss ich ihn warnen.«

»Schlägt sie ihn? Was ist da los?«

»Vor zehn Jahren haben sie den Schuppen hier zusammen gepachtet. Richtig mit Vertrag und Firmengründung. Irgendwann ist er mit den Zahlungen an sie in Rückstand gekommen. Seitdem kommt sie alle paar Tage in den Laden und macht ihm eine Szene. Er gibt ihr etwas Geld, und sie geht wieder. Ich glaube inzwischen, die beiden brauchen das. Sie kommt hierher, um ihn zu sehen. Eine Beziehung der besonderen Art.«

»Wieso stehen Sie Wache? Damit er rechtzeitig flüchten kann?«

»Eben nicht. In dem Moment, in dem man es ihm sagt, dass sie im Anmarsch ist, versteckt er sich im Keller. Sie sucht ihn dann im Keller. Richtig pervers ist das. Aber eigentlich sind sie beide arme Schweine. Finden Sie nicht auch? Sagen Sie mal was dazu! Sie stehen einfach nur da und starren mich nur an!« Sie lächelte.

»'tschuldigung, aber das ist wirklich eine irre Beziehungskiste. Aber deswegen bin ich ja gar nicht gekommen.«

»Was haben Sie da an der Nase?«

»Dörte hat es erraten. Jedenfalls ungefähr. Fragen Sie bei Ihrem nächsten Besuch danach. Sie darf es Ihnen erzählen.«

Sie zog ihren Mantelkragen hoch.

»Sie frieren«, sagte Malbek. »Ich hab da auf der anderen Straßenseite meinen Wagen stehen, da ist es wärmer, und Sie können auch rechtzeitig sehen, ob Spitznases Frauchen kommt.«

»Nee, lieber nicht. Wenn ich ihm nicht rechtzeitig Bescheid sage, bin ich auch diesen Job los.«

»Warum hat Sie Molsen gefeuert?«

»Er wurde übergriffig, und ich hab ihn in die Eier getreten. Wenn ich mich recht erinnere, hab ich ihm eine gescheuert.« Sie lachte auf. »Er sah aus wie ... ja, wirklich wie ein dummer Junge.

Geerdsen hat mir geraten, selbst zu kündigen. Sonst würden sie mir Schwierigkeiten machen. Aber dann hätte ich ja die Kohle vom Arbeitsamt nicht bekommen. Also haben sie mir aus betrieblichen Gründen gekündigt. Woher wissen Sie überhaupt, dass ich hier arbeite? Von Dörte?«

»Das Arbeitsamt sagte mir, man hätte Sie hierher vermittelt.«

»Vermittelt? Quatsch. Das hab ich mir selbst gesucht. Ich musste es melden. Und das verbuchen die als erfolgreiche Vermittlung. Aber egal. Was ich nicht verstehe, ist ... ich hatte bei der Reederei schon vier Jahre gearbeitet. Molsen hat mich kaum angeguckt. Und plötzlich reißt er mich an sich und will mich flachlegen. In seinem Zimmer. Auf dem Sofa unter dem Bild eines Urahnen. Er wollte mich vergewaltigen. Der ist plötzlich durchgeknallt.«

»Wann war das?«

»Vorgestern. Zwei Tage nachdem Markus gefunden worden war. Komisch, nicht?«

»Warum verklagen Sie die Reederei nicht vor dem Arbeitsgericht und zeigen Molsen an?«

»Was bringt mir das? Das glaubt mir doch keiner. Und es kostet Geld. Und vielleicht liege ich dann auch eines Tages tot am Kanalufer. Ich mach das hier nur, bis ich wieder was Gediegenes finde. Ich muss neu anfangen.«

»Sie haben gar nicht gefragt, wie es Dörte geht.«

»Sie hat mich angerufen, als Sie weg waren.«

»Okay, ich hätte es mir denken können. Sie hat mir erzählt, dass Sie beide Markus geliebt haben.«

Sie lachte auf. »Okay, ich hätte es mir denken können. Hat Sie Ihnen auch gesagt, dass er uns auch geliebt hat? Dörte und mich?«

»Nein.«

Sie griff in ihre Ledertasche, blätterte in einem kleinen Fotoalbum, hielt inne und reichte es ihm.

»Hier diese beiden Fotos«, sagte sie. »Links, das war vor vier Jahren auf Teneriffa, und rechts das Foto ist drei Jahre alt. Mallorca, auf dem Flughafen, in so einem Passfoto-Automaten.«

Er hielt die Fotos ins Licht der Straßenbeleuchtung. Auf dem Automatenfoto waren die Mädchen völlig überdreht, mit großen Augen und runden Mündern je auf eine von Markus' Backen, der ernst in die Kamera sah. Auf dem anderen Foto saßen sie in einem Restaurant, die Stühle dicht aneinandergerückt, die Mädchen sahen ihn an, er sah nach links, zu Dörte, besorgt und fragend. Malbek betrachtete wieder das andere Foto, auf dem Markus in die Kamera sah, direkt in Malbeks Augen, als Madamchen ihm das kleine Album plötzlich aus der Hand nahm.

»Das am Tisch hat der Kellner gemacht«, sagte sie und steckte es zurück in die Tasche, hielt inne, holte es wieder heraus und blätterte suchend.

»Hier.« Sie hielt ihm ein Foto vors Gesicht, ohne das Album aus der Hand zu geben. Markus stand am Heck eines Schiffes und sah hinunter zum Kai. Man konnte den Namen des Schiffes lesen, es war die »Christian Molsen«.

»Ich hab es auf dem Schleusenkai gemacht. Er hatte keinen Landgang und ist nach Bremerhaven weitergefahren.«

»Wann?«

»Vor zwei Wochen.«

Das letzte Foto. Sie steckte das Album in die Tasche und zog den Reißverschluss fest zu.

»Glauben Sie mir jetzt?«

»Ich habe Ihnen auch ohne die Fotos geglaubt.«

Sie lächelte ihn verschmitzt an. »Ich würde gerne wissen, was Dörte so alles geplaudert hat. Sie hat Vertrauen zu Ihnen. Das hat sie mir heute am Telefon gesagt. Und das, obwohl Sie doch derjenige sind, der sie in die Klinik gebracht hat.«

»Wie kommen Sie denn darauf?«

»Dörte hat mir alles erzählt. Das Mindeste, was Sie verdient hätten, wäre eine kräftige Ohrfeige. Aber Dörte war wohl noch zu schwach. Und ich hatte etwas Zeit, darüber nachzudenken. Sie haben einfach Glück gehabt.«

»Es geschehen Zeichen und Wunder«, sagte Malbek und sah zum Himmel.

»Na ja, Dörte hat wohl tatsächlich recht, Sie haben so etwas Gebrochenes. Das gefällt ihr. Aber bilden Sie sich ja nichts darauf ein!«

Er sah sie lächelnd mit hochgezogenen Augenbrauen an. Eine Polizeisirene heulte von der Holtenauer Straße herüber.

»Aber was ich eigentlich sagen wollte ... Dörte und ich, wir mögen glatte Typen nicht, die ohne Ecken und Kanten, die nur funktionieren. So verschieden wir sind, Dörte und ich, wir haben viele Gemeinsamkeiten. Und das hat auch Markus gemerkt. Ein Grund, warum wir ihn beide geliebt haben. Und er uns beide. Das hat sie Ihnen nicht gesagt.«

»Nein. Das hat sie mir nicht gesagt.«

»Markus war sensibel und empfindsam wie eine Frau. Er funktionierte nicht wie die anderen Männer.«

Malbek holte Luft, um etwas zu sagen.

»Nein, fragen Sie nicht, ich kann das nicht weiter erklären.«

»Könnten Sie sich vorstellen, dass Markus seinen Mörder erpresst hat? Brauchte er Geld?«, fragte Malbek.

»Herr Malbek, wer braucht kein Geld? Aber natürlich, für Dörte und mich hätte er alles getan. Nur: Ich habe immer genug bei der Reederei verdient. Und er auch, das reichte für uns drei, wenn es Dörte so schlecht ging, dass sie nicht arbeiten konnte. Nein, das kann sich kein Mensch vorstellen, wie das mit uns war. *Geld* war nie unser Problem. Dörtes Krankheit war unser Problem. Aber das konnten wir nicht mit Geld lösen.«

»Wusste Molsen von Ihrem Verhältnis zu Markus?«

»Ich habe niemandem in der Reederei etwas davon gesagt, auch nicht Molsen. Ich kann aber nicht ausschließen, dass uns jemand in der Firma einmal irgendwo gesehen hat, wie wir uns geküsst haben.«

»Der es dann Molsen erzählt hat?«

Sie schwieg. Stellte sich auf die Zehenspitzen und sah die Straße entlang.

»Vielleicht.«

»Hat Molsen Markus umgebracht?«, fragte Malbek.

»Ich weiß es nicht.«

»Hat Markus mal etwas über Klaipėda erzählt?«

»Der Containerhafen in Estland, Lettland oder so? Er hat uns immer seine Schiffsrouten erklärt. Daher kenn ich den Namen.«

»Er soll sich nach einem Aufenthalt in Klaipėda verändert haben.«

»Wer sagt das?«

»Dörte bei der ersten Befragung. Kurz nach dem Mord.«

»Dörte hat immer Angst um ihn gehabt. Sie wollte nicht, dass er zur See fährt. Immer wenn er wiederkam, hat sie mich gefragt, ob er sich nicht verändert hätte. Und ich hab mit ihr darüber geredet, dass es tief sitzende Ängste sind, die es ihr vorgaukeln. Und wenn Sie das Thema bei ihrer Befragung nach dem Mord angeschnitten haben ... Kein Wunder.«

»Und Henning hat das erzählt. Henning Schlömer.«

»Ich mag Henning nicht, ich hab ihn nur einmal gesehen und wusste sofort, dass ich ihn nicht mag. Ich weiß nicht, warum. Mehr kann ich zu dem Typ nicht sagen.«

»Haben Sie sonst irgendeinen Verdacht? Irgendein Erlebnis? Irgendetwas?«

Sie schüttelte den Kopf. »Eigentlich ... doch, da ist etwas. Es fiel mir ein, nachdem ich bei Dörte gewesen war. Mein Golf hatte wieder eine Fehlzündung, als ich losfuhr. Ich hatte mich furchtbar erschrocken, als ich das Knallen hörte. Vorige Woche habe ich noch darüber gelacht.«

»Was ist Ihnen eingefallen?«

»Wir haben uns mal zufällig auf der Chefetage im Flur getroffen. Markus war bei Geerdsen gewesen, dem Personalchef. Und hatte sich über seine Ausbildung beschwert, und Geerdsen hatte ihm versprochen, dass er sich persönlich kümmern werde. Er hat Markus auch gleich eine fertige Vereinbarung gezeigt, dass er seine theoretische Ausbildung in Rostock im November macht, er bräuchte sich nur zu Jahresanfang entscheiden. Das war natürlich ein Bonbon für Markus, damit er Ruhe gibt. Ja, als er unterschrieben hatte, haben wir uns auf dem Flur getroffen. Ich hatte gerade im Besprechungszimmer der technischen Abteilung die Getränke bereitgestellt. Wir wollten zum Fahrstuhl, da öffnete sich das Chefzimmer, und Molsen verabschiedete einen Besucher. Den Mann hatte ich schon einmal gesehen. An der Rezeption redeten sie von ihm als ›Bankberater‹. Obwohl er das gar nicht war, die kannte ich nämlich alle. Von einem Fonds war die Rede, also irgendeine Mauschelei.«

Sie hielt inne.

»Ja, der kam also aus dem Zimmer ...«, fuhr sie zögernd fort, »... und sah uns an. Vor allen Dingen mich. Markus verkrampfte sich. Und da sah der Mann ihn an. Spöttisch. Abfällig. Dann war der Mann auch schon an uns vorbei und im Fahrstuhl. Das war alles.«

»Und Sie wissen nicht mehr, wie der Mann hieß?«

»Nein.«

»Würden Sie ihn wiedererkennen?«

»Vielleicht.«

»Ich werde eine Mitarbeiterin mit Fotos von zwei Männern schicken. Sagen Sie ihr, ob der Mann vom Flur dabei ist. Wie sind Ihre Arbeitszeiten?«

»Täglich zwölf Uhr mittags bis Mitternacht und später. Und einer von beiden ist der Mörder?« Madamchen stellte sich wieder auf die Zehenspitzen und sah die Straße hinunter. Malbek hätte sie gern angehoben, aber er traute sich nicht.

»Möglich.«

»Sie kommt!« Madamchen zog die Zigarette aus der Spitze und drückte sie am Boden aus. »Der grüne BMW. Ich muss rein und ihm Bescheid sagen. Hier.« Sie drückte ihm eine Visitenkarte in die Hand und lief zur Hintertür.

»Haben Sie sich mit Markus nicht darüber unterhalten? Ich meine, über den komischen Typen auf der Chefetage?«, rief er ihr nach.

Sie wandte sich um, die Klinke schon in der Hand.

»Nein, warum hätten wir das machen sollen? Es war doch unwichtig«, rief sie ihm zu. »Ich hätte Ihnen das gar nicht erzählen sollen. Es ist nur ... weil ich nach einer Erklärung suche, die ganze Zeit.«

»Wollen Sie nicht in den Polizeidienst gehen?«

»Wenn Sie eine gediegene Kantine haben, vielleicht!« Sie winkte ihm noch zu und ließ die Tür hinter sich zufallen.

Gediegen konnte man die Polizeikantine nicht nennen. Aber was meinte sie eigentlich mit »gediegen«?

19.

Malbek hatte Hunger, und er unterbrach seine Fahrt und bog in Eckernförde zum Hafen ab. Er hatte Glück. Rechts neben der Holzbrücke zur ehemaligen Siegfriedwerft standen Leute am Kai, die frischen Fisch vom Kutter kauften. Scholle war aus, hieß es, aber Dorsch, ja, er habe endlich Dorsch wieder dabei, sagte der Fischer. Die EU-Quote sei endlich aufgehoben, der Dorsch habe sich wieder erholt.

Malbek kaufte drei große Dorsche. Der Fischer schlitzte den Fischen mit einem großen Messer den Bauch der Länge nach auf, griff die Eingeweide mit seinen Gummihandschuhen aus der Öffnung und warf sie in einen blutigen Eimer. Möwen umkreisten abwartend die Anlegestelle. Sie ließen den Menschen den Vortritt.

»Für Sie zehn Euro«, verkündete der Fischer und reichte Malbek in einer Plastiktüte die Fische auf dem Kai.

Malbek fuhr auf die gegenüberliegende Seite der Förde, parkte am Jungmannufer und öffnete Tür und Fenster. Er briet einen halben Dorsch sehr heiß in der Pfanne an, stellte den Fisch anschließend warm. Je einen Teelöffel roten Traubenessig und Apfelessig fügte er dazu und rührte den Sud zu einer milden Senfsauce. Malbek wusste, dass er kein Salz brauchte. Nur ein fangfrischer Fisch trug den Geschmack des Meersalzes noch in sich, nach einem Tag im Kühlschrank war er verflogen. Danach kochte er die Sauce auf die Hälfte ein. Noch eine Handvoll feste Bio-Kartoffeln in etwas Wasser mit frisch gemahlenem Pfeffer gekocht, auch ohne Salz. Fertig.

Es war der Himmel.

Und hier, am Jungmannufer in Eckernförde, hatte man den schönsten Blick über die Innenförde zum Strand, auf dem die ersten Strandkörbe ins Winterquartier geholt wurden.

Dieses Jahr legte der Herbst plötzlich eine spätsommerliche Episode ein. Die Sonne stand schon tief, brannte aber noch auf der Haut. Ein Ausflugsschiff verließ den Hafen, über dem Heck einen Pulk kreischender Möwen hinter sich herziehend. Ein Fischerboot kehrte spät heim und hinterließ auf dem Weg in den Hafen eine glitzernde Wellenspur. Eine Seemeile nordöstlich sah Malbek an den Molen des Marinestützpunkts U-Boote, Fregatten, Tender und Versorgungsschiffe aus grauem Stahl, denen auch die Sonne keine Wärme entlocken konnte. Über den Dächern der Fördestadt stemmte sich der kleine Turm der Nicolaikirche als tapferer Dachreiter Richtung Westen, der überwiegenden Windrichtung, den Stürmen entgegen.

Den Spaziergängern in der Nähe des Wohnmobils war der Duft des Dorsches mit Senfsauce in die Nase gekrochen. Sie vertieften sich in ein Gespräch, ob man nicht in das Gartenrestaurant Seeblick an der Ecke Vogelsang einkehren sollte.

Ja, er hatte es vergessen. Oder verdrängt. Dort hatte er mit Jette an einem lauen Sommerabend draußen Dorsch gegessen, und sie hatten sich anschließend auf dem gegenüberliegenden Parkplatz im Auto intensiv geküsst. Nach fünf Minuten waren sie zu ihr gefahren. Das war eine Ewigkeit her.

Außerdem fiel ihm ein, dass die zweieinhalb Dorsche in seinem Pantrykühlschrank, der nur bis sieben Grad herunterkühlte, üblicherweise noch am selben Abend in Jettes Tiefkühlschrank gelandet wären. Er besaß einen Hausschlüssel zu ihrer Kate, falls sie, wie so oft, noch in der Redaktion arbeiten musste.

Sie hatte seit gestern Abend dreimal auf seinem Diensthandy und viermal auf dem Privathandy angerufen. Keine SMS wie sonst. Sie wollte ihn also »persönlich« sprechen. Er hatte nur Sophies Anruf angenommen und ihr versprochen, dass er bis übermorgen wüsste, wann sie nach England fahren könnten.

Er konnte den Gedanken, mit Jette sprechen zu müssen, nicht ertragen. Würde Lüllmann bei der Vernehmung durch Lüthje Jette erwähnen? Würde jemand auf die Idee kommen, dass einige der Fingerabdrücke in Lüllmanns Zimmer von Jette stammten? Würde ein Drogenhund in ihrer Kate fündig werden?

Egal. Für den fangfrischen Fisch würde ihm eine andere Tiefkühllösung einfallen.

Malbek kam eine halbe Stunde zu spät. Der Organist hatte schon mit seiner Demonstration begonnen und unterbrach sie mit genervtem Lächeln. Niemand fragte nach Malbeks zerkratzter Nase. Alle Vorstandsmitglieder des Orgelvereins sahen es und nahmen es kommentarlos zur Kenntnis. Wahrscheinlich hielt man es für Kampfspuren, die bewiesen, welchen Preis der Kommissar im Kampf um Recht und Ordnung zahlen musste. Stimmte ja auch.

»Gefällt mir sehr gut«, sagte Malbek wichtig, als ihm die fertige Werbebroschüre präsentiert wurde, die für den Erwerb von Orgelpfeifenpatenschaften der Marcussen-Orgel warb. Er nickte dem Organisten zu. Der Organist spielte einige nebeneinander angeordnete Register an, deren Orgelpfeifen, einzeln angespielt, klar ihren Ton wiedergaben. Danach spielte er sie in verschiedenen Harmonien zusammen. Es klang falsch. Der Organist meinte, dass die Pfeifen zu eng beieinanderstanden, möglicherweise durch altersbedingte Schrumpfung. Dadurch versetzten sie sich gegenseitig in Schwingungen, die man als Verstimmung empfinde. Nach all den Reparaturen müsse nun auch dies kostenaufwendig restauriert werden. Die Mitglieder des Vereinsvorstandes legten ihre Gesichter in kummervolle Falten.

»Die Orgelpfeifen benehmen sich wie Menschen, die nicht zusammenpassen«, sagte Malbek und sah hinunter ins Kirchenschiff. »Der Chor kommt, Sie entschuldigen mich.«

Der Vorsitzende des Orgelvereins erinnerte Malbek hastig mit vorgehaltener Hand an den Gedenkgottesdienst zu Ehren des Dompastors Malbek, als sei es ihm peinlich, einen Pastorensohn daran erinnern zu müssen. Malbek dankte ihm, wie schon in den vergangenen Jahren. Er hatte es bisher jedes Mal vergessen, besser gesagt verdrängt. Einen Beruf, der als Entschuldigung dafür herhalten konnte, hatte er ja. Man hatte wohl gemerkt, dass er mit den Gedanken woanders war, und entließ ihn, sich verständnissinnig und betont freundlich zunickend. Danach stiegen alle die enge Wendeltreppe hinab ins Kirchenschiff.

Die Kirchenbänke waren immerhin fast zu einem Drittel gefüllt, Menschen aller Altersgruppen, Familien mit Kindern, Schulklassen waren auch dabei.

Der Göteborgs Ungdomskör hatte sich auf der Nordseite des Mittelschiffs, direkt vor den Sitzbänken, in zwei Halbkreisen aufgestellt. Sie ließen die Blicke im Kirchenschiff schweifen, als versuchten sie, die schlichte Pracht des Kirchenschiffes in sich aufzunehmen, um ihrem Gesang Kraft und Glanz zu verleihen.

Die Chorleiterin hob beide Arme, öffnete den Mund zu einem unhörbaren Laut, und auf eine kaum wahrnehmbare Bewegung ihrer rechten Hand begann der Chor.

Auf der Programmankündigung hatte Malbek schon vor Wochen gelesen, dass sie zuerst den Choral »Immortal Bach« singen würden. Nur deshalb war er gekommen.

Sein Vater hatte die Komposition verehrt. Seine Mutter fand sie banal. Einer von vielen Anlässen zu erbittertem Streit. Es war das Einzige, was ihn mit seinem Vater verbunden hatte, aber auch darüber hatten sie nie geredet und sich stattdessen den zahlreichen, viel ergiebigeren Meinungsverschiedenheiten gewidmet.

»Immortal Bach« war eine Komposition des Norwegers Knut Nystedt, nach einem Lied von Johann Sebastian Bach. Die erste Zeile des Liedes lautete: »Komm, süßer Tod! Komm, sel'ge Ruh! Komm, führe mich in Friede.« Dieser Satz wurde zunächst traditionell gesungen, so wie man es sich bei einem Bach singenden Chor vorstellte. Danach wurde jeder Buchstabe, Vokal und Konsonant, des Satzes gedehnt und in neue Harmonien gekleidet.

Schon als Kind hatte Malbek es so empfunden, als ob eine Lupe über diesen unheimlichen Satz in einer in Geheimschrift verschlüsselten Botschaft fuhr, dabei eine weitere Geheimschrift sichtbar wurde, die in die Unendlichkeit verwies. Viel später bemerkte er, dass dieser Gedanke seine Arbeit als Ermittler beschrieb. Er versuchte, Spuren und Vernehmungsprotokolle richtig zu deuten, und fand dabei tausend Gründe, einen Menschen zu töten. Aber nicht den Grund, warum es nie aufhören würde.

Und so wie damals als Kind und später als junger Mann, der

viele depressive Phasen durchlebt hatte, ging Malbek jetzt mit langsamen Schritten im Seitenschiff einem Takt nach, den nur er bei diesem Chorwerk hören konnte, seinem Herzschlag. Er fühlte einen Moment seinen Puls und nahm den Rhythmus in seine Schritte auf.

Hinter dem Brüggemann-Altar setzte er sich auf den kalten Boden und lehnte sich mit dem Rücken an die altersbraunen Hölzer.

Hier war das Versteck, in dem er sich als Kind und junger Mann ausheulen, in dem er träumen und schlafen konnte.

Nachdem er die Augen geschlossen hatte und die Stimmen des Chores ihn wie sanfte Wellen umgaben, sah er sie alle vor sich, merkwürdigerweise an den Ufern eines unbekannten Flusses. Am gegenüberliegenden Ufer sah er Manuela Bönig, Axel Molsen, Regina, Lüllmann. An seinem Ufer waren Dörte, Madamchen, Henning und Markus. Er versuchte, sich auf Markus zu konzentrieren. Malbek begriff, dass seine Passbilder in der Ermittlungsakte, die Fotos, die Madamchen ihm gezeigt hatte, dass alle Fotos etwas gemeinsam hatten, was ihm bisher nicht aufgefallen war. Ein junger Mann, der noch nicht den Glauben an Gerechtigkeit im Leben verloren hatte, der Ideale und Illusionen hatte. Es war kindliche Ahnungs- und Arglosigkeit dem Leben gegenüber, die sein Blick ausstrahlte. Und die ihn das Leben gekostet hatte.

Als Malbek durch das Kirchenschiff zurückging, verschwanden aus den vom Chor geflochtenen Harmonien zunächst hoffende Sopranstimmen, danach ernste, aber versöhnliche Altstimmen, bis ein letzter ahnungsvoller Bariton vor den unerbittlichen Bassstimmen floh und ihnen das Ende überließ. Sie schwebten dicht über dem steinernen Boden des Kirchenschiffs und folgten Malbek, auch als er vorsichtig die Tür des Petri-Portals hinter sich geschlossen hatte.

Malbek war weiß Gott nicht naiv, und trotzdem hatte er die Lügen des Henning Schlömer erst jetzt durchschaut.

20.

Am nächsten Morgen betrachtete Malbek seine Nase ausgiebig mit der Vergrößerungsseite des Rasierspiegels. Erleichtert sah er die zunehmende Schorfbildung, und an einigen Stellen glaubte er bereits zu sehen, wie mehrere Quadratmillimeter neue Haut gewachsen waren. Keine Entzündungsherde, keine Eiterbildung. Glück gehabt. Die Reparaturfunktion seines Körpers schien den Kampf gegen die Zerstörungen erfolgreich aufgenommen zu haben.

Er entschloss sich, nur die Heilsalbe neu aufzutragen. Das Vollkornmehl ließ er weg. Bei Tageslicht deckte die Salbe/Mehl-Mischung die Kratzer zu, ließ ihn aber ständig gegen den Impuls kämpfen, sich die Nase zu reiben, einfach weil er das Gefühl nicht loswurde, Paniermehl im Gesicht zu haben.

Er hatte schlecht geschlafen, obwohl er einen ruhigen Parkplatz direkt hinter dem Dienstgebäude gefunden hatte. Vor dem Zubettgehen hatte er eine »Akte-X«-Folge zur Entspannung gesehen. Im Traum war er auf einem verschollenen Passagierdampfer der zwanziger Jahre im Bermudadreieck unterwegs gewesen. Auf der Flucht vor Jette, die ihn mit einer süßlich stinkenden Zigarettenspitze und Madamchens Pagenfrisur durch verräucherte Salons verfolgt und mit einer Unzahl futuristisch gestylter Handys nach ihm geworfen hatte. Da Jette durch die Zeit reisen konnte, tauchte sie immer dann vor ihm auf, wenn er glaubte, sie gerade hinter sich gelassen zu haben. »Ik bin all dor«, rief sie. Es war so wie in der Fabel vom Hasen und dem schlauen Igel, der den Hasen bei Rennen überlistete. Jette als stacheliger Igel? Malbek versuchte sich daran zu erinnern, wie die Fabel ausging, aber es wollte ihm nicht einfallen. Dass er sich vor der Auseinandersetzung mit Jette drückte, war ihm bewusst, aber warum er sie als Igel aus einer Fabel sah, wollte sich ihm nicht erschließen.

Es gab Tage, an denen er außer fürs Frühstück keine Zeit zum Essen hatte, und er fürchtete, dies würde so ein Tag werden. Da half nur Malbeks Kraftbrot. Es bestand aus zwei Schwarzbroten, die auf dem Teller nebeneinandergelegt wurden. Darauf kam eine fingerdicke Lage Tomatenmark. Im Quirl bereitete er sich eine Mischung aus einer Handvoll Walnüssen, Müsli ohne Zucker, zwei Esslöffeln Magermilchjoghurt ohne alles, einem Tropfen Kürbiskernöl, einem Apfel, einem Klecks hausgemachter Kirschmarmelade und einem halben Teelöffel Limetten-Chili-Chutney. Dies musste auf das Tomatenmark verteilt werden. Darauf legte er einen Matjes, Bismarckhering oder Rollmops. Der einzige Mensch, der das Kraftbrot auch gern aß, war seine Tochter Sophie.

Heute ließ er die hausgemachte Kirschmarmelade weg, weil sie von Jette war. Er hatte noch Orangenmarmelade im Kühlschrank.

Danach ging er in die Kantinenküche.

»Können Sie das für mich einfrieren?«

Kantinenchef Tratzinger sah prüfend auf die weiße Plastiktüte, die ihm Malbek entgegenhielt.

»Wenn Sie meine Tiefkühlschränke nicht als Zwischenlager für die Gerichtsmedizin nutzen wollen ...?«, sagte er zögernd mit gerunzelter Stirn.

»Fangfrischer Dorsch vom Eckernförder Kutter. Kein Straftatbestand in Sicht. Nur für ein, zwei Tage, ja?«

»Geben Sie schon her. Spätestens in sieben Monaten müssen Sie ihn aber abholen.« Er nahm die Tüte, ohne hineinzusehen.

»Okay. Aber wieso können Ihre Tiefkühlschränke nicht länger?«

»In sieben Monaten gehe ich in Rente. Ich mach vorher noch ein Abschiedsmenü.«

»Ich bin dabei, Herr Tratzinger!«

Malbek wandte sich zur Tür und blieb stehen.

»Ich werde Ihre Kochkunst vermissen. Entschuldigen Sie, ist denn überhaupt schon ein Nachfolger oder eine Nachfolgerin in Sicht?

»Nein. Man sucht noch. Es ist öffentlich ausgeschrieben. Aber bisher hat keiner angebissen.«

»Könnte sein, dass ich da jemanden habe.«

»Wen?«

»Eine Frau mit guter Ausbildung. Dabei weiß ich nicht einmal, was sie für Zeugnisse hat. Aber vielleicht haben Sie etwas anderes für sie. In ihrem gegenwärtigen Job ist sie nicht besonders glücklich. Einen Moment ...« Er suchte in seiner Jackentasche. »Hier ist ihre Karte.« Er las sie das erste Mal. »Hotelfachfrau. Notieren Sie sich die Telefonnummer, die Karte brauche ich noch.«

In seinem Postfach fand Malbek einen offensichtlich privaten Brief. Der Umschlag war auberginefarben und duftete nach Regina Molsen. Er schloss sich in seinem Dienstzimmer ein.

Lieber Herr Kommissar,
es tut mir so leid! Mea culpa! Können Sie mir verzeihen? Ich möchte Sie zu einem Versöhnungsmahl im »Seeigel« in Westerland, an der Kurpromenade, einladen. Man wird uns einen Tisch reservieren.
Heute um zwanzig Uhr? Schicken Sie mir eine SMS an die Nummer am Ende des Briefes, wann Sie kommen können. Ich erwarte Sie auf dem Parkplatz.
Ihre Regina Molsen

Kein Wort von der Ladung zur Zeugenvernehmung. In der Dienstpost fand er, wie gewünscht, eine Kopie. Von gestern, also auf seinen Anruf hin, sofort von Vehrs abgeschickt. Na gut, das würde ihr erst morgen oder übermorgen zugestellt werden.

Er rief bei der Reederei Molsen an und fragte, wo sich das Schiff mit dem Auszubildenden Henning Schlömer befinde und wann es wieder in deutschen Gewässern sei.

»Herr Schlömer ist in Urlaub«, sagte die Telefondame.

»Wo? Zu Hause? Hat er was gesagt? Wie lange?«, fragte Malbek.

»Aber in einer Woche ist er wieder da.«

»Schön«, sagte Malbek und legte auf.

Malbek rief das für seine Adresse zuständige Polizeirevier an und bat, dass sie nachprüften, ob ein Henning Schlömer in seiner Wohnung wäre, wenn ja, sollten alle vorhandenen Computer beschlagnahmt werden.

Er überlegte einen Moment. Dann rief er wieder bei der Reederei an. »Ich muss sofort Kapitän Stegemann von der ›Christian Molsen‹ sprechen. Verbinden Sie mich mit ihm.«

»Das Schiff ist auf der Rückfahrt von Finnland, Zielhafen Rotterdam. Dürfen wir Sie zurückrufen?« Man war ungewöhnlich höflich, geradezu freundlich.

Malbek rief Frerksen im Landeskriminalamt an.

»Hallo, Frerksen, haben Sie dem Notebook des Markus Peters etwas Interessantes entlocken können?« Malbek klemmte sich den Hörer zwischen Wange und Schulter und suchte sich aus einer Datenbank die Fotos der Personalausweise von Bönig und Lüllmann heraus, druckte sie aus und steckte sie in seine Jackentasche.

»Wenn Sie Bestellungen bei Computerläden, Korrespondenz in Internetforen über mobiles Internet an Bord und Selbstbau einer UMTS-Antenne, Urlaubsrecherchen Mallorca, Türkei und Teneriffa interessieren, dann ja!«, sagte Frerksen. »Ich habe alles durchgeforstet, alles, was ich auf der Festplatte an ungelöschten Dateien oder entsprechenden Resten davon gefunden habe, einschließlich Passwörtern und Decknamen. Aber nichts. Sauber wie ein Babypopo. Wenn er gerade sauber ist, Sie wissen schon. Na ja, das Einzige, was ungewöhnlich war: Es gab fast keine vom Betriebssystem gelöschte Dateien. Wenn man mal von den geleerten Caches und anderen programmimmanenten Vorgängen absieht. Festplatten sehen sonst anders aus.«

»Warum hat der Besitzer des Notebooks nie Dateien gelöscht?«

»*Fast*, hab ich gesagt, *fast* keine gelöschte Dateien. Jeder Mensch hat Geheimnisse. Ich habe da so etwas wie den Torso eines Tagebuches gefunden. Der Dateiname ›Lebensbilder‹ wird mehrfach verwendet. Aber jeder Eintrag brach nach wenigen Zeilen ab.«

»Worum ging's da?«

»Zwei Frauen haben ihn wohl sehr beschäftigt. Könnten aber auch Tarnnamen sein. Vor allem der Name ›Madamchen‹. Der andere Name war ›Dörte‹. Den Autor haben die Beziehungen zwischen den beiden Namensträgern beschäftigt. Und alle anderen denkbaren Beziehungsalternativen, so will ich es mal nennen, zu ihm und zu jeder Einzelnen oder zu beiden gleichzeitig und nacheinander. Könnte alles raffiniert codiert sein.«

»Wie eigentlich alles im Leben, nicht wahr?«

»Na ja, Philosophie ist nicht meine Profession«, sagte Frerksen.

»Wie funktioniert die mögliche Verschlüsselung, von der Sie sprachen?«, fragte Malbek.

»Es könnte eine geheimdienstliche Verschlüsselung sein, eine heute wieder gerne aufgegriffene Methode, die sich des umgangssprachlichen Vokabulars bedient und sich der Entschlüsselung durch Software entzieht. Es könnte aber auch schlicht und einfach ein schriftstellerisch begabter junger Mann sein, der seine Gefühlsverwirrungen literarisch verarbeitet.«

»Wozu tendieren Sie?«

»Zu Letzterem.«

»Ich hoffe, dass Sie recht haben. Wann kann ich mit Ihrem schriftlichen Bericht rechnen?«

»Ich hab Ihnen vorgestern einen vorläufigen Bericht rübergegeben. Kommissar Harder hat ihn sich angesehen und mich deswegen zurückgerufen. Ich bin davon ausgegangen, dass er Ihnen darüber berichtet hat.«

»Was hat Harder Sie gefragt?«

»Das Gleiche, was Sie gefragt haben. Zu welcher Theorie ich tendiere. Ich habe ihm gesagt, dass ich dazu nichts sagen könne, weil ich keine weiteren Details der Ermittlungen kenne. Er hat dann noch gefragt, um welches Fabrikat es sich denn bei dem Notebook handle.«

»Das heißt, Sie haben ihm auch Ihre Theorien, wie mir eben, dargelegt?«

»Ja. Habe ich mich falsch verhalten?«

»Nein, nein. Machen Sie sich keine Sorgen. Und Ihr vorläufiger Bericht liegt jetzt bei Kommissar Harder?«

»Na ja, ich denke, er sollte Ihnen das inzwischen weitergeleitet haben oder Ihnen das berichten. Herr Lüthje hat mir bereits ein weiteres Notebook angekündigt, das möglicherweise aus demselben Tatkomplex stammt. Sie wissen Bescheid, sagte er.«

»Schön wär's«, lachte Malbek. »Ich arbeite zusammen mit Lüthje an diesem Komplex. Aber …« Malbek machte eine Pause. »… ich hatte noch eine andere Frage, ich habe sie vergessen. Ich rufe heute Abend noch mal an. Ich muss wohl doch mehr Müsli essen.« Er lachte kurz auf. Das war der von Lüthje an Malbek weitergegebene Sprachcode, der für eine »Privataudienz« bei Frerksen zu verwenden war. Man musste für jeden Wochentag eine andere Speise nennen.

»Ja. Ich auch.« Frerksen lachte auch kurz auf. Das hieß: Okay, ich habe verstanden und warte auf Ihren Anruf auf der von Lüthje an Sie mit meinem Einverständnis weitergegebenen Geheimnummer.

Malbek hasste dieses paranoide Getue.

Harder sah erschrocken auf, als Malbek, ohne anzuklopfen, plötzlich vor seinem Schreibtisch stand.

»Hallo, Herr Malbek, wie … wie war's auf der Insel der Schönen und Reichen?« Harder blieb sitzen.

»Herr Kommissar Harder …« Malbek stützte beide Arme auf die Schreibtischplatte und sprach so leise, dass Harder sich vorbeugen musste, um ihn verstehen zu können. »Können Sie sich an meine Anweisung erinnern, dass alle Berichte, und seien sie Ihrer werten Meinung nach auch noch so vorläufiger Natur, mir umgehend zur Kenntnis gebracht werden müssen, auch in meiner Abwesenheit? Im Zeitalter der neuzeitlichen Nachrichtenübertragung haben Sie die Auswahl zwischen Mobiltelefonen und Festnetztelefonen, SMS, Fax, oder E-Mail.«

»Herr Malbek, ich …«

»Herr Kommissar Harder, Herr Frerksen sagte mir, dass er den vorläufigen Bericht schon vorgestern an mich beziehungsweise uns geschickt hat. Ist das richtig?«

»Ja, das ist korrekt.«

»Es ist löblich, dass Sie sich sofort auf das Papier gestürzt haben und Herrn Frerksen anriefen, um ermittlungsrelevante Fragen mit ihm zu vertiefen. Aber es ist tödlich, dass Sie es unterlassen haben, mich davon in Kenntnis zu setzen.«

»Ich hatte den Eindruck, dass es nicht brandeilig war.«

»Es gab meine klare Anweisung. Und es gab Ihren ... *Eindruck*, wie Sie das nennen. Was, glauben Sie, hatte Vorrang?«

»Nach meiner Einschätzung wäre es nicht notwendig gewesen, Sie umgehend davon zu unterrichten. Frerksen hat mir bestätigt, dass es sich bei den Notizen auf der Festplatte nur um das Liebesgeschwafel –«

»Frerksen ist also schuld!« Malbek lachte laut auf. »Nur deshalb haben Sie ihn angerufen! Außerdem zitieren Sie Frerksen falsch. Kommissar Harder, ich werde Sie ...«

Harders Gesicht verzog sich zu einem füchsischen Grinsen. »Nicht mehr nötig, Herr Malbek. Ich gehe nächste Woche zum Betrugsdezernat. Hauptkommissar Perlenbach erwartet mich schon. Mit Schackhaven ist das auch schon abgeklärt.«

»Wann haben Sie das eingefädelt?«

»Gleich nach unserer vorletzten Meinungsverschiedenheit ...«

»Dörte Schneider.«

»Korrekt.«

»Haben Sie Hoyer und Vehrs informiert?«

»Nein. Warum?«

»Sie sind auch noch ein Kollegenschwein, Harder!«

Malbek schlug die Tür hinter sich zu.

Die Sache mit der Unterschlagung des Berichts hatte Harder natürlich inszeniert. Um dann Malbek, sozusagen als Höhepunkt, in der unausweichlichen Auseinandersetzung zuvorzukommen. Er wollte Malbek nicht den Triumph überlassen, ihn aus seinem Kommissariat zu jagen.

Malbek steckte den Kopf in die Tür bei Vehrs und Hoyer, die sich ein Zimmer teilten, und bat sie zu einer Besprechung in sein Zimmer. Sofort, er müsse gleich wieder weg.

»Harder wechselt Anfang nächster Woche zum Betrugsdezernat«, sagte Malbek in möglichst neutralem Ton, als sie sich an seinem Besprechungstisch gegenübersaßen. So als verkünde er das Wetter für die nächste Woche.

Die beiden sahen sich an. Ein Funke des Einvernehmens sprang über.

»Die Chemie zwischen Ihnen stimmte nicht«, stellte Vehrs fest.

»Haben Sie ihn ... rausgeworfen?«, fragte Hoyer ängstlich.

Malbek berichtete von seinem Anruf bei Frerksen und der Auseinandersetzung mit Harder.

»Er hätte uns über Frerksens Bericht informieren müssen, stimmt's?«, sagte Hoyer und sah Vehrs dabei an.

»Er wollte uns irgendwie mit reinreißen«, sagte Vehrs nachdenklich.

»Will noch jemand gehen?« Malbek sah abwechselnd beiden in die Augen.

In diesem Moment ging die Tür auf, und Harder ging, ohne jemanden anzusehen, zu seinem üblichen Platz am Besprechungstisch. Hinten rechts.

»Was wollen Sie hier?«, bellte Malbek.

»Ich dachte –«

»Verschwinden Sie endlich!«

Harder verließ den Raum und ließ die Tür offen. Malbek sprang auf und rief ihm in den Flur hinterher. »Ich will morgen früh einen Sachstandsbericht über Ihre Arbeit auf dem Tisch haben!«

Einige Zimmertüren entlang des Flurs öffneten sich einen Spalt.

»Damit Ihr Nachfolger weiß, woran er ist!«, rief Malbek noch lauter.

21.

Malbek schloss die Tür und setzte sich wieder an den Besprechungstisch.

»Lassen Sie uns endlich an die Arbeit gehen. Wer fängt an?«, fragte Vehrs und sah Hoyer an.

»Ich glaube, Sie wollen hören, dass wir bleiben möchten«, sagte Hoyer zu Malbek und strich sich eine Haarsträhne aus dem Gesicht. Es entstand eine Pause, in der Malbek und Vehrs sie einfach nur ansahen. Als es ihr peinlich wurde, setzte sie hinzu: »Ich bin noch nicht lange genug hier.«

»Ein bezaubernde Begründung«, sagte Malbek schmunzelnd. Ihm war bewusst, dass in den Worten Verletzung mitschwang, die Harder ihm zugefügt hatte.

»Ich muss Sie was fragen, Herr Malbek.« Hoyer sah im direkt ins Gesicht. »Ihre Nase … wie ist das passiert?«

Malbek vernahm dankbar, dass sein Diensthandy summte. »Ja, hier Malbek!«

Die Kollegen hatten Henning Schlömer nicht in seiner Wohnung angetroffen. Die anderen Mieter im Haus hatten ihn schon seit Wochen nicht mehr gesehen.

»Öffnen Sie die Wohnungstür. Der Mann ist möglicherweise in Lebensgefahr. Machen Sie einen Rundgang durch die Wohnung und suchen Sie nach allem, was aussieht wie ein Computer mit Festplatte. Wenn Sie einen Computer finden, bitte sofort an Herrn Frerksen im LKA. Tschüss.«

Er beendete das Gespräch und sagte leise, wie zu sich selbst: »Henning Schlömer. Der mit Markus Peters die Kabine geteilt hat. Den ich während der Kanalpassage befragt habe. Ich hab mir von ihm einen Bären aufbinden lassen.« Er schüttelte den Kopf, als könne er sich den Fehler nicht verzeihen. »Wenn Harder mich über den Inhalt von Frerksens Bericht vorgestern unverzüglich informiert hätte, wäre der Groschen bei mir früher gefallen. Immerhin ist mir gestern mulmig geworden. Und heute hat Frerksen meine Vermutung bestätigt. Aber es ist unnötig, darüber jetzt zu spekulieren. Erst muss ich mit ihm sprechen können. Und wenn er wieder nicht mit der Wahrheit rausrückt, wird Frerksen Schlömers Notebook zum Sprechen bringen.«

»Weiß niemand bei der Reederei oder von der Schiffsbesatzung, wo er sein könnte?«, fragte Hoyer.

»Offiziell ist er auf Urlaub und inoffiziell auf der Flucht. Ich warte jetzt auf einen Anruf von seinem Kapitän Stegemann.«

»Sie reden in Rätseln«, sagte Hoyer ungeduldig. Vehrs nickte eifrig.

»Ja, mag sein«, sagte Malbek. »Vielleicht habe ich mich geirrt. Dann war es Zeitverschwendung, darüber diskutiert zu haben. Aber das werden wir bald wissen. So oder so.«

Malbek straffte sich, atmete tief durch.

»Also, ich bedanke mich für die Versorgung mit Mails und den angehängten Berichten. Es ist einiges an Material, aber es ist keine heiße Spur dabei. Nicht einmal Markus Peters' Notebook hat etwas Interessantes hergegeben. Wir treten auf der Stelle. Abgesehen davon, dass jetzt vielleicht etwas ins Rollen kommt. Unter anderem durch Bönigs Tod auf Sylt. Die Verbindung zwischen beiden Todesfällen ist Axel Molsen. Frank Bönig war Molsens Finanzberater. Markus Peters war Auszubildender der Reederei Molsen. Manuela Bönig hat von Feinden ihres Mannes gesprochen. Es müssen so viele sein, dass sie keinen einzigen benennen kann. Frau Bönigs Alibi ist schwammig, Frau Hoyer, Sie haben es überprüft ...«

»Die Händlerin hat alle Angaben von Frau Bönig bestätigt. Ich hatte im Verlauf des Telefonats den Eindruck, dass sie sich überlegte, den geschäftlichen Kontakt zu Frau Bönig abzubrechen. Sie fragte mehrfach nach, ob Frau Bönig als Täterin in Betracht komme, aber da ich immer wieder den Aspekt der Routine bei meinen Fragen betonte, wurde sie etwas entspannter. Manuela Bönigs Alibi lässt eine Lücke von einer Stunde. Gut, wir wissen, wann sie wieder auf Sylt war. Aber das Zeitfenster, das für den Mord bleibt, ist drei Stunden groß, so sagte die Gerichtsmedizin.«

»Haben Sie bei Markus Peters' Netzbetreiber die Verbindungsdetails bekommen?«, fragte Malbek.

»Peters ist am Tag des Mordes und einen Tag davor mit einer SIM-Karte angerufen worden, die in seinen Verbindungen bisher nicht auftauchte. Sie ist erst vor sieben Tagen bei einem Lebensmitteldiscounter in Elmshorn gekauft worden. Sie wurde erst am Tag vor dem Mord aktiviert. Persönliche Angaben werden bei dem Discounter beim Verkauf der SIM-Karten nicht erhoben. Es wurde nur ein Anschluss angerufen, viermal. Markus Peters. Seit dem Mordtag ist sie nicht benutzt worden und nicht mehr erreichbar. Wahrscheinlich wurde sie vernichtet und liegt im Uferschlamm des Nord-Ostsee-Kanals.«

»Wenn ich noch mal auf die Alibifrage zurückkommen darf ...«, sagte Vehrs ungeduldig und hielt eine Skizze auf einem Zeichenkarton hoch. »Es fiel mir ein, als Robert Lüllmann plötzlich auf der Bühne auftauchte und Husvogt aus Flensburg den vorläufigen Bericht über die Observierung rüberschickte. Ich hab dann noch mit Husvogt darüber diskutiert, dass unsere wichtigsten Erkenntnisse zu den Alibis sich an dem Ereignis ›Vernissage Rita Lüthje‹ orientieren. Axel Molsen, Robert Lüllmann, Manuela Bönig. Es gab ein Zeitfenster, in dem sie fast gleichzeitig dort waren, von Ihnen, Herr Malbek, und Herrn Lüthje und weiteren Zeugen bestätigt. Mit einer Ausnahme. Robert Lüllmann ist vor Manuela Bönig von der Bühne gegangen. Aber das eröffnete leider kein von der Gerichtsmedizin attestiertes Zeitfenster, exklusiv für Robert Lüllmann, in der er den Mord an Bönig hätte begehen können. Der Mord hätte auch zwei Stunden vorher begangen werden können. Die Motivlage für alle drei genannten Personen ist genauso unklar. Außerdem ... der Täter muss ein Bekannter des Opfers gewesen sein, es gab keine Einbruch- oder Kampfspuren. Der Täter brauchte für die Tat nur kurze Zeit im Haus zu sein. Und zur Galerie ›Kompass‹ sind es höchstens zwanzig Minuten. Er brauchte also nur vierzig Minuten Abwesenheit, die in dem Trubel auf der Ausstellungseröffnung von niemandem bemerkt wurden. Der Täter könnte also theoretisch jeder von den Gästen gewesen sein.

Ich nehme an, dass man sich dort kannte, auf diesem gesellschaftlichen Ereignis. Die meisten werden die Bönigs gekannt haben. Die Befragungen durch die Westerländer Kollegen haben das bisher bestätigt.«

»Völlig richtig, Vehrs, so habe ich es dort auch wahrgenommen«, sagte Malbek.

Vehrs schob die Stühle beiseite und klappte einen Ordner auf, der vor ihm lag. »Bönig und Lüllmann. Die beiden haben einige Gemeinsamkeiten. Sie sind Klassenkameraden und bezeichnen sich als Fondsmanager mit entsprechender Homepage. Beide haben eine Ausbildung als Bankkaufmann absolviert, beide zwölf Jahre bei der Hypoplan in München gearbeitet, beide haben dort Hypothekenbundles beziehungsweise Hypothekenpakete an Banken und Sparkassen im ganzen Bundesgebiet verkauft. En gros sozusagen. Und kurz vor dem Zusammenbruch der Finanzmärkte sind sie dort gleichzeitig ausgestiegen.«

»Sie sind nicht zufällig Zwillinge?«, fragte Hoyer.

»Nein, Bönig ist am 10. Dezember und Lüllmann am 23. November geboren«, sagte Vehrs schmunzelnd.

»Immerhin. Schütze und Skorpion«, sagte Hoyer.

»Und was sagt uns das?«, fragte Malbek.

»Der Meister und sein Schüler. Dabei völlig ungleiche Charaktere.«

»Wer ist der Meister?«, fragte Malbek.

»Der Schütze. Also Bönig«, sagte Hoyer.

»Der Meister ist tot«, sagte Malbek nachdenklich. Und zu Vehrs gewandt: »Wie haben Sie das alles in so kurzer Zeit ermittelt?«

»Preben vom K3 war so freundlich«, sagte er und zu Hoyer gewandt: »Das ist die Wirtschaftskriminalität.«

»Danke. Weiß ich. Steht ja unten im Eingang auf diesem großen Schild mit den großen Buchstaben«, sagte sie lächelnd.

»Darf ich weitermachen?«, fragte Vehrs. »Jeder der beiden hat eine eigene Homepage, mit Vita, Profil und Referenzen, Projekthistorie und dem üblichen Pipapo. Zum Beispiel hat Bönig eine Celluloidpuppenfabrik mit Tradition saniert, Lüllmann eine

Brauerei an einen holländischen Konzern verkauft. Aber das ist schon fast zehn Jahre her. Unter Referenzen ist aktuell bei beiden auch die Molsen-Reederei genannt. Man kann nachlesen, dass die ›Christian Molsen‹ als Fondsschiff gebaut wurde, also mit dem Geld von Anlegern, die auf einen satten Gewinn hofften, den das Schiff erst mal einfahren soll. Die Investoren wurden sämtlich von Bönig und Lüllmann angeworben. Das Ganze läuft über ein Fondshaus in Hamburg, das ist so was wie ein Finanzmakler für Immobilien und hier auch für Schiffsfonds. Bönig und Lüllmann haben Molsen also frisches Geld beschafft, das er dringend benötigt. In der Branche hat man das, bisher ohne öffentlichen Kommentar, registriert. Die Website der Reederei ist übrigens mit denen von Bönig und Lüllmann verlinkt und umgekehrt. Das Fondshaus und die Reederei gegenseitig auch.«

Vehrs machte eine Pause, weil Malbek auf seinem Handy herumtippte.

»Nur eine wichtige SMS, ganz kurz«, sagte Malbek, ohne aufzusehen. Er antwortete Regina Molsen.

»Lassen Sie sich nicht stören, ich höre Ihnen zu«, sagte Malbek.

»Äh, ja.« Vehrs sah irritiert auf seine Unterlagen. »Das ... das Fondshaus, so heißt das im Fachjargon, gilt grundsätzlich als seriös, meinte Preben. Wenn man davon absieht, dass vor fünf Jahren auf dem Fondsschiff einer anderen deutschen Reederei in Hongkong der Erste Offizier ermordet wurde und ein anderes im Mittelmeer mit Raketen an Bord aufgebracht und in einen israelischen Hafen geschleppt wurde. Kam aus St. Petersburg via Rotterdam.«

Vehrs hatte sich in Rage geredet. Seine Wangen waren rot wie bei einem kleinen Jungen vor der Bescherung.

»Aber das ist noch nicht alles«, fuhr er fort und nahm das nächste Blatt aus seinem Ordner. »Lüllmann und Bönig sind auch sonst keine unbeschriebenen Blätter. Bönig ist vor zehn Jahren wegen Unterschlagung zu neun Monaten mit Bewährung verurteilt worden, Lüllmann wegen Betrugs, unerlaubten Waffenbesitzes und Bedrohung. Auch etwa in dem Zeitraum wie Bönig. War wohl ihre Sturm-und-Drang-Zeit. An eine Sache in Neumünster hat Preben sich auch ohne Datenbank gut erinnert. Eine Konkursverschleppung. Lüllmann und Bönig hatten als Unternehmensberater, als solcher firmiert jeder für sich auch noch, versucht, die Rechtsformen einer Firmengruppe neu zu ordnen. Das ging irgendwie schief. Und am Tag vor der Konkurseröffnung wurden eins Komma fünf Millionen Euro von einem Firmenkonto abgehoben. Unstreitig hatte Bönig das Geld von der Bank in bar abgeholt. Dann war es weg. Ein Meisterstück. Die beiden Geschäftsführer und die beiden Unternehmensberater haben sich gegenseitig beschuldigt, das Geld versteckt zu haben. Jeder der Beschuldigten hatte eine andere Version, die halbwegs nachvollziehbar, aber nicht beweisbar war. Kurz gesagt, das Geld blieb verschwunden, das Verfahren wurde eingestellt. Die Geschäftsführer kamen immerhin wegen Konkursverschleppung dran, Lüllmann und Bönig wurden vom Vorwurf der Beihilfe freigesprochen. Preben sagt, die vier hätten sich super abgesprochen. Wie dem auch sei …«

Malbeks Telefon klingelte.

»Reederei Molsen, Personalchef Geerdsen.« Malbek drückte die Lautsprechertaste, damit Vehrs und Hoyer mithören konnten.

»Bevor ich Sie mit Kapitän Stegemann verbinde …«, knarrte Geerdsens Stimme, »… muss ich Sie noch darauf aufmerksam machen, dass diese Satellitenverbindung eine kostspielige Angelegenheit ist, die wir Ihnen natürlich in Rechnung stellen müssen.«

»Wie viel?«, fragte Malbek ungeduldig.

»Vierzehn Euro pro Minute.«

»Davon geht die Welt nicht unter. Aber geben Sie mir sicherheitshalber noch seine Handynummer«, antwortete Malbek.

Geerdsen gab ihm die Nummer prompt, als wenn er sie im Kopf parat hätte. »Und für den Satelliten schicken wir Ihnen eine Rechnung. Ich stelle Sie jetzt durch.«

Es rauschte einen Moment, im Hintergrund schien ein Engelschor zu wimmern, und Malbek dachte, Geerdsen hätte sich verwählt.

»Kapitän Stegemann von der ›Christian Molsen‹.«

»Hier ist Hauptkommissar Malbek aus Kiel. Wo ist Henning Schlömer?«

»Der ist doch in Urlaub, hat Ihnen das der Geerdsen nicht gesagt?«

»Henning ist möglicherweise in Lebensgefahr. In seiner Wohnung war er seit Wochen nicht. Ich hatte den Eindruck, dass Sie zu ihm einen Draht haben. Kennen Sie Verwandte, Freunde, hat er eine Freundin?«

»Hat er was ausgefressen?«, fragte Kapitän Stegemann.

»Immerhin so viel, die Hosen voll zu haben. Hat er Ihnen erzählt, dass er Angst vor dem Mörder von Markus hat?«

»Ja, das ist doch verständlich.«

»Ich muss dringend mit ihm sprechen. Wo ist er?«

»Ich könnte vielleicht mit ihm Kontakt aufnehmen und ihm sagen, dass Sie ihn sprechen wollen.«

»Ich glaube nicht, dass er mich zum Kaffee einladen wird. Er ist in Lebensgefahr, Herr Stegemann! Also, wo ist er?«

»Na gut. In meinem Kleingarten in Holtenau am Ende der Richterstraße. Der dritte auf der linken Seite. Mit den drei großen Bäumen, zwei Apfel, einer Kirsch.«

»Warnen Sie ihn nicht«, sagte Malbek eindringlich. »Er verkriecht sich sonst im Wald. Wir wollen ihn nicht verhaften, aber er weiß etwas, was uns zum Mörder führen könnte.«

Nach zehn Minuten waren sie unterwegs nach Holtenau. Malbek hatte seine SIG Sauer P6 aus dem Waffenschrank geholt und in das Schulterhalfter gesteckt. Nicht wegen Henning Schlömer. Aber der Tag war noch lang, und er hatte heute auf Sylt noch einiges vor. Auf die fragenden Blicke seiner Mitarbeiter hatte er nur mit einem Schulterzucken geantwortet.

Blaulichtfahrt im Konvoi. Vehrs im ersten Wagen, dann Hoyer und Malbek, zwei Beamte der Schutzpolizei im dritten Wagen.

Malbek saß am Steuer und versuchte, sich still auf das Problem Henning Schlömer zu konzentrieren. Hoyer begann, Malbek ihre Ermittlungsergebnisse zuerst wie beiläufig, dann immer schneller und selbstbewusster vorzutragen und, anders als Vehrs, mit ihren Spekulationen zu vermengen. Malbek gefiel es, und er schaltete das Problem Henning Schlömer in den Hintergrund.

»Diese Schneiderpuppe ... ich habe es im Bericht aus Flensburg gelesen ...«, begann Hoyer zögernd.

»Ja?«

»Die hat also ursprünglich in der Boutique der Frau Bönig gestanden, richtig?«

»Richtig.«

»Dann hat ihr Mann sie im Haus haben wollen.«

»Richtig.«

»Wieso lag die Puppe neben dem Toten? Hat er sie in den Keller mitgenommen? Oder lag sie schon da? Im Bericht stand nur, dass er sie vor Monaten aus dem Laden ins Haus geholt und vor ein Fenster gestellt hätte. Frau Bönig sagte, er hätte perverse Neigungen. Hat er sie im Haus denn mit sich herumgetragen? Die Puppe, meine ich.«

»Ich habe das auch so in Lüthjes Gedächtnisprotokoll gelesen, und ich finde, Sie haben recht. Da fehlt etwas. Aber wir dürfen nicht vergessen, das Gedächtnisprotokoll ist keine protokollierte Befragung. Ich werde mir ansehen, ob Manuela Bönig sich von ihrem behaupteten Schock erholt hat. Im Privatsanatorium Molsen. Und nicht zu vergessen: Lüllmann ist der Exfreund der Tochter des Reeders Molsen und Geschäftspartner des toten Frank Bönig und des Reeders Axel Molsen. Da werde ich auch noch mal nachbohren.«

»Die Schmauchspuren, die an Peters' Leiche gefunden wurden ... im Bericht der Kriminaltechnik steht, dass sie keine Marker des Treibsatzes gefunden hätten. Es war also keine moderne Munition, die uns einen Rückschluss auf die Herkunft geben könnte. Ich weiß, wir haben schon darüber gesprochen. Die Wahrscheinlichkeit, dass der Täter diese Munition in einer modernen Waffe abgefeuert hat, ist gering. Es muss eine Waffe alter Bauart sein. Könnte die Waffe ein Sammlerstück sein?«

»Ich könnte mir Molsen als Waffensammler gut vorstellen«, antwortete Malbek. »Nein, könnte ich nicht. Sammelt er überhaupt etwas? Schiffmodelle vielleicht. Waffenschränke habe ich bei ihm bisher nicht entdeckt.«

»Wie sieht es da aus in seinem Sylter Haus?«

»Die Inneneinrichtung? Anmutung von Sylter Sand. Der Teppich, die Vorhänge, die Sesselgarnitur, alles Ton in Ton. Gähnende Langeweile. Nichts Traditionelles. Ein Widerspruch zu seiner behandlungsbedürftigen Verehrung für seinen Großvater.«

»Großvater?«

»Der Firmengründer Christian Molsen. Das Fondsschiff ist nach ihm benannt. Und in seinem Arbeitszimmer hängt ein Porträt von ihm. In Öl.«

»Sie fahren untertourig.« Sie sah auf den Schaltknüppel.

»Ich bin meinen Ford Diesel gewohnt.« Widerwillig schaltete er einen Gang höher.

»Hören Sie? Jetzt läuft er runder!«, sagte Hoyer.

»Meinen Sie nicht, man sollte uns eine Automatik spendieren?«, fragte Malbek.

»Anderes Thema«, sagte Hoyer. »Manuela Bönig. Jetzt wohnt sie bei ihm. Sie haben sie doch beide erlebt. Passen die zusammen?«

»Das scheint da kein Thema zu sein. Er hat ihr als ritterlicher Freund Zuflucht in seinem Haus gewährt.«

»Ich höre heraus, dass Sie selbst nicht daran glauben. Also, noch mal: Passen die beiden zusammen?«

»Ich weiß es wirklich nicht.«

»Kennen Sie den Spruch: Wer ein Igel ist, muss darauf achten, dass auch seine Frau ein Igel ist.«

Jette. Der Traum. Malbek verriss vor Schreck den Lenker ein winziges Stück.

»Wir sind auf einer Brücke«, sagte Hoyer und klammerte sich am Sitz fest.

»Ja natürlich, Sie haben recht, Frau Hoyer. Okay, ich kann mir die beiden weder als Igelpaar noch als Gummibärchenpaar vorstellen. Übrigens, ich soll sie von Dörte Schneider grüßen.«

»Ach ja?«, machte Hoyer.

Malbek ärgerte sich über Hoyer und über sich. Aber was hatte er erwartet? Dass Hoyer ihm einen Kuss auf die Wange schmatzte und sagte: »Ich bin stolz auf dich«? Oder ein »Ich wusste, dass Sie über Ihren Schatten springen können«?

»Es geht ihr besser«, sagte Malbek. »Ich bin mit ihr im Park neben der Klinik spazieren gegangen. Man hat Borderline bei ihr diagnostiziert.«

»Stimmt was nicht?«, fragte Hoyer. Malbek hatte sich für einen Augenblick ins Haar gegriffen. Wie immer, wenn er versuchte, sich auf mehrere Aufgaben zu konzentrieren. Jette hatte das irgendwann mal erkannt. Kommissarin Hoyer soeben auch.

»Ich hab nur nachgedacht. Frau Hoyer, fahren Sie mit Fotos von Lüllmann und Bönig zum Kneipenrestaurant ›Weber‹ am Adolfplatz und fragen Sie nach Petra Lantau.« Er griff in seine Jackentasche und gab ihr die Fotos. »Nein, besser, Sie suchen einfach nach einer eleganten, perfekten Kellnerin. Sie ist täglich von zwölf bis zwölf da. Sie und Markus Peters haben einen der Männer auf dem Foto auf der Chefetage in der Reederei gesehen. Bönig oder Lüllmann. Lassen Sie sich das noch mal schildern. Aber bestellen Sie sich in dem Laden nichts zu essen. Es sei denn, Sie sind kurz vor dem Verhungern. Eine Frage ist noch offen. Ich habe Ihre Frage nach meiner lädierten Nase noch nicht beantwortet, Frau Hoyer. Ich wollte eine streunende Katze vor meinem Wohnmobil beköstigen. Das ist das Ergebnis.«

Hoyer sah nicht überzeugt aus.

22.

Malbek stieg über die Zäune eines Gartens, stolperte über ein im Gras verborgenes Kabel und wartete, mit dem Rücken an die Hauswand gepresst, neben der Hintertür des Stegemann'schen Schrebergartenhäuschens. Vehrs und Hoyer waren unter ein Fenster auf der Vorderseite neben der Haustür gekrochen.

»Hier ist die Polizei, Herr Schlömer!«, rief Vehrs. »Wir wollen Ihnen helfen. Bitte kommen Sie mit erhobenen Händen heraus!«

Malbek schüttelte den Kopf über die unfreiwillige Komik dieser Formulierung, als die Tür neben ihm aufschlug und Schlömer einen Satz nach vorn machte. Malbek packte seinen rechten Arm und drehte ihn nach hinten.

»Wir tun Ihnen nichts, wir wollen Ihnen helfen. Ganz ruhig.« Und den Kopf zur Seite gewandt, rief er: »Alles okay. An der Hintertür.«

Schlömer machte einen halbherzigen Versuch, sich loszureißen.

»Das hat doch keinen Zweck, Sie würden nicht einmal bis zur Straße kommen.«

»Was wollen Sie?«

»Ich will mich mit Ihnen unterhalten. Ich will wissen, wovor Sie Angst haben.«

Vehrs und Hoyer kamen durch die Hütte zum Hinterausgang.

»Komfortabel eingerichtet. Sogar mit Strom und Internet«, sagte Hoyer.

Zwei Schutzpolizisten postierten sich am Vorder- und Hinterausgang, Hoyer fuhr zurück zur Dienstelle, und Vehrs passte auf, dass Schlömer bei der Befragung keine Dummheiten machte. Vehrs liebte es, bei Besprechungen ein Bein überzuschlagen, mal das rechte, mal das linke, dann wieder das rechte und so weiter. Aber das ging hier nicht. Er saß aufrecht wie ein Zollstock mit beiden Füßen auf dem Boden. So kam er schneller hoch, wenn Schlömer verrücktspielen sollte.

Das Gartenhaus war mit Wohnzimmer, Schlafzimmer, Chemietoilette und einer Küchenzeile ausgestattet, neben der Malbeks Pantry im Wohnmobil alt aussah. Flachbildfernseher. Der Kühlschrank, mit großem Tiefkühlfach ausgestattet, war gut gefüllt.

»Woher kommt der Strom?«

»Dahinten hat einer einen Stromanschluss. Den hat er hierüber verlängert.«

»Mit Internet?«

»Das läuft über Antenne.«

»Na gut, das will ich jetzt gar nicht genauer wissen. Ist ja auch nicht Ihr Bier. Wo möchten Sie sitzen?«

»Ich bleib hier stehen.« Er stand vor dem Herd.

Malbek zog sich einen Küchenstuhl heran. »Meinem Kollegen Vehrs und mir ist es lieber, wenn Sie sich setzen. Hier an den Küchentisch mir gegenüber. So ähnlich wie in meinem Dienstzimmer. Oder ist es Ihnen lieber, wenn wir da gleich hinfahren?«

»So besser?« Schlömer setzte sich auf die Kante des Küchenstuhls und wippte hin und her.

»Keine Dummheiten. Du kommst nicht weit.« Malbek lächelte.

»Wie haben Sie mich gefunden?«

»Sagen wir mal so: Dein Käpt'n hatte keine Chance. Und jetzt erzählst du mir, warum du dich versteckst.«

»Das hab ich Ihnen schon an Bord erzählt. Ich habe Angst vor dem Mörder.«

»Nur, weil du wie Markus Peters auch ein Auszubildender bist?«

»Ich weiß doch nicht, ob der Mörder vielleicht ein Perverser ist.«

»Ach so. Oder hat es irgendwie damit zu tun, dass du mit Markus die Kabine geteilt hast?«

»Hä?«

»Wir haben Markus' Notebook gecheckt.«

»Na und?« Er wippte schneller auf dem Stuhl.

»Sein Notebook ist sauber. Sein Handy hat uns erzählt, dass er mit dem Mörder erst kurz vor seinem Tod Kontakt hatte. Merkwürdig, nicht? Er hat seinen Mörder am Mordtag kennengelernt. Als sei er zufällig vom Mörder ausgesucht worden.«

»Ja, ein Verrückter, ich sag's doch.«

»Das glaube ich nicht. Du hast mir an Bord eine Geschichte aus Klaipëda erzählt, von einem Hotel, in das Markus gelaufen sei, den Mädchen hinterher, die euch versetzt hatten. Als Markus wieder rauskam, soll er verändert gewesen sein, schweigsam, mit einem geheimnisvollen Erlebnis im Hotel belastet.«

»Ja, so war's.«

»Ich glaube, du bist mit ihm zusammen ins Hotel gegangen, oder genauer gesagt, du bist losgelaufen und er hinterher.«

»Wie kommen Sie auf den Trichter?«

»Weil Markus nicht der Typ war, der Frauen in ein fremdes Hotel hinterherläuft. Er hatte genug Frauen. Und genug diesbezügliche Probleme. *Du* warst derjenige, der immer die Initiative ergriff. Und der kein Mädchen hatte.«

»Quatsch. Absoluter Quatsch.« Schlömer schien sich zu freuen. Glaubte, er habe gewonnen. Er hörte mit dem Kippeln auf und setzte sich aufrecht auf den Stuhl.

»Auf deinem Notebook wird unser Computerfreak vom Dienst die Kontakte zum Mörder finden.«

»Da ist alles geschreddert.«

»Ach ja?«

»Ich meine, alles. Ich schreddere immer alles. Jeden Tag. Das ist besser als defragmentieren.«

»Finde ich nicht. Da geht alles verloren. Beim Defragmentieren nicht.«

»Geschmackssache.«

»Nein, Tatsache. Und unser Computerfreak hat tolle Tools, mit denen er jede geschredderte Datei zusammenflicken kann. Soll ich es dir näher erklären?« Malbek hatte keine Ahnung, wie das funktionieren sollte. Aber Schlömers gehetzter Blick sagte ihm, dass er am Ziel war.

»Du hast Kontakt mit dem späteren Mörder von Markus aufgenommen und dich als Markus ausgegeben. Du hast als Markus Peters den Unbekannten erpresst. Worum es ging, weiß ich noch nicht. Aber es hat sicher mit Klaipėda zu tun. Das wirst du mir jetzt erzählen.«

Vehrs sah überrascht auf.

Schlömer schüttelte lächelnd den Kopf und öffnete den Mund, um etwas zu entgegnen. Und hechtete in Richtung Hintertür. Aber Vehrs hielt ihn schon im Schwitzkasten und schleppte ihn zum Küchenstuhl zurück.

»Wenn du nicht mit der Wahrheit herausrückst, können wir nichts für dich tun.« Man sah dem großen Jungen die Dummheit nicht an, dachte Malbek. »Wenn du bei deiner alten Version bleibst, gibt es keine konkrete Gefahr für dich, und ich fahre mit meinen Kollegen wieder zurück in unsere Dienststube, und wir vergessen dich. Bis dich der Mörder findet. Und wir zum Tatort gerufen werden. Mord im Schrebergarten kommt häufiger vor. Dann würde dich Stegemanns Frau hier finden. Oder kochst du dir selbst was? Der Kühlschrank ist gut gefüllt.«

»Stegemann ist geschieden.«

Vehrs hatte auf Malbeks Zeichen Schlömer wieder losgelassen. Der stand trotzig auf, holte sich eine Dose aus dem Kühlschrank, öffnet den Zip-Verschluss, trank sie in einem Zug laut glucksend leer und warf sie zielsicher in die Spüle.

»Er lebt allein. Hat keine Kinder.«

»Und jetzt hat er ein großes Kind wie dich. Na Mahlzeit. Es wird also etwas länger dauern, bis dich jemand hier findet. Vielleicht wenn du nicht nach Urlaubsende an Bord erscheinst. Scheußlicher Gedanke.« Er sah um sich, als versuchte er sich vorzustellen, in welchem Raum sie ihn hier finden würden.

»Hören Sie auf damit! Ich rede ja!«

»Aber bitte nicht so laut, die Nachbarn schreiben sonst mit. Also spulen wir noch mal zurück. Ihr steht vor dem Hotel und seht die Mädchen aufgedonnert hineingehen.«

»Es war kein Hotel.«

»Sondern?«

»Ein Nachtclub oder eine Disco, so eine Mischung, mit 'ner Bühne.«

»Wie hieß der Club?«

»Marin oder Mariono oder so ähnlich.«

»Wo war der?«

»Na, in der Nähe des Hotels.«

»Aber die Stadt ist ...«

»Klaipëda. Ja, es war Klaipëda.«

»Warum hast du erst das Hotel als Kulisse für deine Geschichte gewählt?«

»Es erschien mir glaubwürdiger.«

»Ach. Weiter. Aber bitte, lass dir nicht jeden Satz aus der Nase ziehen. Auch wenn es diesmal hoffentlich die Wahrheit ist. Welche Tageszeit?«

»Es war spätabends. Wir hatten so lange Wache. Und dann haben wir die Tussis gesucht und zufällig in den Club gehen sehen. Also nicht ins Hotel. Wir hatten eine Diskussion mit dem Muskelmann am Eingang, aber mit einem Zwanziger gab er Ruhe. Wenn wir nicht Deutsche gewesen wären, hätten wir das Zehnfache zahlen müssen. Drinnen haben wir eine Weile rumgesucht, aber die waren verschwunden.«

»Weiter. Ihr wart also drinnen in dem Schuppen.«

»Wir haben ein Bier getrunken. Hat ein Vermögen gekostet. Neben der Bühne gab es eine Tür. Da sind wir rein. Da war noch ein Muskelmann, aber als er hörte, dass wir auf Deutsch nach Mädchen fragten, ließ er uns weitergehen. Ein langer Flur mit offenen und geschlossenen Türen. Und ein anderer nur mit Vorhängen. Vielleicht hat bei denen das Geld nicht gereicht. Da sind wir dann durch, rechts und links reingeguckt. Unsere Tussis waren natürlich nicht da. Deshalb hab ich mal eine von den Türen aufgemacht. Hinter der zweiten nur Männer um einen Tisch. Ich dachte, sie spielen Poker oder so. Aber es lagen keine Karten auf dem Tisch. Und dann dreht einer den Kopf zur Tür. Stößt den neben sich an, der guckt auch zur Tür. Da guck ich auf den Tisch und ... das sah aus wie offene Schachteln, Pralinenschachteln. Da waren Pralinen in verschiedenen Größen drin, da werden die

Kekse in so Formen gelegt. So sah das jedenfalls aus. Eigentlich eher wie ein Handy mit Zubehör. Jedenfalls was Technisches. Und dann reißt mich Markus am Arm und knallt die Tür zu. Und läuft raus und ich hinterher. Dann waren wir in dem Trubel, auf der Bühne lief nichts mehr, es gab nur Musik, und die Tanzfläche war voll. Ganz hinten sah ich zwei Männer sich zu uns durchdrängeln. Und plötzlich waren wir draußen. Ich glaub, wir sind den ganzen Weg zum Schiff gelaufen. Wir sind denen tatsächlich entwischt.«

»Wer war hinter euch her?«

Malbek sah in die Spüle. Es war ein starker Koffeinmix. »Exlimit« stand auf der Dose.

»Im Kühlschrank sind noch welche.«

»Danke, nein. Davon krieg ich einen Herzkasper. Oder möchten Sie ein ›Exlimit‹, Vehrs?«

»Danke, mir ist schon schlecht. Können wir weitermachen?« Vehrs taten offensichtlich die Beine weh. Er bewegte sie auf der Stelle, aber es half nichts. Ihm fehlte die gewohnte Beingymnastik.

»Wie sahen die Männer aus, die euch verfolgt haben?«, fragte Malbek.

»Ich sagte doch, ich hab mich nur einmal umgeguckt und sah, wie zwei Männer die Köpfe über die Tanzenden reckten. Glatzköpfe waren das. Ich bin immer nur Markus hinterher. Der ist fast die ganze Zeit gerannt, bis zum Schiff. Ich wusste nicht, dass der so rennen kann. Und er hat sich nie umgedreht, ist immer nur gerannt.«

Die Erinnerung hatte Schlömer gepackt, er atmete schwer, als ob er immer noch um sein Leben laufen würde.

»Was habt ihr geglaubt, was da los war in dem Zimmer?«

»Ich glaube, da wurde irgendwas verkauft. Als wir in unserer Kajüte waren, sagte Markus: ›Das war der vom Flur. In der Reederei. Der Geschniegelte im Anzug.‹ Das hat er gesagt.«

»Hast du nicht nachgefragt?«

»Doch. Als Markus damals beim Personalchef Geerdsen war, in der Chefetage, ging die Tür vom Chef auf, und der Chef und der Typ haben sich verabschiedet. Geduzt haben sie sich, sie waren wie alte Freunde, hat Markus gesagt.« Schlömer wurde zappelig, trommelte mit den Fingern auf die Tischplatte und neigte den Kopf schräg nach unten, als suche er nach einem energischen Rhythmus, der seine Welt wieder zurechtrücken könnte.

»Und dann hast du kombiniert, der Typ vom Flur hat in dem Zimmer in Klaipėda was Verbotenes getan. Und es wäre ihm sehr unangenehm, wenn sein Freund, der Reeder, davon erfährt.«

»Ja, war doch logisch, oder nicht?«

»Noch mal zu dieser geheimnisvollen Männergruppe in dem Hinterzimmer. Wie viele waren das?«

»Ich glaube, sechs oder sieben, vielleicht hinten im Dunkeln an den Wänden noch mehr.«

»Was könnte in den Pralinenschachteln gewesen sein?«

»Haschkekse, hab ich später auch überlegt, aber das sah anders aus.«

»Wie groß war der Pralinenkasten?«

»So. Etwas größer als eine Tafel Schokolade.« Er formte mit Händen und Fingern ein Rechteck.

»Und du kannst nicht näher beschreiben, was drinlag?«

»Es war ein großes Zimmer, der Tisch war in der Mitte, und es war ziemlich dunkel, nur eine Funzel an der Decke. Wie ein Spielzimmer eben. Und ich hab es ja nur 'ne knappe Sekunde gesehen.«

»War es der einzige Pralinenkasten auf dem Tisch?«

»Jetzt, wo Sie das fragen ... ich glaub, da waren noch andere, aber der eine, der lag direkt unter der Deckenfunzel.«

»Du wolltest also den Mann erpressen, dem Markus auf dem Flur in der Reederei begegnet ist und der Markus in Klaipėda in einem Hinterzimmer der Spelunke wiedererkannte. Wie hast du seinen Namen herausbekommen?« Malbek hatte eine dumpfe Ahnung.

»Ich hab es gegoogelt. Ich wusste ja, dass es um Schiffsaktien oder so ging, und war gleich auf der Website der Reederei fündig geworden. Da waren Links zu Websites von zwei Fondsmanagern. Ich hab dann mit den Namen die Suche nach Fotos aufgerufen, die mit dem Namen verknüpft sind. Die hab ich Markus gezeigt. Und er hat mit dem Finger draufgetippt. Das ist er, eindeutig, hat er gesagt.«

Vehrs sah auf den Boden und nickte. Malbek kam sich etwas naiv vor, weil er Schlömer altmodisch ausgedruckte Fotos von den beiden vorlegen wollte.

»Jetzt hattest du seine Website. Wie hieß er?«

»Frank Bönig.«

»Hast du ihm eine Mail geschrieben?« Malbek lächelte Schlömer erwartungsvoll an.

»Ja, er hatte ein Kontaktformular eingebaut. Ich habe geschrieben, dass ich eine Beratung wünsche für eine Geldanlage. Ich hatte mir eine neue Mailadresse registriert, sicherheitshalber mit der Adresse und den Daten von Markus. Bönig hat am nächsten Tag geantwortet und einen Terminvorschlag für eine Besprechung gemacht. Und ich hab ihm geschrieben, dass ich ihn bei gefährlichen Geschäften in Klaipėda erwischt hätte. Er hat das natürlich bestritten. Und dann war komischerweise Schluss. Wir hatten für die Geldübergabe noch nicht einmal einen Termin vereinbart!«, sagte er vorwurfsvoll. Als wäre Bönig ein Versicherungsvertreter, der sich mit ihm wegen einer Hausratversicherung in Verbindung setzen sollte.

»Zwei oder drei Tage später ist Markus ermordet worden«, setzte er hinzu, als ob er Bönig eine Vertragsverletzung vorwerfe.

»Bönig ist vorgestern tot aufgefunden worden«, sagte Malbek.

Über Schlömers Gesicht glitt innerhalb einer Sekunde Schrecken, dann für einen kurzen Moment Erleichterung, die schließlich in blankes Entsetzen abstürzte.

»Ja, das sehe ich auch so, Henning. Durch den Tod des mutmaßlichen Mörders ist dein Problem nicht aus der Welt. Die Bedrohung ist sogar näher gerückt und jetzt ungefähr doppelt so groß. Denn jetzt gibt es schon zwei Tote.«

»Wer hat Bönig ermordet?«, fragte er, heiser vor Angst.

»Wir wissen es nicht. Hast du einen Verdacht?«

»Sein Partner? Der Lüllmann. Oder der Molsen. Oder einer von den anderen in dem Zimmer in Klaipėda.«

»Ja, er soll viele Feinde gehabt haben.«

»Hat man ihn … auch erschossen? So wie Markus?«

»Er lag mit gebrochenem Genick an der Treppe zu seinem Weinkeller.«

Henning starrte Malbek an, als habe der in einer fremden Sprache gesprochen.

»Hast du Markus etwas von deinem Erpressungsplan erzählt? Und dass du seinen Namen benutzen wolltest?«

»Nein, der hätte nur Stress gemacht. Dabei wollte ich ihm doch die Hälfte von dem Geld abgeben.«

Er sah Malbek so treuherzig an, als könne dies seine Tat in einem milderen Licht erscheinen lassen.

»Freiwillig gezahlte Leihgebühr für die Identität deines Freundes? Wie viel hast du von Bönig gefordert?«

»Fünfzigtausend«, sagte er schüchtern.

»Was? So wenig?«

»Ich fand, das klang vernünftig. Der Bönig könnte das doch als Bankmensch mal eben abdrücken. Das machen die doch öfter, nur um Ruhe zu haben.«

Henning war nach der Nachricht vom Tode Bönigs in sich zusammengefallen. Vielleicht hatte auch die Dose »Exlimit« ein bisschen nachgeholfen. Am Haaransatz hatten sich Schweißperlen gebildet, die in schmalen Rinnsalen ihren Weg über sein bleiches Gesicht suchten. Die Atmung war unregelmäßig. Tobsuchtsanfall oder Kollaps waren nicht ausgeschlossen. Oder beides.

»Henning, wir nehmen dich jetzt mit. Und mein Kollege Vehrs, der die ganze Zeit aufgepasst hat, wird mit dir alles noch einmal durchgehen. Danach werden wir entscheiden, wo wir dich unterbringen. Wir werden sehen, was der Staatsanwalt sagt. Auf keinen Fall kannst du hierbleiben. Inzwischen weiß es sicher schon die ganze Nachbarschaft, dass du Besuch von der Polizei hattest, und fragt sich, was in Käpt'n Stegemanns Garten los ist. Wer weiß, wer noch davon hört.«

»Ich meine, ich ... ich hab doch nicht ...«, sagte Henning und bekam einen Hustenanfall.

»Junge, Junge, hättest du mir das bloß gleich erzählt! Es ist eine versuchte Erpressung, da beißt die Maus keinen Faden ab. Falls du keine Vorstrafen hast, ist dir zumindest eine saftige Bewährungsstrafe sicher. An dem Rest hast du allerdings lebenslang dein Päckchen zu tragen. Also, auf geht's. Kommst du freiwillig mit?«

23.

Nachdem Schlömer seine persönlichen Dinge eingepackt hatte, fuhren Hoyer und Vehrs mit ihm in die Dienststelle. Vehrs saß neben Schlömer auf dem Rücksitz. Sicherheitshalber.

Malbek setzte sich in seinen Dienstwagen und rieb sich die Schläfe.

Seit gestern hatte er keinen Appetit mehr, und seit heute Mittag war sogar der Hunger ausgeblieben. Er wusste, dass es das Thema Jette war, das ihn da umtrieb und ihn immer wieder listig zu einer vorschnellen Entscheidung überreden wollte. Keine guten Voraussetzungen für ein Sylter Abendessen. Aber wie sagte man so schön: Der Appetit kommt mit dem Essen.

Malbek fuhr langsam in Richtung Hochbrücke und bog vorher rechts nach Holtenau ab. Er rief Lüthje an.

»Du und Personalchef Geerdsen von der Reederei Molsen habt etwas Wichtiges gemeinsam«, sagte Malbek.

»Er hat vermutlich auch schon graue Haare«, sagte Lüthje in gelangweiltem Tonfall.

»Das weiß ich nicht, ich hatte bisher noch nicht die Ehre, Geerdsen persönlich zu treffen. Nein: Ihr beide seid immer erreichbar. Jedenfalls tagsüber. Nur dass Geerdsen dabei in seinem Büro sitzt. Immer wenn einer von uns, also auch Hoyer und Vehrs, in der Reederei angerufen haben, sind wir zu ihm durchgestellt worden, auch wenn es gar nicht nötig oder gewollt war. Geerdsen ist wie die Spinne im Netz, die entscheidet, wie mit einem Anrufer umzugehen ist. Und wen sie fressen will. Geerdsen, das neurotische Ohr der Reederei Molsen. Es ist höchste Zeit, dass ich ihn persönlich kennenlerne.«

Er erzählte Lüthje, wie es zum Schrebergartenverhör gekommen war und von Schlömers Geständnis.

Lüthje pfiff anerkennend einen Tusch und sagte: »Und jetzt müssen wir nur noch beweisen, dass Bönig wirklich Markus' Mörder war und wer Bönig umgebracht hat.«

Er hatte verdammt recht. Einen gerichtsverwertbaren Beweis für die Täterschaft Bönigs hatten sie immer noch nicht.

»Dein Schweigen interpretiere ich als Zustimmung«, sagte Lüthje. »Und noch etwas. Ich hab mit Brotmann telefoniert. Todesursache ist ein Halswirbelbruch mit Rückenmarksabriss. Erinnerst du dich an den Treppenmord in der Mühle? Das war das gleiche Verletzungsbild. Der Treppensturz gehört zu den brisantesten Todesursachen für Täter und Ermittler. Er bedeutet großes Risiko für den Täter, weil er nicht sicher sein kann, ob es klappt. Aber wenn es klappt, kann es das perfekte Verbrechen sein. Bei Bönig war der Alkoholspiegel hoch genug, um eine Treppenstufe zu verpassen. Und leider gibt es keine fremden Gewebespuren an der Kleidung des Toten. Erinnerst du dich an mein Lieblingszitat von Polizeidirektor Vogel? Das Malheur mit der verschwundenen Dienstwaffe?«

»Das ist eine ganz verquirlte Kacke«, sagten beide gleichzeitig.

»Und für Schlömers Geschichte gibt es auch noch keinen Beweis«, maulte Lüthje weiter. »Vielleicht hat er sich einfach eine neue Geschichte ausgedacht? Und welche Rolle spielt dieser Kapitän Stegemann?«

»Du solltest Motivationstrainer werden, vielen Dank«, antwortete Malbek. »Aber du hast schon recht. Vehrs hat eine schöne Übersicht zu den Alibis unserer Kandidaten gezeichnet. Jeder hatte ein Motiv, Bönig umzubringen. Es ist zum Mäusemelken. Und deshalb fahr ich jetzt als Erstes zu Geerdsen und mache mit ihm eine verifizierende Gedächtnisübung. Genauer gesagt, ich bin schon da.« Malbek bog auf den Parkplatz ein. »Frerksen ist mein nächster Termin, und danach bin ich wieder nach Sylt unterwegs. Ich möchte Frau Bönig unangemeldet fragen, ob es ihr wieder besser geht.«

»Schöne Grüße. Warte noch einen Moment. Wir haben Lüllmann bisher etwa vierundzwanzig Stunden observiert und haben schon eine Liste von zwölf Sylter Adressen, die er besucht hat, darunter war auch Molsens Liegenschaft. Molsen war nicht da, aber die Bönig. Die Frau seines toten Geschäftspartners. Zwei

Damen und ein Herr haben ihn im Hotel aufgesucht und ein ziemlich junger Kerl, den der observierende Kollege als Schüler oder Lehrling eingestuft hat. Hat sich den Stoff bei ihm im Auto abgeholt, ganz frech vor dem Westerländer Bahnhof. Gewissermaßen eine praktische Finanzierungsberatung. Schorff von der Drogenfahndung sagte mir, dass sie noch mit einem Zugriff warten möchten. Die vermuten, dass er den Stoff aus einer Hamburger Quelle bezieht, die versucht, sich bundesweit zu etablieren. Ich hab denen gesagt, dass wir ihm nicht zusehen können, wie er durch die Weltgeschichte spaziert, wenn er in die Morde verwickelt ist. Und jetzt möchte ich noch wissen, warum du Harder vorhin bei der Aufzählung deiner Mitarbeiter nicht erwähnt hast.«

»Schreibst du alles mit, was ich dir sage?

»Nein, eher das, was du nicht sagst. Aber los, was ist mit Harder?«

»Wir haben uns einvernehmlich getrennt. Er ist zum Betrugsdezernat.«

»Na ja, passt vielleicht besser zu ihm. Ich kenne ihn aus meiner Kieler Zeit. Es hat sich übrigens schon bis Flensburg herumgesprochen.«

Malbek grüßte kurz zur Rezeption hinüber und lief die Treppe hoch. Die Dame griff hastig zum Telefon.

Geerdsen hatte ein Vorzimmer. Malbek grüßte die junge Dame höflich und ging ins Zimmer ihres Chefs. Geerdsen sah erschrocken hoch und ließ den Telefonhörer in seiner Hand sinken.

»So geht das aber nicht, Herr Kommissar«, sagte er mit schwankender Stimme. Hoyer hatte ihm die Ausstrahlung einer alten Kommode zugeschrieben. Für Malbek war Geerdsen ein Schulmeister. Mit gespitztem Bleistift klopfte er ein Stakkato auf den Schreibtisch. Mit seinen lebhaften Knopfaugen und der dürren Hakennase hätte Geerdsen eine gewisse Autorität ausgestrahlt, wie es Personalchefs im Allgemeinen zu tun pflegen. Wenn da nicht der gekrümmte Rücken gewesen wäre, festgetrocknet während der vielen Jahre, die er hinter dem Schreibtisch verbracht hatte, mit dem Telefonhörer in der Hand. Seine grauen Haarsträhnen waren nach vorn gekämmt, über den blanken Schädel, auf dem sich großflächig Altersflecken ausbreiteten.

»Guten Tag, Herr Geerdsen, behalten Sie ruhig Platz.« Geerdsen hatte sich keinen Millimeter von seinem Bürosessel erhoben. Malbek zog sich den Stuhl etwas näher an den Schreibtisch. »Ich hoffe, Sie haben nichts dagegen, dass ich mich setze. Kommen wir gleich zur Sache. Können Sie sich daran erinnern, dass sich jemand bei Ihnen telefonisch aus irgendeinem Grund nach einem Ihrer Auszubildenden erkundigt hat? Vor dessen Ermordung, meine ich.«

»Nein, tut mir leid.«

»Was fällt Ihnen zum Namen Bönig ein?«

»Bönig. Bönig? Ja, da war doch was.«

»Er ist tot.«

»Ach ja, das sagten Sie mir schon. Wie ist das passiert?«, fragte Geerdsen mit schlecht gespieltem Interesse.

»Tun Sie nicht so. Oder hat Herr Molsen es Ihnen verschwiegen?«

»Herr Molsen würde nie …«

»Sehen Sie, das meinte ich. Die Reederei Molsen hat schließlich einen wichtigen Berater verloren.«

»Ja, Herr Bönig ist … äh … war einer der externen Finanzberater von Herrn Molsen.«

»Noch mal zu meiner ersten Frage. Die haben Sie so schön weggewischt. Können Sie sich daran erinnern, dass Herr Bönig Sie irgendwann angerufen und nach dem Namen eines Auszubildenden gefragt hat?«

»Sie meinen, ob Herr Bönig nach Herrn Peters gefragt hat?«

»Superkorrekt! Jetzt, wo klargestellt ist, dass Herr Bönig nicht mehr lebt, funktioniert Ihr Gedächtnis wieder!«

»Ja, äh, doch, das ist tatsächlich schon etwas her. Aber ich kann mich jetzt erinnern. Ich habe im Terminkalender nachgesehen, wann Herr Peters bei mir war. Ich hatte mir seine Handynummer danebengeschrieben, für alle Fälle. So was bleibt doch im Gedächtnis haften! Ich vergesse meine Termine nämlich nicht und bräuchte eigentlich diesen Terminkalender nicht, aber das sind so alte Gewohnheiten ...«

Er sah versonnen auf dem Schreibtisch herum, auf dem dünne und dicke Pappordner lagen.

»Ja, das kenn ich auch«, sagte Malbek, voll gut geheuchelten Mitgefühls. »Was hat Herr Bönig denn gesagt, als er Sie anrief?«

»Nun, Herr Bönig erzählte, dass er einen jungen Mann der Reederei auf dem Flur getroffen hätte, nach einer Besprechung mit Herrn Molsen. Der sei möglicherweise aus meinem Zimmer gekommen. Er hätte eine Frage an Herrn Bönig gehabt, und er hat ihm seinen Namen mit der Telefonnummer aufgeschrieben. Herr Bönig hatte den Zettel verloren. Und da er mir das Datum sagen konnte, an dem er in der Reederei war, habe ich in meinem Terminkalender nachgesehen. So einfach war das. Da war klar ersichtlich, dass das nur Markus Peters sein konnte. Der hatte an dem Tag ja einen Termin bei mir. Soll ich noch mal nachsehen, wann das war?« Er griff nach einem kleinen Büchlein in schwarzem Ledereinband und begann umständlich zu blättern.

»Nein, nicht nötig, ich bin in Eile. Frau Hoyer wird zu Ihnen kommen und das Ganze im Detail festhalten.«

»Schön.« Geerdsens Gesicht hellte sich in Vorfreude etwas auf.

»Warum haben Sie das nicht Frau Kommissarin Hoyer gesagt, als sie fragte, was Sie in Zusammenhang mit dem Mord an Markus Peters aussagen können?«

»Weil es da zwischen Herrn Bönig und Herrn Peters um einen Kredit ging, so habe ich Herrn Bönig verstanden. Er hat dann noch um Diskretion gebeten. Daran halte ich mich natürlich.«

»Natürlich. Und Sie können sicher sein, dass wir das nur dem Staatsanwalt und dem Richter weitererzählen werden.«

»Verstehen Sie mich bitte nicht falsch. Herr Molsen hat mir die Anweisung gegeben, nie vorschnell Aussagen gegenüber der Polizei zu machen. Ich muss alles zuerst mit ihm abstimmen.«

»Herr Molsen ist auf Sylt?«

»Soll ich Ihnen einen Termin machen?«

24.

Frerksens »Geheimlabor« lag in der Hansastraße, kurz hinter der Kreuzung mit der Olshausenstraße, im dritten Gewerbehof auf der linken Seite. »Benedikt, zweimal klingeln«.

Frerksen hatte eine ganze Etage belegt, es sei seine ehemalige Studentenbude, behauptete er grinsend. Große Fenster mit Metallrahmen und ein leistungsstarker Ventilator sorgten dafür, dass man atmen konnte, obwohl er eine Zigarre nach der anderen rauchte. So sagte man jedenfalls. Malbek aber sah nur blitzblanke Aschenbecher, und die Tischstaubsauger mit USB-Anschluss standen fein säuberlich in Reih und Glied auf einer Fensterbank, als müssten sie gelüftet werden.

»Lüthje hat mich auf Ihre empfindliche Nase aufmerksam gemacht«, sagte Frerksen, der Malbeks Blicke bemerkt hatte.

Malbek fasste sich spontan an die Nase. Die Kratzer waren schon gut verheilt. Aber die hatte Lüthje ja auch nicht gemeint, sondern seine Synästhesie.

»Haben Sie das Notebook von Schlömer aus der Mordsache Peters schon?«, fragte Malbek.

»Ja, der Kollege Vehrs hat es vorhin zur Behandlung gebracht. Ich hab schon mal reingesehen. Obwohl da noch mehr im Wartezimmer sitzen.« Er wies zu einem Wandregal, in dem sich ein Dutzend Notebooks, Laptops und diverse bereits geöffnete Untertisch-Chassis und ausgebaute Festplatten befanden. Alles fein säuberlich mit einer Art Gepäckzettel an einem Draht versehen. Es erinnerte Malbek an die Namensschilder, die an den großen Zeh der Leichen in der Gerichtsmedizin gebunden waren.

»Der Eigentümer des Notebooks hat sich viel Mühe gegeben, die Dateien nicht einfach zum Überschreiben freizugeben, sondern hat sie wirklich geschreddert«, sagte Frerksen. »In letzter Zeit wurde er aber etwas nachlässig und hat hier und da Verlaufsprotokolle vergessen. Seine Korrespondenz hat er unter dem originellen Nutzernamen ›Spiderman1984‹ geführt. Solche Namen suchen sich nur Leute aus, die bis in die Nächte hinein in absurden Diskussionsforen und Onlinespielen zu Hause sind.«

»Mit wem hat er korrespondiert?«

»Die einzig interessanten Kommunikationsspuren betreffen ›frankundfrei‹, in einem Wort. So lautet der Aliasname der Mailadresse, die Sie wahrscheinlich interessiert. Der Klarname der Adresse lautet ›Frank Bönig‹. Ist Bestandteil der Website des Herrn Bönig. Kommen Sie, ich zeig Ihnen was.«

Malbek lief ihm in einen Nebenraum hinterher, in dem es rauschte. Offensichtlich waren es die Lüfter der miteinander verkabelten Computer, die unter und auf Tischen und Regalen ihre geheimnisvollen Überlegungen diskutierten.

»Als Herr Lüthje Sie ankündigte, hat er, glaube ich, den Namen Bönig erwähnt. Ein Verdächtiger, richtig?«

»Ja, leider auch schon tot.«

»Tja, so ist das Leben«, antwortete Frerksen, als habe er Malbek nicht richtig zugehört. »Hier. Das ist, oder war, die Homepage des Herrn Bönig. Investmentberater, Unternehmensberater und so weiter.« Er markierte mit der Maus eine Zahlenreihe auf dem Computerbildschirm, die mit einem Bindestrich und einem F endete. »Ich hatte mir eine Kopie der gesamten Website gesaugt, weil man nie weiß, wie lange so was im Netz steht. Das hier ist eine untergeordnete Seite, die man auf der Homepage nicht sofort findet.«

... Die Referenzen dokumentieren unsere Erfahrung in der Konzeption und der Vermittlung von Schiffsbeteiligungen. 12365-F. Wir informieren Sie über Ihr steuerliches Ergebnis ...

»Man denkt doch spontan, dass das zum Text gehört. Eine Art von Schiffsbeteiligung«, sagte Malbek. »Oder eine Bezeichnung für ein steuerliches Ergebnis. Aber bei längerem Nachdenken ... macht es da überhaupt keinen Sinn!«

»Ich hab auch im Quellcode der Website nachgesehen. Dieser Code, und dafür halte ich es, besteht wirklich nur aus den Zeichen, die wir lesen können. Dahinter verbirgt sich kein Link, kein Schalter, hat nichts mit der Programmierung zu tun.«

»Komisch, dass Vehrs das nicht aufgefallen ist. Der hat sich diese Homepage doch auch genau angesehen.«

»Nein, das ist überhaupt nicht komisch. Ich vermute, er hat sich die Homepage zu einem Zeitpunkt angesehen, als dieser Code im Text noch nicht eingetragen war.« Frerksen schaltete einen weiteren Bildschirm ein, der danebenstand. »Hier sehen Sie die Seite nach dem Stand von sieben Uhr fünfzehn. Der Code ist aus dem Text verschwunden. Ein unbefangener Leser denkt: Oh, die haben den Fehler bemerkt und gelöscht, da ist denen wohl ein bisschen Buchstabensalat zwischen Text gekleckert. Wollen Sie meine Theorie hören?«

»Was glauben Sie?«

»Eine Nachricht, die jeder Besucher der Website sehen könnte, aber nicht als solche begreift, ist besser als jede verschlüsselte Mail. Die fällt auf wie ein weißer Rabe. Und dies ist wie ein Sandkorn am Strand des Textes. Kennen Sie Edgar Allan Poes ›Der entwendete Brief‹? Der Brief blieb verborgen, weil er in der Briefablage lag. Dort hatte ihn niemand vermutet.«

»Die Homepage funktioniert als Briefkasten?«, fragte Malbek.

»Genau. Der Code enthält eine Information. Der Sender kann aus einer oder mehreren Personen bestehen, die den Schlüssel zum Ändern der Seite haben. Entsprechendes gilt für den Empfänger.«

»Also Bönig.«

»Nicht unbedingt. Aber es ist doch sehr wahrscheinlich, da ihm die Domain gehört, in der die Seite geschaltet ist. Nach seinem Tod verschwand die Nachricht. Das kann irgendwo auf der Welt passiert sein, von irgendjemandem, der diese Nachricht an Bönig in die Website geschrieben hat. Der natürlich, wie auch der Eigentümer dieser Website, den Schlüssel hat, um dort Änderungen vorzunehmen.«

»Das Komische ist ... es kommt mir bekannt vor«, sagte Malbek. »Aber ich weiß nicht, wieso.« Malbek nahm sich einen Zettel und einen Kugelschreiber, schrieb die Zeichenfolge auf und steckte den Zettel in die Hosentasche.

»Soll ich einen Decrypter damit füttern? Das kann Tage, aber auch Wochen, Monate, oder Jahre dauern. Das Programm sucht nach einem Sinn und vergleicht mit bestehenden Zeichenfolgen im gesamten Internet.«

»Besser als gar nichts. Das wäre doch was, wenn mir mein Unterbewusstsein die Lösung schneller liefert! Okay. Und was war jetzt mit der Korrespondenz, die Sie gefunden haben?«

»Ich kann Ihnen das morgen ausdrucken. Viel stand nicht drin. Es ging um eine Erpressung. Fünfzigtausend Euro gegen das Versprechen, ein Geheimnis aus einem Hinterzimmer in Klaipėda nicht einem Geschäftspartner zu verraten. Können Sie damit was anfangen?«

»Volltreffer. Vielen Dank. Und jetzt habe ich noch eine Bitte.«

Malbek erklärte Frerksen, dass er eine Abhöranlage brauchte, die in verschiedenen Räumen eines Hauses installiert werden konnte und Gespräche auf Abruf speicherte. Die gespeicherten Daten müssten für ihn abrufbar sein.

»Faszinierend, aber kein Problem. Wie schnell brauchen Sie das?«

»Jetzt.«

»Geht es nur um den Ton? Oder auch Video?«

»Ton reicht.«

»Dann ist alles viel einfacher. Um was für ein Zielobjekt handelt es sich?«

»Eine größere Villa, zweigeschossig, so zehn bis fünfzehn Zimmer plus Nebenräume. Aber ich brauche nur zwei bis drei Räume. Die sind entsprechend groß … ungefähr so groß wie diese Räume.«

Frerksen ging zu einem alten Wandtresor in einer dunklen Ecke des Raumes.

»Darf ich vorstellen? Franz Jäger, Berlin, 1911. Hat mir ein Antiquitätenhändler vermittelt. Fielspitz, kennen Sie den?«, fragte Frerksen.

»Lüthje hat schon öfter mit ihm zu tun gehabt.«

»Man kann von ihm sagen, was man will, aber er ist eine Kapazität.« Er stellte eine Kombination auf dem großen Zahlenschloss ein, öffnete die schwere Tür und stellte eine Schachtel auf einen Stahltisch, der danebenstand.

»Sieht aus wie eine Pralinenschachtel, nicht?«, sagte Frerksen.

»Ja, Sie haben recht, daran dachte ich auch gerade«, antwortete Malbek irritiert. Elektronische Geräte verschiedener Größe lagen in Löchern, die passgerecht in eine Schaumstoffmatte geschnitten waren.

»Ja, es sind wirklich Leckerbissen. Na ja, Hardware und Software in der neuesten Version. Die ›Meisen‹ sollten immer an der Wand kleben, am besten in Fußbodennähe. Die Bewohner solcher Häuser kennen sich erfahrungsgemäß nicht im Detail in ihren Häusern aus. Sie wissen meist nicht, wo Steckdosen, Internetanschlüsse, Antennenanschlüsse, Temperaturensensoren und so weiter installiert sind. Wenn sie dann einmal auf diese ›Meisen‹ stoßen, zum Beispiel die Putzfrau …« Er hielt ein Gerät von Knopfgröße in die Höhe, das aussah wie die Kupplung eines winzigen Antennensteckers. »… nimmt sie das als Inventar des Hauses wahr, vielleicht neu eingebaut, ohne dass sie es mitbekommen hatte. Das ist besser als diese lächerlichen Verstecke wie Lampenschirme und Blumentöpfe. Die plastische Emulsion auf der Rückseite haftet überall und sofort. Sie brauchen nicht mal zu drücken, das saugt sich innerhalb von Sekunden geräuschlos an. Und lässt sich ebenso problemlos wieder entfernen. Die von ›Meisen‹ gesendeten Signale werden auf ein in der Nähe des Hauses verstecktes Speicherdepot gesendet, das Sie abrufen und auf einem Notebook speichern können.« Er hielt ein kleines Gerät mit einer winzigen Peitschenantenne hoch. »Nicht weiter als ungefähr einhundert Meter irgendwo verstecken, am besten in Erdbodennähe positionieren. Die Akkus halten etwa vier Monate. Bei durchschnittlichem Signalaufkommen. Wenn Sie einen Besprechungsraum abhören wollen, sieht das natürlich anders aus. Und damit können Sie die Daten auf Ihrem Notebook abrufen.«

Es sah aus wie ein simpler Datenstick. »Einfach in Ihr Notebook stecken. Sie haben doch eins?«

»Ja, nur ein handelsübliches«, sagte Malbek kleinlaut.

»Das reicht. Nicht weiter als wiederum hundert Meter vom Depotsender entfernt. Natürlich sind die Signale abhörsicher.«

Als Frerksen ihm die Sachen wie ein Lebensmittelhändler einpackte, fragte Malbek, wie viel es kostete. Frerksen schüttelte den Kopf. Lüthje habe ihm gesagt, dass er Malbek nichts verkaufen solle. Und daran halte er sich. Er wolle von Malbek nur einen Erfahrungsbericht über das System.

Malbek wusste, dass er die aufgezeichneten Gespräche nicht als Beweis verwenden durfte, da er keine richterliche Genehmigung besaß und sie beim mageren Stand der Ermittlungen auch nicht bekommen würde.

Aber er hoffte, dass er so dem fehlenden Mosaikstein auf die Spur kommen würde.

25.

»Das passt mir im Moment aber gar nicht«, sagte Molsen, als Malbek sich über die Gegensprechanlage des Einfahrtstores meldete.

»Ich möchte Frau Bönig sprechen«, sagte Malbek.

»Ach so.« Es klang erleichtert. Die in das Tor geschmiedeten Buchstaben CM glitten vor Malbeks Windschutzscheibe nach rechts in einen Spalt in der Mauer.

»Sie ist oben.« Molsen stand in der Haustür und wies zur Treppe ins obere Stockwerk. Er ließ Malbek nur einen Spalt frei, um ins Haus zu schlüpfen. Als ob er die Sicht in den weitläufigen Flur verbergen wollte.

»Hallo, Herr Malbek, schön, Sie zu sehen.« Rita Lüthje sah aus einer Tür und winkte augenzwinkernd.

Malbek winkte zurück und bedeutete mit bedauernder Geste, dass er »dort oben« zu tun hätte.

Manuela Bönig stand in einer Fenstergaube halb zum Fenster gewandt, die Hände tief in die lange Wolljacke gesteckt, als wage sie nicht, nach draußen in die Weite, über die Dünen zum Meer zu sehen. Malbek war sich sicher, dass sie noch vor Sekunden hinter der Tür gestanden hatte, um jedes Wort im Flur verstehen zu können. Sie war nicht überrascht, ihn nach dem Anklopfen in der Tür zu sehen.

»Sie hängt«, sagte sie mit spöttischem Ton und bewegte ihre Lippen dabei kaum.

»Wie bitte?«

»Er hat ein Bild von ihr gekauft. Jetzt sucht sie einen Platz im Haus, an dem es am besten zur Wirkung kommt.« Das Wort »Wirkung« sprach sie nicht, sondern schien es auszuspucken. »Aber nehmen Sie doch Platz«, sagte sie und wies zu einer Sitzgruppe in der Mitte des Zimmers.

»Wissen Sie, um welches Gemälde es sich handelt?«, fragte Malbek.

»Er sagte nur, es sei ein großes Bild.«

»Frau Bönig, wie Sie sich denken können, bin ich hier, um Ihnen noch einige Fragen zu stellen. Ich hoffe, Sie haben sich inzwischen etwas erholt.«

»Oh ja.« Sie sah ihm direkt in die Augen. »Wir werden heiraten. Wir sind verlobt«, stieß sie hervor.

»Herzlichen Glückwunsch! Das kommt für mich sehr überraschend. Für Sie auch?«

Von unten hörte man Rita Lüthje auflachen, Molsen stimmte ein.

»Ja und nein. Wir sind jedenfalls sehr glücklich.«

»Ist das jetzt eine vertrauliche Nachricht, oder weiß man schon Bescheid, ich meine, auch Herr Molsens Tochter?«

»Er wird es ihr morgen sagen.« Sie bekräftigte es durch ein Nicken.

Ein Sektkorken knallte durch das Haus. Ein männlich brünstiger Laut und glockenhaft weibliches Lachen drangen von unten durch Türen und Wände.

»Als Sie mit Herrn Molsen an dem besagten Abend noch hier im Haus waren, haben Sie da auch Sachen Ihres Mannes mitgenommen?« Malbek sah sich demonstrativ im Zimmer um. »Das ist Ihr Notebook?« Er stand auf und ging zu einem entzückenden Schreibtisch im Louis-quatorze-Stil.

»Gestatten Sie?« Sie drängte sich an ihm vorbei und schaltete das Gerät ein. Nach wenigen Sekunden erschien auf dem Bildschirm eine Passwortabfrage. Der Desktop mit einigen Ordnern wurde sichtbar. Buchhaltung, Fotos, eigene Dateien, Inventar, Haushalt und Ähnliches. Als Hintergrundfoto war eine offene Muschel im Strandsand zu sehen.

»Glauben Sie, dass mein Mann so etwas auf seinem Computer gehabt hätte?« Sie klappte das Notebook zu.

»Wir haben Anhaltspunkte dafür, dass Ihr Mann erpresst wurde. Wissen Sie etwas darüber?«

»Sehen Sie? Ich habe Kommissar Lüthje schon gesagt, dass Frank Feinde hatte.«

»Wir haben die Tatwaffe im Fall Markus Peters bisher nicht gefunden. Haben Sie sie vielleicht inzwischen gefunden?«

Sie legte den Kopf etwas schief und sah auf ihre Hände. »Sehen meine Hände so aus?«

Unten vom Flur hörte man Molsen und Rita gedämpft sprechen. Malbek glaubte, in ihrer Stimme einen gurrenden Unterton zu hören. Molsens Stimme erkannte er fast nicht wieder. Jungenhafte Übermütigkeit. Fröhliche Schwatzhaftigkeit. Aufbruchstimmung. Die Haustür schlug abrupt zu.

»Ich kann es Ihren Händen nicht ansehen, deshalb frage ich Sie«, sagte Malbek in die plötzliche Stille hinein. Ihre Hände waren sehnig, knochig und schlank. Malbek glaubte nicht, dass man Händen ansehen konnte, was sie getan hatten oder was sie zu tun imstande waren.

»Nein, ich habe keine Tatwaffe gefunden. Sie müssen weitersuchen.« Sie stand auf und sah aus dem Fenster, das zur Straße ging. »Er hat sie eben abgeholt. Dann bringt er sie jetzt auch zurück.« Sie sprach es wie einen Bibelvers.

Sie wandte sich ab und ging nach unten. Malbek griff in seine Jackentasche und klebte eine »Meise« hinter einer Vase an die Wand.

Er klappte das Notebook auf. Ein Coram 5. Sie hatte vergessen, es auszuschalten. Eigene Dateien, unbekannte Namen, wahrscheinlich Kunden. Rechnungen. Tage. Er klickte die Datei »Tage« an, er sah Ordner mit Monatsnamen, Juni, Juli, August, September, klickte »Juli« an, eine Textdatei öffnete sich. Es sah aus wie ein Tagebuch. Er scrollte, ließ die Seiten vorüberfliegen und verweilte kurz an einigen Stellen.

… was um alles in der Welt Dein kleines Leben denn schon ausmacht. Und wieso Du nicht etwas Bleibendes schaffen kannst, warum Du Deine Träume nicht verwirklichst und ob das ein Leben ist. Die Boutique mit Erlesenem, was man nur …

… Du bist nicht, was Du bist …

… Die kleinen organisierten Ablenkungsmanöver, wie der Eintritt in den Strandverein …

... Heute Morgen hast Du die ersten Austrocknungserscheinungen gesehen. Plötzlich in tiefster emotionaler Dunkelheit der Depression vor dem Spiegel ...

... Es ist das Vermissen einer inneren geistigen, emotionalen und rationalen (R)Einheit, ein Ganzsein für den Augenblick und die neugierige Erwartung des Kommenden. Vielleicht kriegen Menschen deshalb Kinder?

Malbek machte die Datei »September« auf.

... Es wird belanglos, ob nun alle zustimmen, wenn Du mit Dir selbst im Reinen bist. Manche Fesseln verlierst Du sozusagen über Nacht, ohne es zu merken. Du wachst morgens auf, und: Weg sind sie.

... Die Büste, den Stock durch den Leib gerammt, nur Körper, ohne Arme und Beine, die Wölbungen hingestreckt, kein Kopf, kein Gesicht.

Das hatte sie also vorigen Monat geschrieben. Danach gab es keine Eintragungen mehr.

Es war ein schöner September. Die milde Wärme streichelte die Blätter an den Bäumen. »Thermische Winde« nannten die Meteorologen diese Erscheinung. Malbek hatte es schon immer als trügerische Verträumtheit der Natur empfunden.

Er überlegte einen Moment, ob er das Notebook beschlagnahmen sollte. Aber würde es mehr als unerhebliche Zustandsberichte einer Frauenseele enthalten? Damit konnte kein Staatsanwalt etwas anfangen. Malbek wollte warten. Er wollte sie weiter, mehr schreiben lassen.

»Herr Malbek? Wo sind Sie?« Ihre Stimme überschlug sich. Er hörte sie die Treppe heraufkommen.

Er konnte noch rechtzeitig die Dateien schließen und ihr zum Treppenabsatz entgegenlaufen.

»Ich wurde angerufen, Frau Bönig. Ich komme schon. Na, wie ist das Gemälde gehängt?«

Sie sah ihn einen Moment misstrauisch an, war dann aber von seinem Eifer mitgerissen und lief voraus ins Strandzimmer. Malbek bückte sich wieder, damit auch der Flur bestückt war.

Es war das Bild »Warten«. Die Pflanzenkübel waren an Seitenwände gerückt worden, um Platz zu schaffen.

»Sehen Sie sich das an! Das erschlägt. Unmöglich. Geschmacklos. Sehen Sie zur Terrasse. Das ist ein Bild. Der Pool, die Dünen, der Himmel. Und hier, ausgerechnet an der gegenüberliegenden Wand, so etwas Nichtssagendes, Verworrenes!« Sie stand fassungslos mitten im Wohnzimmer und starrte auf Rita Lüthjes Gemälde. Malbek bückte sich hinter ihr und klebte zwei »Meisen« an eine Seitenwand in Fußbodenhöhe.

Die untergehende Sonne tauchte das »Warten« in blasses Gelb, das von Manuela Bönigs Schatten durchschnitten wurde.

»Darüber werde ich noch mit ihm reden müssen«, sagte sie.

26.

Regina Molsen trug ein kleines Schwarzes, vorn hochgeschlossen, hinten endlos tief ausgeschnitten, eine glitzernde Kette aus winzigen Steinen und mondsichelartige Ohrringe, auf denen es ebenfalls glitzerte. Sie küsste ihn zur Begrüßung auf die Nasenspitze. Es schmerzte nicht.

»Es ist doch ein bisschen kalt«, lachte sie und lief mit um den Körper geschlungenen Armen voraus zum Eingang. Sie tat so, als ob sie sich seit Jahren kannten.

Von außen war der »Seeigel« dem Anwesen der Molsens nicht unähnlich. Der Gastraum allerdings hatte den Charme der verglasten Eingangshalle eines Wohnturms aus den siebziger Jahren.

»Aber das Essen ist phantastisch«, flüsterte Regina ihm ins Ohr, als sie sah, wie sich Malbeks Miene verdüsterte.

Jeder Tisch hatte ein eigenes Fenster mit Meerblick und war durch Raumteiler aus Reetbündeln und üppige Vorhänge an den Wänden in eine Art Separee verwandelt worden. Das Licht der untergegangenen Sonne war vom fahlen Gelb in tiefes Rot übergegangen, das dunkelgraue, zerfetzte Wolkenschleier am Horizont von unten beleuchtete.

Regina wünschte sich etwas herzhaft Fleischiges, ihr sei einfach danach, sagte sie. Malbek wählte den Fisch des Tages. Es war glücklicherweise Dorsch. Sechs Variationen gab es zur Auswahl, mit Pilzen, mit Trüffeln, mit Speck, aber auch mediterran. Wie es wohl seinem Dorsch in der Kantinenkühltruhe ging? Er wählte die Hausmacherart an Dijon-Senfsauce. Mit hausgemachtem Kartoffelsalat an Speckwürfeln vom Holsteiner Sattelschwein. Sie nahm ein Steak vom Deichlamm, blutig wie immer, sagte sie zum Kellner, mit Bio-Bohnen aus Angeln. Als Vorspeise wählten sie Austern, Sylter Royal. Malbek bestellte ein frisches Duburger Pils vom Fass. Und Regina zu seiner Freude auch. Der Kellner nahm die Weinkarte mit steinerner Miene vom Tisch.

So weit, so gut, dachte Malbek. Er hatte sich nicht in Schale geworfen, damit es bei Regina nicht zu Missverständnissen kam. Wenn ihn hier jemand mit ihr sah, konnte er mit dem Hinweis auf seine Alltagsbekleidung – Lederjacke, Hemd und schwarze Stoffhose – auf den dienstlichen Charakter des Treffens verweisen.

»Manuela Bönig hat mir heute ein Geheimnis verraten.«

Sie sah ihn ärgerlich an.

»Ich bin nur der Bote, nicht die Nachricht.« Er hob abwehrend die Hände. »Ich habe ihr heute noch einige Fragen gestellt. Sie behauptet, dass Ihr Vater sie heiraten will.«

»Ja, und sie sind schon verlobt, das hat sie auch gesagt, nicht wahr?«

Sie schwieg. Eine wutfunkensprühende Aura umgab sie.

»Und Ihr Vater hatte heute Besuch«, setzte Malbek hinzu.

Sie lächelte versonnen. »Raten Sie mal, wer ihn überredet hat, das Bild zu kaufen.«

»Ich weiß auch, wer es eingefädelt hat, dass Rita möglichst heute das Gemälde bei ihm aufhängt. Wahrscheinlich haben Sie Ihrem Vater auch gesagt, dass es sich so gehört, die Künstlerin zum Essen einzuladen. Ich hoffe, nicht hier.« Er sah suchend um sich. Von den fünfzehn Tischen waren acht besetzt. Rita war nicht zu sehen. Ihr Bruder mit Hilly auch nicht.

»Ich habe ihm gesagt, dass der ›Seeigel‹ nach meinen Informationen für heute Abend ausgebucht ist«, sagte sie listig. »Ich wüsste es von Freunden. Es ist Ihnen doch lieber, wenn Rita Sie hier nicht mit mir sieht, sie ist schließlich die Schwester Ihres Kollegen und Freundes Eric Lüthje. Und der wiederum würde es nicht so gerne sehen, wenn Sie mit einer wichtigen Zeugin hier zu Abend essen. Haben Sie ihm erzählt, wem die Fingernägel gehören, die Ihre Nase zerkratzt haben?«

»Ja.«

»Kompliment. Dann wäre es doch eigentlich konsequent, ihn auch wissen zu lassen, dass wir hier verabredet sind.«

»Ich habe Ihnen eine Ladung zur Zeugenvernehmung geschickt. Sie haben sich daraufhin mit mir verabredet, weil es sich hier besser reden lässt.«

»Natürlich.« Sie hob ihr Glas und trank einen Schluck. Sie wischte den Schaum langsam von ihrer Oberlippe ab und sah ihm dabei in die Augen.

»Ich habe noch etwas mehr nachgeholfen. Ich habe ihm das Bild geschenkt. Zur Versöhnung. Ich hab ihn beobachtet, als er mit Ihnen davorstand. Es ist üblich, dass die Künstlerin das Bild persönlich hängt. Hört sich furchtbar an, finden Sie nicht auch? Aber so sagt man es nun mal. Sie wird das Zimmer aussuchen, das Licht, die Wand, die Höhe.«

»So schnell Versöhnung? Nach dem, was Sie Ihrem Vater so an den Kopf geworfen haben?«

»Das kommt bei uns öfter vor. Einer von uns beiden macht dann immer den ersten Schritt. Diesmal war ich wieder dran.«

»Warum können Sie nicht beruflich so aufeinander zugehen? Sie haben doch schon einmal im Familienunternehmen gearbeitet. Sie haben sich gestritten ... und getrennt. Sie sind nach Hamburg gegangen. Gab es kein Versöhnungsgeschenk? Keinen noch so zaghaften Versuch?«

»Donald und der Drache. Sie waren doch in Holtenau bei meinem Vater. Haben Sie die beiden gesehen? Das war mein Versuch. Aber es half nichts.«

»Ihr Vater sagte, Sie hätten sich als Innenarchitektin in seinem Zimmer betätigt und den Donald zum Drachen gesellt. Damit er lerne, unerbittlich zu sein.«

»Das hat er gesagt? Erwachsen werden, das nennt er unerbittlich werden? Mein Urgroßvater, ja, *der* war unerbittlich streng. Aber das hat mein Vater verdrängt. Er hatte Angst vor ihm! Und hängt sich ein Porträt von ihm ins Zimmer. Da würde ich ja Depressionen kriegen! Als ich es abhängen wollte, hatte er Tränen in den Augen!«

Der Kellner brachte die Vorspeise.

»Das Austernfleisch ist etwas zäh«, sagte sie und kaute mit langen Zähnen. »Ohne einen Spritzer Zitrone dran geht es wohl gar nicht.«

»Austernfleisch ist immer so«, sagte Malbek und sah nachdenklich in die geöffnete Muschel. »Es ist lecker. Aber mehr auch nicht. Ich verstehe nicht, warum die Kellner immer so eine geheimnisvolle Miene aufsetzen, wenn sie es servieren.«

»Ich verrate Ihnen ein großes Geheimnis.« Sie beugte sich verschwörerisch vor, sah kurz um sich und fuhr mit der Zungenspitze über die Oberlippe. »Wenn die Muschel nicht dabei wäre, würde ich es nicht essen. Ich lasse mir die Muschel immer einpacken, wasche sie und stelle sie mir in Hamburg ins Regal. Sehen Sie?« Sie drehte die leere Muschel mit der Gabel um. »Diese sieht aus wie der Thron eines Meeresgottes. Ich werde ein wenig Schmuck hineinlegen.« Wieder beugte sie sich zu ihm vor. »Darf ich Ihre auch haben?«

»Natürlich!«

Er versuchte, die Muschel auch umzudrehen, aber sie schüttelte den Kopf. »Nein, drehen Sie sie wieder um. Ja, so muss sie liegen. Es ist eine Bärentatze, mit der man zaubern kann. Hier, vier Zehen.« Sie langte mit der Hand zur Muschel und berührte seine Hand. Er spürte einen leichten elektrischen Schlag.

»Was können Sie mir über Robert Lüllmann erzählen?«, fragte er.

»Meinen Ex?«

Ich habe die Frage falsch formuliert, dachte Malbek.

»Nein, Robert Lüllmann, den ehemaligen Geschäftspartner und Freund von Frank Bönig.«

»Nur wenn ich zuerst ein wenig über den Ex erzählen darf«, sagte sie schmollend. Sie sah ihn dabei nicht an, aber ihre Lippen taten es.

»In Gottes Namen.«

»Er ist ein Arschloch. Punkt.«

»Wann haben Sie das gemerkt?«

»Sehr schnell.«

»Wie lange waren Sie zusammen?«

»Ein knappes Jahr.«

»Wie endete es?«

»Als er meinem Vater in meiner Gegenwart erzählte, dass die Reederei dringend einen Operating Manager brauche, dass er der richtige Mann dafür sei, und nach der Heirat würde sich für mich sicher auch noch etwas finden. ›Nicht wahr, Schatz?‹« Sie verwandelte sich für Sekunden in ihren Exfreund.

Malbek erkannte die ruckartigen Kopfbewegungen und die schneidende Stimme.

»In Gegenwart meines Vaters habe ich mit ihm Schluss gemacht. ›Du bist ein Arschloch.‹ Das war vor sechs Monaten. Gestern wollte ich noch meine Sachen aus meinem Zimmer in Keitum holen. Ich bin übrigens ausgezogen. Ich kriege Depressionen, wenn ich sie nur sehe, diese Bönig. Ich komme also in den Flur und höre aus dem Strandzimmer Stimmen. Da sitzen sie beide nebeneinander einträchtig auf dem Sofa und sehen mich erschrocken an. Die Bönig und der Lüllmann. Als ob ich sie beide im Bett erwischt hätte.« Sie schüttelte den Kopf und sah nachdenklich aus dem Fenster.

»Und was war?«, fragte Malbek ungeduldig.

»Als ich reinkam, griff Lüllmann nach Papieren, die auf dem Tisch lagen, steckte sie hastig in seine Laptoptasche und schob ein Laptop hinterher.«

»War es ein Coram 5?«

»Woher soll ich das wissen? Er hat sich ständig neue Modelle gekauft. Ja, genau so war's!«

Sie lachte laut auf. Von den Nebentischen sah man amüsiert herüber. Sie hielt sich erschrocken die Hand vor den Mund.

»Haben Sie gefragt, was die beiden da machen?«

»Das brauchte ich gar nicht. Sie plapperte hektisch los, dass sie Herrn Lüllmann dabei helfe, die mit ihrem verstorbenen Manne begonnenen Projekte weiterzuführen.« Sie redete gestelzt, wie Manuela Bönig es manchmal tat. »Ob sie denn dabei wenigstens ein paar Groschen dafür bekäme, habe ich gefragt. Sie hat ihn schnell zur Tür gebracht und ist sofort in ihre Dachkammer im Haus meines Vaters geflüchtet. Und ich hab meine Sachen geholt.«

»Was waren das für Unterlagen, die er eingesteckt hat? Haben Sie etwas erkennen können?«

»Das war doch nur ein Vorwand! Der wollte sich doch bloß wieder in Position bringen! Bei der neuen Frau Molsen anklopfen! Die hatte ihm doch sicher schon die gleiche Geschichte von Verlobung und Hochzeit erzählt wie Ihnen. Und er dachte, wenn es nicht mit der Tochter geklappt hat, dann vielleicht über die zukünftige Reedersgattin.«

»Rita Lüthje würden Sie als Stiefmutter akzeptieren?«

»Es geht nicht um die richtige Stiefmutter für mich, sondern um die richtige Frau für meinen Vater.«

»Und wieso ist Manuela Bönig keine Frau für ihn?«

»Er liebt sie nicht. Er fühlt sich geschmeichelt. Das ist alles. Sobald eine andere Frau auftritt, die das gewisse Etwas hat, das Mütterliche, ist er verliebt. So!« Sie schnippte mit dem Finger.

»Meinen Sie denn, dass Manuela Bönig so einfach gehen wird?«

»Von allein nicht. Mein Vater muss sie vor die Tür setzen, oder genauer gesagt, er wird ihr eine Wohnung suchen müssen. Es ist eine Situation, aus der er lernen kann. Eine klare Entscheidung für sein Leben zu treffen, sich durchzusetzen.«

»Und Rita Lüthje hat das, was er braucht?«

»Auf jeden Fall mehr als diese Serviererin im Büro, obwohl sie auch etwas Mütterliches hatte. Ich hab doch gesehen, mit welchen Blicken er ihr gefolgt ist.«

»Wen meinen Sie?«

»Tun Sie nicht so, Sie wissen es längst. Ich weiß nicht, von wem, aber ich sehe es Ihnen an der Nasenspitze an. Entschuldigung. Sie bekommen so neugierige Grübchen, wenn Sie etwas verheimlichen.«

»Neugierige Grübchen?«

»Hat Ihnen das noch nie eine Frau gesagt? Merken Sie sich eins. Nur eine Frau, die das sieht und es Ihnen sagt, kommt für Sie in Frage.«

»Aha!« Er grinste.

»Jetzt ist es ganz schlimm!« Sie lachte auf.

»Ich verrate Ihnen jetzt auch ein Geheimnis«, sagte Malbek. »Mein Leibgericht ist gebratene Hähnchenkeule. Am liebsten kalt. Und dieser Dorsch …«, er kaute, »… hat etwas zu lange in der Tiefkühltruhe gelegen. Aber die Senfsauce mit dem Kartoffelsalat ist superb, wirklich.«

Sie lachten wie über einen gemeinsamen Streich und sahen mit gespieltem Schuldbewusstsein um sich. Inzwischen hatte sich das Restaurant gefüllt, und ein diskretes Murmeln erfüllte den Raum. Frostig abschätzende Blicke lagen auf Malbek.

»Ihr Vater hat seine Serviererin gefeuert«, sagte Malbek, wieder ernst.

»Dann war er ausnahmsweise mal konsequent. Höchste Zeit, dass er das auch mit der Bönig macht. Das mit der vorübergehenden Zuflucht in seinem Haus war doch alles nur Theater. Sie hatte schon lange ihre Tentakel nach meinem Vater ausgestreckt. Wissen Sie eigentlich, wie lange schon?« Sie beugte sich zu Malbek vor und hielt die Gabel wie einen Zeigefinger in die Höhe. »Seit Jahren! Auf irgendeiner Party hat sie ihn in ihr Herz geschlossen. Wie gesagt, mein Vater fühlte sich geschmeichelt, wie immer. Ich weiß nicht, was da zwischen den beiden alles gelaufen ist. Er hat es zumindest gut vor mir verborgen. Aber jetzt macht die Bönig Ernst, und ihm wird es unheimlich. Mein Vater wird mir dankbar sein, dass ich ihn Rita in die Arme geschubst habe. Und Rita wird mir auch dankbar sein. Die hat seit Jahren hier mal was und da was, aber es war nie das Richtige.«

»Wenn Sie Ihrem Vater eine mütterliche Partnerin wünschen … dann wird er doch immer nur ein kleiner Junge bleiben. Genau das, was Sie ihm vorwerfen.«

»Was ich meine, ist Folgendes: Kleine Jungs stolpern und fallen, es dauert lange, bis sie daraus lernen. Manche lernen es nie. Jedenfalls solange es nicht richtig wehtut. Genau so ist es bei meinem Vater. Der Tod seiner Eltern und meiner Mutter … es fällt mir schwer, es auszusprechen … er hat es nicht verstanden. Und deshalb hat es ihm nicht wehgetan. Er spürt sich nicht richtig. Und wenn er jetzt so tut, als ob die Reederei sein Lebensinhalt wäre, ist das seine Lebenslüge! Für meine Mutter war es das, der Lebensinhalt. Er soll es einfach akzeptieren, dass er ein großer Junge ist, und eine Frau haben, die ihn auch so akzeptiert, wie er ist. Manuela Bönig ist das nicht. Sie versteht nichts von meinem Vater und nichts vom Reedereigeschäft. Aber sie tut so, verweist auf ihre Erfahrung als Boutiquenbesitzerin. Ha!«

»Und Rita Lüthje versteht nichts vom Reedereigeschäft, aber wenigstens Ihren Vater?«

»Ja, genau das glaube ich. Und sie hat ihre Kunst.«

»Und so würde sich doch noch Ihr persönlicher Traum erfüllen …«

»Was meinen Sie?«

»In die Fußstapfen Ihrer Mutter zu treten, die Geschicke der Reederei Molsen zu steuern.«

»Ist das verwerflich?«

»Nein, Gott bewahre! Wohin würden Sie steuern?«

»Seit drei Jahren stagniert es. Und in den letzten Jahren bröckelt es. Mein Vater stürzt sich in Depressionen und Frauenabenteuer. Die ›Christian Molsen‹ hat er als Fondsschiff verkauft. Das sei der Schritt in die Zukunft, um weiterzukommen. Das haben ihm Frank Bönig und Lüllmann erzählt. Die Einzigen, die daran verdienen. Man versucht, die Symptome, die mangelnde Liquidität, zu lindern, aber geht nicht an die Wurzeln. Mein Vater lebt von der Hand in den Mund. Betriebswirtschaftlich und privat. Er hat immer noch die Gedanken meines Urgroßvaters im Kopf, der gleichzeitig auf Passagier-, Massengut- und Stückgut setzte. Die Zeiten sind vorbei, meine Mutter hat sich durchgesetzt, sodass wir gerade noch die Kurve kratzen konnten. Sie ließ die Containerschiffe vom Typ Baltic-Mac bauen, stieß den Rest der Tonnage nach und nach in Nah- und Fernost ab. Und jetzt wird es Zeit, sich auf die Zeit nach der Kanalerweiterung umzustellen. Die Schiffe werden größer. Das ist profitabler. Man muss rechtzeitig reagieren.«

»Aber die ganz großen Reedereien wie Maersk …«

»Nein, so groß nicht. Aber die Werften haben schon die Pläne in der Schublade für die neuen Schiffe, für Reedereien wie uns. Ich hab mich umgesehen. Wir müssen jetzt Rücklagen bilden. Das muss richtig gesteuert werden.«

»Eine Reederin mit Vision!«

»Mein Vater repräsentiert die Reederei. Er kann Kontakte knüpfen und Menschen für sich gewinnen. Seine naive Art erweckt Vertrauen. Dann muss die Falle zuschnappen. Das hatte meine Mutter erkannt. Sie hat ihn dabei unterstützt und gleichzeitig den Kurs bestimmt. Er soll das ja auch weitermachen. Aber es gibt jetzt sehr viel zu entscheiden.« Sie trank ihr Glas in einem Zug aus, wischte sich wieder mit dem gewissen Blick den Schaum von der Oberlippe. Sie hatte so herrlich rote Flecken auf den Wangen bekommen.

»Noch mal zum Thema Lüllmann. Wie lange kannten Sie das Ehepaar Bönig schon?«, fragte Malbek.

»Jahre.«

»Wie war die Ehe?«

»Ich glaube, schrecklich.«

»Haben Sie da etwas aus eigener Anschauung mitbekommen, sozusagen aus erster Hand?«

Er beobachtete, wie ihr Messer das Lammsteak durchschnitt, als wenn es Butter wäre. Das Blut verteilte sich langsam auf dem Teller.

»Was jeder sah, der am Haus vorbeikam, war diese schreckliche Schneiderbüste. Die hatte er in seinem Arbeitszimmer am Fenster stehen. Darüber wurde auf Sylt überall gelästert.«

»Waren Sie mal Zeuge eines Ehestreits bei den Bönigs?«

»Nein, die waren meist getrennt auf Partys und Events. Und wenn sie zusammen da waren, haben sie sich so verhalten, als ob sie sich nicht kennen.«

»Was wurde geredet? Den Klatsch, meine ich.«

»Also ... eigentlich habe ich gedacht, Sie würden diese Geschichten alle kennen.«

»Woher? Ich bin kein Sylter, ich arbeite in Kiel und wohne im Wohnmobil auf meinem Grundstück in Angeln.«

»Jette ... hat viel mit Manuela telefoniert. Immer schon. Mit mir auch, aber ich habe meist nur zugehört. Mir war klar, dass sie jedes Mal nur etwas für ihre Klatschspalte suchte. Und manche Geschichten tauchten da auch auf. Manche nicht, das muss man ihr zugutehalten. Aber ... na ja.«

»Wissen Sie, worüber Jette mit Manuela Bönig telefoniert hat?«

Regina nickte. »Jette hat mich gern danach angerufen, um den Anruf von Manuela zu verifizieren, wie sie es nannte. Das lief bei

Jette immer ganz sauber unter beruflicher Recherche. Also das, was Sie wahrscheinlich interessiert, war nach dem Mord an dem jungen Seemann. Zwei Tage später, glaube ich. Jette erzählte von einem Anruf von Manuela. Frank sei abends nach einem Termin nach Hause gekommen, und sie hätte gefragt, warum er denn heute keinen Geschäftsfreund mitgebracht hätte. Das war gehässig gemeint, weil er oft einen sogenannten Geschäftsfreund mitbrachte. Die betranken sich immer, und er zeigte ihm dann am nächsten Tag stolz die Insel. Darüber hat Manuela sich oft beklagt. An diesem Abend antwortete er auf Manuelas Frage nach dem fehlenden Gast, den hätten die Mitreisenden gefressen. Und er hat blöde gelacht.«

»Die Mitreisenden fressen den Geschäftsfreund?«

»Und dann hat Jette erfahren, dass die Leiche von Wollhandkrabben angeknabbert war. Sie hat Manuela und mich dann angerufen und ihre Theorie erzählt.«

»Welche Theorie?«

»Über diese komische Bemerkung von den Mitreisenden. Immerhin hat sie die nicht in ihrem Zeitungsartikel verbreitet. Da stand nur was Ekliges von den Wollhandkrabben.«

»Das hab ich gelesen. Aber was ist das für eine Theorie?«

»Die Wollhandkrabben sind aus Fernost in Ballasttanks der Frachter eingewandert und verbreiten sich hier explosionsartig. Das weiß man in der Branche. Das sind die Mitreisenden. Und die fressen alles. Auch Leichen.«

»Ich weiß. Und daraus schloss Manuela Bönig, dass ihr Mann der Mörder von Markus Peters war?«

»Ist das so abwegig?«

»Nein. Aber das reicht als Beweis noch nicht. Aber man könnte Manuela Bönig ... Mein Gott, warum haben Sie mir das nicht schon längst erzählt?«

»Weil die Freundin des Kommissars mir etwas vom Hörensagen erzählt hat? Was geht mich das an? Ich wusste doch nicht, dass ich Sie eines Tages kennenlernen würde! Was glauben Sie, was ich für ein Bild von Ihnen hatte?«

»Was für eines?«

»Ein Schmarotzer, der seine Freundin, die Journalistin, für seine Ermittlungen benutzt. So kam das rüber, was Jette mir erzählte! Sie hat Sie nicht Schmarotzer genannt, nein. Aber es klang so ähnlich.«

Er schwieg. Als wir zusammen anfingen, ihr Haus zu renovieren, dachte Malbek, da hat sie das schon alles gewusst. Hat mir Hillys Einladung verschwiegen. Sie wusste das alles, als er ihr das erste Mal von dem ermordeten Seemann am Kanal und von der Molsen-Reederei erzählte. Hatte mit Regina Molsen telefoniert. Und wollte ihn auf Sylt nicht dabeihaben.

»Sie hat Sie angelogen. Tut mir leid«, sagte Regina.

»Das braucht *Ihnen* nicht leidzutun.«

Er schob den Teller von sich.

»Ich hab vergessen zu essen. Jetzt ist es kalt, und ich habe keinen Appetit mehr«, sagte Malbek.

»Kommen Sie, wir gehen an den Strand!«

Sie zahlte und ließ sich die beiden Austermuscheln einpacken. Sie holte sich eine Wolljacke aus dem Auto und lief wieder voraus. Auf dem sandigen Holzsteg zwischen den Dünen holte er sie ein. Sie küssten sich.

Sie gingen eine Weile schweigend Hand in Hand am Strand entlang und beobachteten, wie die Wellen immer weiter herauf-leckten. Die Flut kam. Von der Sonne blieb am Horizont ein verlöschender Schein, dessen Farbe man nur noch erahnen konnte. Die Lichter von Westerland fanden den Weg hinauf bis zu den dunklen Wolken, die vom auflandigen Wind zu ihnen herübergezogen waren. Wenn sie sich umdrehten, sahen sie nicht, woher sie gekommen waren. Vor ihnen lagen in trügerischer Vertrautheit ein Flecken Strand und die dunkle Brandung. Es war ihnen egal.

Sie hatte zufällig ein Hotelzimmer gebucht.

27.

Malbeks Handy klingelte. Gleich würde das Diensthandy auf Anrufbeantworter schalten, und er hätte immer noch genug Zeit, zurückzurufen. Er erinnerte sich, dass Regina im Morgengrauen aufgestanden war und ihm zugeflüstert hatte, dass sie rechtzeitig in Hamburg sein müsse. Er war sofort wieder eingeschlafen. Wenn er es recht überlegte, waren sie auch erst bei Morgengrauen eingeschlafen. Er wollte auf seine Armbanduhr sehen, aber sie war nicht da. Richtig, sie hatte gestört. Er zog die Decke über den Kopf.

Das Handy klingelte wieder. Er kroch aus dem Bett, rutschte auf seiner Hose aus, die neben dem Bett lag, und fiel in einen Sessel. Das Handy steckte in seiner Jacke, aber wo lag die Jacke? Er zog den Vorhang auf. Wie um alles in der Welt war sie unter das Bett gekommen?

Es war Kapitän Stegemann. Er wollte wissen, wo Henning Schlömer steckte. Er könne ihn nicht erreichen.

Malbek fror. Ihm wurde bewusst, dass er splitternackt war. Er zog sich das Hemd an, abwechselnd das Handy mit einer Schulter an die linke und rechte Wange gedrückt.

»Er ist bei uns in Kiel im Verhör«, sagte Malbek. »Ich glaube nicht, dass es zu einem Haftbefehl reicht. Er hat einen festen Wohnsitz und ist wahrscheinlich nicht vorbestraft. Bei Ihnen im Garten konnte er nicht bleiben. Wohin fahren Sie?«

»Wir fahren direkt nach Rotterdam via Nord-Ostsee-Kanal. Haben Rendsburg passiert. Sie können mich also wieder normal über Handy erreichen. Rufen Sie mich wieder an, wenn Sie Näheres wissen? Braucht er einen Anwalt?«

»Ja, das wäre angebracht.« Malbek erinnerte sich plötzlich an einen Moment seiner Kanalpassage. Als der Offizier etwas am Computermonitor über die Container erklärte.

»Hallo? Sind Sie noch da, Herr Malbek?«

»Ja, verdammt, diese blöde Hose … ich suche nur einen Zettel, einen Moment!«

Zahlencode, Buchstabe R oder L. Oder F.

»Hier! Ich habe ihn! 12365 Minusstrich F! Sagt Ihnen das was?«

»Noch mal! Etwas langsamer, bitte!«

»Eins ... zwei ... drei ... sechs ... fünf ... Minusstrich ... F!«

»Ich hab es mitgeschrieben. 12365 minus F. Okay?«

»Okay!«

»Das hört sich wie eine Containerladeposition auf unserem Schiff an! F könnte für Front stehen! Wo haben Sie das her?«

»Erzähl ich Ihnen später. Wie schnell können Sie das prüfen?«

»Na, zehn Minuten. Wenn das ...«

Die Verbindung war abgebrochen. Malbek duschte sich und legte das Handy in Hörweite vor die Tür des Bads. Er zog sich an, sah dabei prüfend in den Spiegel. Ein übernächtigtes Honigkuchenpferd sah ihm entgegen.

Er versuchte, Stegemann zurückzurufen, bekam aber keine Verbindung. Malbek ging zur Tür und sah sich wehmütig um. Er überlegte einen Moment, ob er die Bettwäsche etwas richten sollte.

Das Frühstücksbüfett schien besser zu sein als das Abendessen. Es war kurz nach sieben. Der Raum war fast leer. Ein älteres Ehepaar am Nebentisch nickte ihm freundlich grüßend zu. Wahrscheinlich hatten sie ihn gestern im »Seeigel« gesehen.

Er verzichtete auf vieles und suchte nach den Zutaten, mit denen er einige Ersatzversionen seines Kraftbrotes zusammenstellen konnte. Er wickelte es in Servietten ein und ließ es in seiner Schultertasche verschwinden. Es würde ein langer Tag werden.

Er hatte gestern gleich nach dem Besuch bei Manuela Bönig die »Meisenanlage« getestet. Er hatte zwei Straßen weiter geparkt, war zurückgegangen und hatte in weitem Abstand die Position gesucht, von der er in das Strandzimmer sehen konnte. Das Speicherdepot hatte er in einem verwachsenen Distelbusch versteckt. Malbek steckte den Hörer ins Ohr und schaltete auf Empfang. Jeder »Meise« war ein Kanal zugeordnet, sodass er zwischen den »Meisen« überblenden und den Ton getrennt aufnehmen konnte. Sicher nützlich, wenn in mehreren Zimmern gleichzeitig geredet wurde.

Leider hatte er niemanden im Strandzimmer gesehen. Aber jemand war die Treppe hinaufgegangen. Wahrscheinlich Manuela Bönig.

Auf der dem Terrassenfenster gegenüberliegenden hinteren Zimmerwand hatte er Rita Lüthjes »Warten« wie eine Kulisse schimmern sehen, deren Farbe noch nicht trocken war.

Malbek sah auf sein Handy. Kein Anruf. Er wollte draußen versuchen, Stegemann zu erreichen. Er verließ den Frühstücksraum und gab den Zimmerchip an der Rezeption ab. Alles in Ordnung, die Rechnung sei schon bezahlt, sagte man ihm.

Vor dem Hoteleingang atmete Malbek tief durch und schloss für einen Moment die Augen. Alles in Ordnung war es für ihn noch lange nicht, aber er fühlte sich trotzdem so gut wie schon lange nicht mehr.

Als er die Augen öffnete, sah er nicht weit von seinem Dienstwagen Lüllmanns Offroader. Die Kofferraumklappe stand offen, und eine Frau griff hinein. Jette. Sie richtete sich auf, sah zum Hoteleingang und erkannte Malbek. Sie hatte wahrscheinlich Lüllmann erwartet. Ihr Mund blieb halb offen stehen, und Malbek sah auf die Entfernung ihre Augenlider zucken. Der Weg zu seinem Wagen führte an ihr vorbei. Sie schien seine Gedanken lesen zu können, blickte kurz nach rechts und erkannte seinen Dienstwagen.

Sie schlug die Heckklappe zu. Er ging auf sie zu. Blieb stehen. Er sah sie an und war im Begriff, an ihr vorbeizugehen.

»Was machst du denn hier?«, fragte sie.

Er ging schweigend weiter.

»Ich mach hier Recherchen.« Sie lief neben ihm her und schniefte mit der Nase. »Weißt du, das hat angefangen, als dieser Mord passierte auf der Vernissage. Ein Freund des Ermordeten hat mir gesagt, er könnte mir noch mehr über die Hintergründe zeigen, wir könnten zusammen die Sache aufklären. So würde ich dir doch helfen, dachte ich, und wir haben uns hier mit Leuten getroffen, die mehr über die Hintergründe erzählt haben. Das würde dich interessieren …« Sie zog die Nase hoch.

Malbek schloss seinen Wagen auf.

»Ich hab deinen Dienstwagen gar nicht gesehen«, sagte sie. »Bist du nicht mit deinem Skipper unterwegs? In geheimer Mission? Wir müssen uns unterhalten, dann bekommen wir das zusammen. Verstehst du nicht? Warum sagst du nichts?«

Er setzte sich in den Wagen und startete den Motor. Jette stand daneben und redete weiter. Er hörte sie nicht. Er sah sie an, sie war ihm fremd. Er wollte nur weg von ihr, keine Auseinandersetzung mit ihr, sich keine von diesen schwachsinnigen Entschuldigungen anhören. Keine Lügen mehr. Nur weg. Sie klopfte gegen die Scheibe, nackte Angst stand in ihren Augen. Er steuerte einen Schlenker nach rechts, um sie vom Auto wegzubekommen, und hätte dabei fast einen geparkten Ferrari erwischt. Im Seitenspiegel sah er, wie Jette auf die Knie fiel.

Als er in der Ausfahrt auf eine Lücke zum Einfädeln wartete, sah er im Rückspiegel, wie sie ihm, immer noch auf den Knien, irgendetwas hinterherschrie. Er fuhr das Fenster herunter, griff in seine Jacke, warf ihren Hausschlüssel raus und gab Gas.

Hatte sie Lüllmann erzählt, dass ihr Freund Polizist ist? Hatte er sie deshalb ausgewählt? Hatte sie Malbek schon lange ausgehorcht, ohne dass er es merkte?

Malbek fuhr an den Straßenrand und wählte Stegemanns Nummer. Er meldete sich.

»Wir haben einen Container mit der Nummer an Bord. Eine Spedition aus Polazk hat ihn im Containerhafen Klaipėda eingeliefert. Polazk liegt im Norden Weißrusslands. Habe gerade mit unserem Schiffsagenten in Klaipėda telefoniert, der hat das sehr schnell parat gehabt. Es ist eine Twenty-foot Equivalent Unit, also ein Container, der ungefähr sechs mal zwei mal zwei Meter groß ist. Laut Frachtpapieren sollen Holzkohlebriketts drin sein. Das Nettogewicht des Containers ist dafür allerdings etwas zu hoch, fast eine Tonne mehr. Wissen Sie denn, was wirklich drin ist?«

»Pralinenschachteln. Nein, das war ein Scherz. Aber vermutlich keine Matroschka-Puppen. Wir werden den Container in der Prüfanlage Hamburg-Waltershof durchleuchten müssen. Bitte kein Wort über unsere Entdeckung. Haben Sie schon jemandem etwas gesagt?«

»Der Lotse hat etwas mitbekommen.«

»Das ist okay. Auch dem Elblotsen und dem Hafenlotsen sagen Sie, dass ein verdächtiger Container in Waltershof geröntgt werden muss. Der Hafenlotse bekommt vom Hafenkapitän Bescheid, welchen Kai er anlaufen soll. Viel Glück.«

»Ich mag weder Pralinen noch Matroschkas. Tschüss.«

Malbek rief Lüthje an und unterrichtete ihn über den Code auf der Homepage von Bönig und das Telefonat mit Stegemann. Lüthje versprach, sofort die Technikgruppe des mobilen Einsatzkommandos zu alarmieren.

»Das ist leider noch nicht alles«, sagte Malbek. »Lüllmann hat sich wahrscheinlich in den Besitz des Laptops von Frank Bönig gebracht. Wir müssen davon ausgehen, dass er auch über den Mord an Markus Peters zumindest Bescheid weiß. Wir müssen ihn festnehmen. Kannst du das bitte regeln? Und vergiss nicht, Hoyer und Vehrs in unserem Krisenstab zu beschäftigen.«

Zehn Minuten nachdem sie das Telefonat beendet hatten, rief Lüthje wieder an.

»Der Einsatz läuft. Brockhaus hat die Leitung. Es wäre gut, wenn du in Waltershof dabei bist, wenn der Container geöffnet wird«, sagte Lüthje. »Kannst du das einrichten? Das Schiff trifft erst in ungefähr fünf Stunden ein, du solltest aber rechtzeitig da sein. Die Strecke Westerland–Hamburg ist nicht ohne. Ich halte dich auf dem Laufenden.«

»Ich wollte Manuela und Axel heute noch mal in die Mangel nehmen, aber das muss ja nicht sofort sein.«

Eigentlich wollte Malbek wieder mit den »Meisen« Mäuschen spielen. Ob Lüthje schon wusste, dass seine Schwester mit Molsen angebändelt hatte? Vielleicht würde Rita Hilly davon erzählen. Malbek zog es vor, darüber zu schweigen. Lüthje würde ihm wegen seiner unkonventionellen Ermittlungsmethoden sicher das Fell über die Ohren ziehen. Wenn ihn nun in Hamburg-Waltershof aus dem geöffneten Container zehntausend Matroschkas höhnisch angrinsten?

Während Malbek über das Lenkrad gebeugt dasaß und sich immer tiefer in Selbstzweifel verstrickte, rief Lüthje zurück.

»Ich hab noch mal mit Brockhaus konferiert. Normalerweise wird ein verdächtiger Container mit einem GPS-Gerät präpariert, um die Spur zum Empfänger verfolgen zu können. Das ist hier zu gefährlich. Es ist möglich, dass im Container Drogen oder Waffen sind. Oder beides. Plastiksprengstoff wird auch gerne über diese Route geschickt. Das Worst-Case-Szenario wäre eine Explosion des Containers und damit des Schiffes unter einer von Zug oder Autos befahrenen Hochbrücke über dem Kanal während der Passage eines Passagierschiffes in der Gegenrichtung. Man kann auch nie ausschließen, dass so ein Container an der entsprechenden Stelle vom Ufer aus ferngezündet wird. Aber hier scheint es ja nur um Schmuggel zu gehen. Wir haben Glück, dass das Schiff jetzt bald in der Ausgangsschleuse ist, also Brunsbüttel. Deshalb wird das Schiff anschließend durch die Elbe gelotst bis zu einem Kai in der Nähe von Waltershof. Die Straßensperrung läuft schon.« Lüthje blätterte. »Er hat mir den für solche Fälle vorgesehenen Maßnahmenplan, der jetzt abläuft, per Fax geschickt. Möchtest du ihn hören?«

»Ja, ich bitte darum.«

»Hey, du klingst etwas mitgenommen. Was ist?«

Malbek erzählte in kurzen knappen Worten von Jette und Lüllmann und dass er sie heute auf einem Hotelparkplatz gesehen hatte, als sie etwas aus dem Kofferraum von Lüllmann geholt hatte. Ein kurzes Gespräch habe in ihm den Verdacht erhärtet, dass sie Kokain geschnupft hatte. Danach sei er sofort weitergefahren. Malbek wollte lieber nicht in die Details gehen.

»Ich habe ihn in letzter Zeit zu oft zitiert, den Polizeidirektor Vogel. Ich werde es jetzt nicht schon wieder tun.« Lüthje hatte eine etwas belegte Stimme. »Aber du weißt, was ich damit sagen will. Bist du so weit okay, dass du weiterarbeiten kannst?«

»Ich will jetzt das Fax von dir hören«, sagte Malbek.

»Okay. In der Schleusenzeit Brunsbüttel muss der übrige Schiffsverkehr warten. In der Elbe wird das Schiff von drei Schleppern begleitet. Die Schlepper sollen den Frachter in Kurs drücken oder bremsen, wenn er Maschinen- oder Ruderschaden hat. Die Lotsen sind bereits informiert. Die Wasserschutzpolizei fährt mit einem Boot zwei Seemeilen voraus, überwacht den entgegenkommenden Verkehr, gibt gegebenenfalls Anweisungen an die übrige Schifffahrt und beobachtet optisch und elektronisch die Ufer. Das Boot hinten macht das Entsprechende. *Over.*«

»Ich fahr jetzt los. Halt mich auf dem Laufenden. Ach ja, was ist mit Lüllmann?«

»Das kommt jetzt dran. Ich melde mich. Fahr vorsichtig, Junge. *Over* und Ende.«

Malbek hatte eine Tasche mit seinen wichtigsten CDs auch im Dienstwagen immer parat. Es gab nur ein Stück, das jetzt in Frage kam. Toccata und Fuge in d-Moll von Bach.

Malbek hatte den Westerländer Bahnhof noch nicht erreicht, als Lüthjes Anruf das Orgelkonzert unterbrach.

»Schorff vom Drogendezernat stellt sich wegen der Festnahme von Lüllmann quer. Wir hätten noch nichts Handfestes. Außerdem würden wir ihm die ersten Ermittlungsergebnisse kaputt machen. Seine Ermittlungen in der Infrastruktur wären in einem wichtigen Stadium. Der Lüllmann gehört mir, so seine Formulierung. Wenn wir Dummheiten machen, schaltet er unseren Flensburger Chef ein, Polizeirat Miesbach. Der Name ist Programm. Der kann übrigens sehr gut mit Staatsanwalt Kesselbach. Und der kennt wieder den Staatsanwalt Frost in Kiel gut.«

»Ich hab eine Idee«, sagte Malbek. »Bis gleich.«

Er rief Schackhaven an. »Hallo, Herr Schackhaven, hier Malbek. Ich wollte nachfragen, ob Sie sich mit Ihrer Frau auf ein Wohnmobil deutschen Fabrikats einigen konnten.«

»Herr Malbek, gerade habe ich an Sie gedacht. Nein, meine Frau besteht immer noch auf einem amerikanischen Modell, sie reitet immer wieder darauf herum, dass die viel schicker und besser ausgestattet seien!«

»Ich habe einen Vorschlag. Ich wollte mich nämlich auch nach einem neuen Modell umsehen. Ich lade Sie und Ihre Frau zu einer Probefahrt mit dem Wohnmobil meiner Wahl ein, ein Original Hammerstein Globetrotter, im Schwarzwald produziert. Ich bin mir sicher, dass ich Ihre Frau überzeugen kann. Na, was meinen Sie?«

»Genial! So etwas Ähnliches hatte ich mir auch überlegt, Herr Malbek. Nächste Woche Mittwoch habe ich Geburtstag, Sie kommen doch? Dann machen Sie meiner Frau persönlich diesen Vorschlag. Es sei Ihr Geburtstagsgeschenk für mich. Na, wie finden Sie das?«

»Wirklich genial, Herr Schackhaven. Abgemacht! Ach, ich habe noch eine Bitte. Könnten Sie Herrn Polizeirat Miesbach in Flensburg anrufen und ihn darüber informieren, dass wir eine Festnahme im Mordfall Markus Peters auf Sylt vornehmen wollen? Unsere Ermittlungen haben ergeben, dass der Verdächtige darüber hinaus auch für Drogenhandel und möglicherweise Waffenhandel verantwortlich ist. Ich denke, es ist besser, Vorsorge zu treffen, dass sich das Drogendezernat in Flensburg nicht übergangen fühlt. Aber es eilt, verstehen Sie?«

»Also noch eine gute Nachricht! Wir verstehen uns, Herr Malbek, ich werde Herrn Miesbach sofort anrufen und Sie umgehend informieren.«

»Vielen Dank. Äh, wann? Ihren Geburtstag am Mittwoch meine ich. Wie viel Uhr?« Malbek konnte seinen Erfolg kaum fassen.

»Neunzehn Uhr, ist Ihnen das recht?«

»Ich bedanke mich, Herr Schackhaven!«

»Ich habe zu danken, bis dann, Herr Malbek!«

Nach fünfzehn Minuten rief Schackhaven zurück. Er habe Miesbach auch eingeladen, und der sei mit Malbeks Vorgehensweise natürlich einverstanden.

Malbek rief Lüthje zurück.

»Ich verneige mein graues Haupt vor deiner Weisheit, junger Freund«, sagte Lüthje salbungsvoll. »Gott möge über deine Wege nach Hamburg wachen.«

»Tschüss!«

Malbek drückte auf Anfang und stellte die Musik lauter.

28.

Lüthje hatte recht gehabt, die Strecke von Westerland nach Hamburg war »nicht ohne«. Der Sylt Shuttle war ausnahmsweise nach Fahrplan gefahren, aber auf der A 7 bei Jagel stauten sich die Lastwagen aus Dänemark wegen einspuriger Verkehrsführung in einer Baustelle. Es ging nur noch im Schritttempo voran, und vor der Ausfahrt Büdelsdorf ging wegen Sperrung der Rader Kanalhochbrücke nichts mehr.

Vehrs verfolgte im Internet mit dem »Automatischen Identifikationssystem für Schiffe« den Kurs der »Christian Molsen« und ihrer Begleitschiffe und hatte Malbek vor zehn Minuten darüber informiert, dass der Konvoi gerade ohne Störungen die Brücke passiert hatte. Den Rest der Strecke bis Hamburg-Waltershof legte Malbek als Blaulichtfahrt auf der Überholspur zurück.

Die Containerprüfanlage sah aus wie eine Müllverbrennungsanlage ohne Schornstein. Sie lag am Fuße der Köhlbrandbrücke, auf der die Container von Sattelzügen zu den Containerterminals gefahren wurden.

Diplom-Ingenieur Walter holte Malbek an der Pforte ab. Er trug einen mausgrauen Anzug, Ton in Ton mit seinen grauen Schläfen. Die Augen allerdings waren himmelblau, und überhaupt schien er ein Nachkömmling von Hans Albers zu sein. Seine Stimme hatte eine fröhlich-weinerliche Melodie, die am Ende eines Satzes oft mit einem Kiekser endete.

»Der Container ist noch mit dem Sattelschlepper vom Kai unterwegs. Muss aber gleich da sein. Er ist auf einem abgesperrten Kaiabschnitt in der Nähe entladen worden. Ich erkläre Ihnen so lange die Anlage. Okay?«

Sie gingen in das sogenannte Bedienungsgebäude, in dem sich nicht die Kantine, sondern die Steuerung der Anlage einschließlich der Bildauswertestation befand.

»Das Ganze ist eine Röntgengroßanlage, weltweit gibt es nur

vier. Ist ja auch nicht ganz billig gewesen. Fast zwanzig Millionen Euro. Mit der können wir theoretisch alle zehn Minuten eine Durchleuchtung abwickeln. Tja, das hört sich gewaltig an, aber tatsächlich können wir nur Stichproben machen oder verdächtige Container untersuchen, wie jetzt in Ihrem Fall. Wie sind Sie überhaupt auf den Container gekommen?«

Malbek erzählte ihm die Geschichte vom Code auf der Website.

»Raffiniert«, sagte Walter und ließ offen, ob er Frerksen beim LKA Kiel oder die Gauner meinte. »Ja, wo war ich stehen geblieben, ja, Stichproben und Verdachtuntersuchungen, wie Ihr Container heute. In Standardcontainern gemessen, werden in Hamburg um die zehn Millionen Einheiten umgeschlagen. Was meinen Sie, was uns da alles durch die Lappen geht. Es werden ständig neue technische Vorschläge entwickelt, um das in den Griff zu kriegen, zum Bcispiel den Containern einen Chip beim Beladen mitzugeben, aus dem man den tatsächlichen Inhalt ablesen kann, aber ich halte das für Unsinn. Wie will man denn beim Beladen auch nur eine Million Container prüfen? Nein, man sollte der Verbrechensbekämpfung im Kampf gegen Drogen und Waffen mehr Geld geben, nicht wahr? Und wenn man sich vorstellt, dass durch den Nord-Ostsee-Kanal jeden Tag neunzig Schiffe fahren, der überwiegende Anteil davon Containerfrachter, die jedes Mal um die zehntausend Container geladen haben, dann wird es einem doch nicht nur als Zollmann ganz schlecht, wenn man an die Dunkelziffer bei Waffenschmuggel denkt. Meine Schwester wohnt in Rendsburg direkt am Kanal, wenn die wüsste, was da alles an ihren Wohnzimmerfenstern vorbeifährt!«

»Allerdings. In diesem Tunnel da wird durchleuchtet?«, fragte Malbek und wies auf einen Plan der Anlage an einer Wand. Er war müde und hoffte, dass der Diplom-Ingenieur Walter alias Hans Albers bald wieder auf die Technik der Anlage zurückkam.

»Ja, das ist der Strahlenschutztunnel, die Durchleuchtungsanlage mit der Röntgenanlage, natürlich alles garantiert emissionsfrei, Sie brauchen also keine Angst zu haben. Daneben ist die Auspackhalle. Also das läuft so ab, dass der Sattelschlepper mit dem Container auf einem Übergabepunkt abgestellt wird, an dem der Fahrer das Fahrzeug verlässt. Eine Hubgabel hebt die Vorderachse an und zieht das Fahrzeug samt Container durch den Röntgentunnel. Ich bin der Systemoperateur. Wir können uns gleich die Röntgenbilder auf den Monitoren ansehen, die werden dann vom Computer ausgewertet und ausgedruckt. Und danach werden ... einen Moment.« Das Telefon klingelte. Der Sattelschlepper mit dem Container war angekommen.

Mehrere Monitore zeigten, wie der Sattelschlepper mit dem Container auf den Übergabepunkt gestellt wurde, der Fahrer den Tunnel verließ, bis der Container schließlich im Röntgentunnel stand. Man hörte Warntöne durch das Gebäude schallen. Die Sekunde der Wahrheit, dachte Malbek. Nach etwa einer Minute war das Röntgenbild auf dem Monitor.

»Holzkohle soll das sein? Ich fass es nicht, ein Tante-Emma-Laden! Volltreffer. Meinen Glückwunsch.« Walter schüttelte den Kopf und tippte auf der Tastatur herum.

Auf dem Monitor sah man ein ausgeblichenes Farbbild, wie man es von der Gepäckkontrolle auf den Flughäfen kannte.

»Wieso Tante-Emma-Laden?«, fragte Malbek.

»Einen Moment, ich muss noch die Befehle für die Bildanalyse eingeben. Ja, jetzt. Es ist eine Waffenlieferung, die nicht ein Produkt, sondern eine ganze Auswahl bereithält. Von vielem etwas. Bestellungen, die in einer Lieferung zusammengefasst werden. Das senkt die Transportkosten und erhöht den Gewinn der Lieferanten und der Vermittler. Alte Kaufmannsweisheit. Solche Sendungen werden in Rotterdam umgeladen und sind meist für Nordafrika bestimmt. Manchmal geht es auch von dort über den Landweg in den Tschad und Sudan. Ach, eigentlich ganz Zentralafrika.«

Er zeigte auf einen Bildschirm. »Der Container wird jetzt in die Auspackhalle gefahren. Wir können das Röntgenbild mal etwas analysieren. Im Vordergrund sehen Sie ein einfaches regelmäßiges Muster, das sind die Holzkohlebriketts in handelsüblichen Verpackungen, die als Tarnung um die eigentliche Ladung gestapelt sind. Das ist gepackt von Leuten, die etwas einfacher gestrickt sind, also von anderem Kaliber als die Kollegen, die den Code als Tracking-ID benutzt haben. Die hatten wohl Zugriff auf die Datenbanken der Containerhäfen. Hier, das kann man gut erkennen. Das sind Gewehre in Holzkisten, sieht aus wie Sturmgewehre russischer Bauart. Und daneben Panzerfäuste samt Munition. Und hier, das ist offensichtlich die Gewehrmunition. Jede Kiste ungefähr tausend Schuss. Maschinengewehre. Hier ganz frech, auch in einer Holzkiste, anscheinend Plastiksprengstoff. Und hier Pistolen.« Sein Finger wanderte auf dem Monitor herum. »Handgranaten. Wenn das zusammen explodiert wäre …«

»Was ist das hier?« Malbek zeigte auf eine Schicht länglicher Verpackungen, in denen Teile unterschiedlicher Größe lagen.

»Ich weiß nicht. Aber der Container wird gerade in der Auspackhalle geöffnet. Das können wir uns jetzt in natura ansehen.«

Von den Bänken der Auspackhalle grinsten Malbek keine Matroschkas entgegen, sondern fabrikneue Waffen und Munition, fein säuberlich verpackt in Ölpapier und Holzkisten. Beamte des Zolls sichteten die Beute.

»Diese kleinen Pralinenkästen da«, sagte Malbek und ließ von einem Beamten eine Schachtel öffnen.

Sie war doppelt so groß und dicker als eine Tafel Schokolade, plüschrot gefärbt, aus einer Presspappe, wie man sie von Eierverpackungen kannte. Obenauf lag ein gelbes Faltblatt mit einer Art Bedienungsanleitung in kyrillischen Buchstaben. Unter dem Faltblatt lag ein doppelzylindriger, schwarzer Kunststoffbehälter, daneben eine Patrone und ein zylindrisches Metallstück. Henning Schlömers »Pralinenkasten«.

»Eine einschüssige Feuerzeugattrappe russischer Bauart«, sagte Walter, der sie wie ein Briefmarkensammler neugierig beäugte. »Wurde früher gern vom KGB benutzt. Immer noch ein Exportschlager. Sollte wohl von Nordafrika weiter nach Sizilien. Die Mafia, überhaupt organisierte Kriminalität liebt solche Scherzartikel. Aber jetzt brauchen wir erst mal Spurensicherung und Kampfmittelräumdienst.«

29.

Als Malbek auf der Rückfahrt nach Sylt war, rief er Lüthje an und informierte ihn über die »Pralinenschachteln«, von denen grob geschätzt etwa tausend Stück fein säuberlich im Container gestapelt waren. Das restliche Inventar des »Tante-Emma-Ladens« musste noch erfasst werden.

»Frag Manuela Bönig, ob sie ihr Notebook freiwillig herausgibt«, sagte Lüthje energisch. »Nimm sie dir beide gleichzeitig vor, Manuela und Axel. Wenn du Hilfe brauchst, ruf mich. Lüllmann haben wir verhaftet.«

Sie hatten zugegriffen, als er in einer Villa in Wenningstedt ein Ehepaar beraten und gleichzeitig mit Koks beliefert hatte. In Lüllmanns Wagen hatte man sechshundertfünfzig Gramm Kokain im Wert von ungefähr siebzigtausend Euro gefunden. Jette hatte in Lüllmanns Wagen vor dem Haus gewartet. Sie sagte, dass sie eine Recherche für ihre Zeitung mache. In ihrer Tasche fand man dreihundertdreißig Milligramm Kokain. Sie wurde vernommen, aber nicht verhaftet. Sie hatte einen festen Wohnsitz und keine Vorstrafen. Die beiden Laptops, die man in Lüllmanns Wagen gefunden hatte, waren ins LKA Kiel gebracht worden. Frerksen fand Kommunikationsspuren auf Bönigs Laptop, die von Schlömer stammten. Schlömer hatte also die Wahrheit gesagt.

Spuren, die die Rolle Manuela Bönigs und Axel Molsens näher beleuchteten, wurden nicht gefunden. Lüllmann hatte in der ersten Vernehmung bestritten, irgendetwas mit dem Mord an Frank Bönig zu tun zu haben.

Malbek erreichte den letzten Sylt Shuttle um zweiundzwanzig Uhr fünf in letzter Sekunde und war nach einer halben Stunde auf der Insel.

Er parkte den Wagen zwei Straßen weiter, ging zwischen Strand und Häusern entlang, bis er zu den künstlich aufgehäuften Dünen auf der Rückseite des Molsen-Hauses ankam, legte sich auf den Bauch neben das Speicherdepot, schaltete sein Notebook ein und steckte die Ohrhörer ein, als sei es ihm schon zur Gewohnheit geworden.

Im Laufe des Spätnachmittags hatte sich von Osten eine tiefgraue Wolkendecke langsam über das Land geschoben und den bereits aufgegangenen Vollmond verdeckt. Ein eiskalter Wind ließ das Seegras wie wachsende Feuernester knistern. Jetzt war es fast Mitternacht.

Malbek sah durch die Deckung einiger Disteln und Seegrasbüsche über den Pool und die Terrasse zum Strandzimmer, dessen Fenster vom Terrassenboden bis zum Dachfirst und über die ganze Breite des Zimmers reichte. Die Vorhänge waren geöffnet, nur zwei Tischlampen auf den Beistelltischen der Sitzgarnitur beleuchteten den Raum mit wenigen Lichtinseln, die von Halbschatten getrennt wurden. Auf der hinteren Wand hing immer noch das Gemälde. Molsen hatte sich also durchgesetzt.

Malbek war, als ob er in einem Theater säße und auf eine Bühne mit den Kulissen eines Zimmers sähe, während die Schauspieler nur aus dem Off Geräusche machten. Absurdes Theater. Malbek hörte über seine Ohrhörer, dass jemand im Flur war, ohne dass er sagen konnte, was dieser Jemand machte. Modernes Theater. Er musste an die Ausstellungseröffnung denken, auf der er wie viele andere Gäste Manuelas plötzliches Erscheinen zunächst für ein Happening oder eine Performance gehalten hatte.

Schritte auf der Treppe. Es war dieses raschelnde Schaben, das die rauen Stufenfliesen unter den Schuhsohlen erzeugten.

»Ich weiß, dass du da bist. Mach auf.«

Es war Molsen. Endlich, der Dialog beginnt, dachte Malbek.

»Willst du es noch einmal hören? Ich hatte interessante Gespräche. Das war alles. Jemand interessierte sich für die Containerkosten von Århus nach Rotterdam. Mit so einem Gesprächspartner konnte ich da nicht unbedingt rechnen. Und es ist immer gut, wenn man sich überall mal sehen lässt.«

Türklopfen. »Manuela!« Molsens Stimme erhob sich.

»Ich finde das albern! Albern! Kannst du das nicht begreifen? Ich bin bei Frau Lüthje auf dem Sofa eingeschlafen. Ist das so schwer zu verstehen? Als ich heute Morgen aufwachte, waren immer noch Gäste da und redeten. Nur noch Künstler und Schriftsteller. Die machen doch immer die Nacht durch, für die ist das nichts Besonderes. Dafür schlafen die dann einfach am nächsten Tag bis in die Puppen. Fertig. Manuela, ich wusste doch nicht einmal, dass da noch eine Party stattfindet, als ich sie nach dem Hängen nach Hause brachte!«

Heute Morgen? Stritten die beiden sich etwa seit heute Morgen? Als der verliebte Axel Molsen von seiner Rita zurückkam?

»Ich gehe jetzt wieder runter.«

Stille.

»Hast du mich verstanden, Manuela?«

Molsen ging die Treppe runter. »Mein Gott noch mal, das ist ja nicht auszuhalten!«, sagte er dabei, wohl mehr zu sich selbst. Aber laut genug.

Geräusche, wahrscheinlich aus der Küche, Wasserhahn, klapperndes Geschirr. Ein Korken machte plopp.

Auftritt Molsen. Er erschien von links im Strandzimmer, in der rechten Hand vorsichtig ein Glas Rotwein balancierend, in der linken die Flasche Rotwein am Hals gepackt. Er trug maritime Kleidung, weißblauer Pulli und weiße Leinenhose. Er setzte sich in einen Sessel ganz rechts, sodass er die Zimmertür im Blick hatte. Glas und Flasche stellte er auf einen Beistelltisch neben einer Lampe. Griff wieder zum Glas und trank einen tiefen Schluck. Das Glas war schon fast leer. Also musste er in der Küche bereits getrunken haben.

Eine Tür ging auf. Auf dem Kanal »Flur«. Malbek zog mit dem Touchpad den Regler auf dem Desktop höher. Es war Manuela Bönigs Zimmertür. Sie zischte beim Öffnen und Schließen, weil sie eine zusätzliche Kunststoffisolierung in der Türfalz hatte.

Die Tür wurde nicht geschlossen. Manuela Bönig ging die Treppe hinunter. Auftritt von links. Sie ging langsam auf den im Sessel sitzenden Axel Molsen zu.

»Ich habe ihn für dich und mich umgebracht. Du wusstest es«, sagte Manuela Bönig mit tonloser Stimme.

»Ich habe dich nicht darum gebeten«, antwortete Molsen mit trotziger Stimme, freudig und kampfeslustig zugleich. Er hatte einen Erfolg errungen. Sie war endlich aus ihrem Zimmer gekommen und sprach mit ihm.

Sie legte den Kopf so schräg wie immer, als ob sie etwas sagen wollte, über das sie lange nachgedacht hatte. Aber sie griff nur in ihre Jacke, hielt ihm etwas entgegen. Molsen konnte es offenbar nicht erkennen, nahm seine Brille ab, kam näher, hob den Kopf zu ihr und öffnete den Mund. Er holte Luft, um etwas zu sagen. Ein Schuss fiel, das Zimmer wurde von einem Blitz erhellt. Malbeks Ohrhörer übersteuerten, er riss sie aus den Ohren, ohne den Blick abzuwenden. Molsens Kopf schleuderte nach hinten, zog den Körper mit nach unten, Blutspritzer besprenkelten die Scheibe mit Punkten, die langsam in Rinnsalen nach unten wanderten.

Einen unendlichen Augenblick lang war Malbek gelähmt, registrierte, dass er aufsprang, zur Waffe im Schulterholster griff, zur Terrassentür rannte und das Schloss der Glastür aufschoss, das vielleicht gar nicht verschlossen war.

Manuela Bönig sah ihn an, als hätte sie die ganze Zeit auf ihn gewartet. Sie hielt ihm die Waffe entgegen, die Waffe ihres Mannes, die Markus Peters getötet hatte. Eine einschüssige Feuerzeugattrappe. Sein Blick fiel auf das Gemälde. Das Haus lag im Dunkeln, nur die Wege, die zum Haus im Hintergrund führten, waren von den Lichtflecken erhellt, die ihnen die Tischlampen ließen. Das Böse, das Axel Molsen von draußen, vom Weg erwartete, war schon lange im Haus.

Dann erst sah Malbek zu Molsens Leiche.

30.

Manuela Bönig gestand, dass sie ihren Mann die Treppe zum Weinkeller hinuntergestoßen hatte. Im Vorbeigehen, ganz spontan. Als er unten lag und sich nicht rührte, hätte sie ihm die Schneiderpuppe hinuntergeworfen in der Annahme, dass ihn das wiedererwecken würde.

Die Mordpläne gegen ihren Mann hätte sie schon lange mit sich herumgetragen. Seit Jahren hatte sie ein Verhältnis mit Axel Molsen, der ihr versprochen hatte, sie irgendwann zu heiraten, wenn der Zeitpunkt gekommen sei. Als sie annehmen konnte, dass ihr Mann den jungen Seemann umgebracht hatte, dachte sie, dass nun der richtige Zeitpunkt für den Mord gekommen sei. Die Polizei würde den Täter bei den Feinden ihres Mannes suchen, die Freunde des jungen Seemannes sein müssten, diese verdächtigen und für den Mord verantwortlich machen. Sie wusste, dass ihr Mann im Waffenhandel tätig war.

Bei ihrer Vernehmung betonte sie immer wieder, dass sie es für Axel Molsen getan habe. Als er sie zurückwies und eine andere bevorzugte, habe es für sie keinen anderen Ausweg gegeben, als ihn mit der Waffe ihres Mannes zu töten.

Auf die Frage, ob es einen besonderen Grund dafür gebe, dass sie die einschüssige Feuerzeugattrappe ihres ermordeten Mannes für die Ermordung von Axel Molsen benutzt hätte, hatte sie geantwortet: Es sei einfach eine ideale Waffe für Frauen. Und nach einer kurzen Pause hatte sie hinzugefügt: »Frauen vernichten nur eine Person oder sich selbst. Männer vernichten eine ganze Welt.«

Die weiteren Ermittlungen legten den Schluss nahe, dass der Reeder Axel Molsen und seine Tochter Regina Molsen nie etwas von dem Waffenschmuggel erfahren hatten. Zweifelsfrei aufklären konnte man es aber nicht.

Die letzten beiden Sätze, die Axel Molsen und Manuela Bönig gewechselt hatten, behielt Malbek für sich. Noch vor dem

Eintreffen der Kollegen schaffte Malbek es, alle »Meisen« aus dem Haus zu entfernen.

Malbek mietete sich in Lindaunis an der Schleibrücke einen Standplatz für sein Wohnmobil. Im Herbst war immer ein Platz frei, und er hatte nur eine halbe Stunde bis zur Bezirkskriminalinspektion am Olof-Palme-Damm. Er zahlte die Miete für ein Jahr im Voraus. Jette schrieb er einen Brief, dass er nicht nach Moerksgaard zurückkehren würde.

Am letzten Tag des Septembers fuhr er zur Kanalfähre »Adler« in Holtenau und setzte über.

Vor dem Café am Tiessenkai setzte er sich an einen Tisch und beobachtete, wie ein Containerschiff von der Förde in die Schleusenkammer glitt. Der Kellner brachte die Karte und fragte, ob er etwas essen wolle. Frische Wollhandkrabben seien wieder reingekommen. Malbek lehnte freundlich ab und bestellte nur einen Café au Lait. Nicht gerührt und nicht geschüttelt. Der Kellner erkannte ihn, aber es half nichts. Der Café au Lait wurde wieder wie frisch aus dem Mixer serviert.

An dem kleinen Anleger verkaufte Fischer Höger seinen Fang an Stammkunden. Ein junger Mann, der Flundern in der Plastiktüte gekauft hatte, half einer Chinesin, einige Kisten voller Wollhandkrabben in einen am Kai bereitstehenden japanischen Kombi zu verladen. Sie griff ein Tier aus den Kisten und erklärte ihm wortreich und mit unendlich vielen Gesten, wie man es kochte und aß.

Malbek zahlte und ging ein Stück zum Reedereigebäude hoch. Am Fenster des ehemaligen Arbeitszimmers des Reeders Axel Molsen stand ein Blumenstrauß. Es waren tiefrote, fast schwarze Rosen. Sicher ein Willkommensgeschenk. Sie war am Ziel. Um welchen Preis.

Sie würde keine Zeit mehr für ihn haben. Gab es überhaupt Liebe, die nicht auf Selbsttäuschung beruhte?

Die Sonne stand tief im Westen über der Kanalbrücke, die Schatten wurden länger. Die ersten Blätter taumelten zu Boden. Er schlug den Kragen seiner Lederjacke hoch und ging zurück zum Fähranleger. Er winkte dem Fährmann zu, der die Gangway der »Adler« gerade hochfuhr, um abzulegen. Er fuhr sie wieder herunter, Malbek lief an Bord, kletterte die Leiter zum Ruderhaus hoch und musste sich auf halber Höhe am Geländer festhalten, als die »Adler« sich auf dem Weg an das gegenüberliegende Kanalufer heftig in die Kurve legte. Der Fährmann beugte sich lachend zu ihm herunter.

»Na, Herr Kommissar, das war aber knapp! Das ist nämlich die letzte Fahrt für dieses Jahr!«

Malbek schnappte nach Luft. Er nahm sich vor, endlich seinen Dorsch aus dem Tiefkühlfach in der Polizeikantine abzuholen.

Und seinen Urlaub mit Sophie wollte er auch endlich regeln.

Dank an

- die United Canal Agency in Brunsbüttel
- Rita Sedat dafür, dass ich ihr Gemälde »Warten« im Roman verwenden durfte; man kann es auf ihrer Website www.ritasedat.de/ betrachten
- Jörg, Lasse, Morten, Regina und meine Tochter Ronja
- meine Muse, die endlich den besten Earl Grey der Welt für mich ermittelt hat

Dietmar Lykk
TOTENSCHLÜSSEL
Broschur, 416 Seiten
ISBN 978-3-89705-586-5

Dietmar Lykk
TOTENUHR
Broschur, 336 Seiten
ISBN 978-3-89705-671-8

www.emons-verlag.de